ydd

Cymylau'r Dydd

Siân Jones

Dychmygol yw holl gymeriadau'r nofel hon.

Gwasg Gomer
1986

CYM. NOF.
JON. CYM.

Argraffiad Cyntaf — Rhagfyr 1986

ISBN 0 86383 385 3

© Siân Jones, 1986

Dymuna'r cyhoeddwyr gydnabod cymorth a chyfarwyddyd Adrannau'r Cyngor Llyfrau
Cymraeg a noddir gan Gyngor Celfyddydau Cymru.

Argraffwyd gan J. D. Lewis a'i Feibion Cyf.,
Gwasg Gomer, Llandysul, Dyfed

I Hywel, Mam a 'Nhad

PENNOD 1

Roedd hi wedi bod yn ddiwrnod bendigedig. Wedi haf gwlyb, di-sut, dyma haf bach Mihangel heb ei ail. Bu'n braf ers wythnos bellach, a phawb wedi cael cyfle i achub rhywfaint ar gnydau'r tymor. Eisteddai Leisa ar sticil ar gyrion Allt Ddel. Siglai ei choesau yn ôl a blaen gan daro ei sodlau yn erbyn y pren yn awr ac yn y man. Prin iawn oedd yr awel, er ei bod ar ael y bryn, a thrawai ei hwyneb yn ysgafn. Ni wisgai fawr mwy na chrys, a throwsus melfaréd a ddygwyd o gist ddillad un o'i brodyr iau.

Porai ei cheffyl yn hamddenol gerllaw, yn eithaf balch o'r cyfle i gael saib ar ôl y carlam gwyllt o'r cwm islaw. Wedi dianc yr oedd y ddau oddi wrth holl firi'r prynhawn ar y lawnt o flaen y tŷ. Doedd ganddi gynnig i hen howdidŵ fel yr un a welsai heddiw.

Wrth edrych i lawr o'i chlwyd, gallai weld, oddi tani, ddau gwm yn cyfarfod ac yn uno wrth i ddwy afonig dorri eu llwybr tua'r môr. Deuai yma'n aml pan fyddai arni angen tawelwch ac amser iddi hi ei hun. Ar ddiwrnod fel hwn, nid oedd golygfa well i'w chael yn y sir i gyd. Wrth i'r haul suddo'n araf, roedd pobman fel petai wedi ei foddi mewn môr o olau euraid. Yr oedd naws cynhaeaf a llawnder ym mhobman. Roedd y coed ar y llethrau gyferbyn ac oddi tani i gyd yn llawn dail gwyrddion o hyd. Nid oedd arlliw o frown na melyn yn agos iddynt. Yn y caeau ar y gwastatir, gwelai'r gweithwyr yn prysur gasglu gweddillion y cynhaeaf tua'r ydlan. Wrth i ambell bladur a phicwarch siglo'n ôl a blaen i rythm y cynhaeaf, daliai lygad yr haul, gan wincian ar Leisa yn ei chuddfan.

Teimlai hithau heddwch yn treiddio drwyddi wrth wylio'r prysurdeb yn y caeau. Yr oedd dau griw wrthi, yng Nghae Glas a Chae Isa. Roedd yn amlwg mai Cae Glas oedd am ennill y ras heddiw gan eu bod yn casglu'r ysgubau, a dau lwyth wedi gadael tua'r clos yn barod. Teimlai drueni drostynt yn gorfod brysio fel hyn ar ôl gwastraffu awr a hanner dda ar lawnt y tŷ yn ystod y prynhawn yn gwneud dim mwy na chyffwrdd cantel eu hetiau bob tro y deuai un o'r teulu i'r golwg. Mae'n siŵr mai i'r 'Black' y byddai'r mwyafrif ohonynt yn mynd heno i dorri eu syched ar ôl diwrnod hir. Trodd i gyfeiriad y pentre a sylweddoli am y tro cyntaf y gallai weld peth o do a simnai'r 'Black' o'r sticil. Roedd hi, Meri Ifans, yn amlwg wrthi'n paratoi eisoes ar gyfer y dylifiad, oherwydd gallai Leisa weld cudyn o fwg yn codi'n araf o'r corn.

Tynnwyd ei sylw gan y newid yn lliw'r awyr. Roedd yr haul dipyn yn is erbyn hyn ac yn dechrau cochi uwchlaw'r môr, rhyw bedair milltir tua'r gorllewin. Gwelid machlud hyfryd oddi yma bron yn ddieithriad, a dygai Leisa i fyd breuddwydiol bob tro. Heno, roedd y niwlen a oedd yn crogi uwchlaw'r môr yn bygwth llyncu'r haul yn araf, gan amddifadu'r olygfa o'i holl naws. Sylwodd fod y caeau bron â gwagio a bod gwartheg Ty'n Castell a rhai'r Peithyll yn tynnu at y cloddiau. Crynodd. Ie wir, diwedd Medi oedd hi wedi'r cyfan. Doedd y dillad a ddygwyd yn werth dim 'nawr. Beth ddwedai ei Anti Annabelle pe gwelai hi 'nawr? Chwarddodd Leisa'n uchel gan daflu ei gwallt du, hir a thrwchus yn ôl. Neidiodd oddi ar y sticil a cherdded tua'r ceffyl, a oedd yn dal i bori gerllaw. Roedd hi'n amlwg yn ferch luniaidd, er gwaetha'r dillad di-siâp. Pefriai ei llygaid duon yn llawn hwyl wrth ddychmygu'r olwg ar wyneb ei modryb pe gwelai hi fel hyn. Byth oddi ar iddi gael ei phen-blwydd yn ddwy ar bymtheg ym mis Mai, roedd ei modryb a'i thad wedi defnyddio pob ystryw posibl i geisio ei pherswadio i ymddwyn yn debycach i ferched eraill o'i hoed a'i safle hi. Chwarddodd eto wrth afael yn ffrwyn y ceffyl ac wedi rhoi ei throed yn y warthol, llamodd yn ddiymdrech i'r cyfrwy. Dyma oedd bywyd iddi hi, rhyddid ei cheffyl a'r awyr agored, nid gwisgo'n grand a mân siarad â gwragedd a merched tai mawr y sir, yn enwedig gan mai priodi a dynion fyddai testun y sgwrs gan amlaf.

Crynodd eilwaith. Roedd hi'n wirioneddol oer erbyn hyn, o'i gymharu â gwres y prynhawn. Doedd dim amdani ond carlamu drwy'r caeau gwag i lawr i'r pentre ac yna'n ôl adre tua hanner milltir ar hyd y ffordd. Ymatebodd y ceffyl i'w hanogaeth yn syth ac i ffwrdd â hwy i lawr y llechwedd tua'r pentre a'r 'Black'. Symudai'r ddau yn osgeiddig a rhythmig ar draws y caeau, dros ddau glawdd isel, trwy'r adwy rhwng dau gae pellaf ei thad ac allan drwy'r giât olaf i'r ffordd dyrpeg. Yno, arafodd y ceffyl i gerdded a throi ei ben yn reddfol tuag adre.

O fewn canllath, trodd y ddau oddi ar y briffordd i'r ffordd fechan a arweiniai i'w chartre. Tua chanllath oddi wrthynt, cerddai mintai fechan o weithwyr—rhai yn dal a'u llewys wedi'u torchi; eraill, hŷn, wedi teimlo'r oerfel ac yn gwisgo eu cotiau brethyn. Wrth iddi ddynesu atynt, synhwyrodd Leisa fod y sgwrs afieithus a glywai yn tawelu'n araf. Adnabu Jac Iscoed ar flaen yr orymdaith fechan, yn siarad bymtheg y dwsin â Wil Hir. Tawelodd eu sgwrs hwythau wrth i Leisa agosáu.

'Nos da, Miss,' ebe Wil, gan gyffwrdd â phig rhyw het ddych-mygol.

'Nos da, bawb,' ebe Leisa, mewn llais tawel, gan yrru'r ceffyl ar hanner carlam.

Wrth fynd heibio i'r bechgyn ifainc tua'r gwt, clywodd chwerthin croch dau neu dri ohonynt, a gwaedd o gerydd gan Jac. Doedd ganddi fawr o gynnig cyfarfod â chynifer o ddynion ar yr un pryd. Diolchai, er hynny, mai 'nawr yr oedd wedi cyfarfod â hwy yn hytrach na thuag un o'r gloch bore trannoeth pan fyddent ar eu ffordd adre o'r 'Black'; clywsai rai o'r gweision yn cyrraedd adre o'r dre yn eu cwrw ar noson ffair, yn oriau mân y bore.

Brysiodd y ceffyl yn ei flaen ar garlam. Mewn dim yr oeddent wedi troi oddi ar y ffordd, trwy waelod Allt Ddel tua iard y stablau. Byddai Siôn Bach yn siŵr o fod yno. Trodd y ceffyl i'r iard ac ar draws y cerrig gwastad i'r gornel bellaf. Clepiai ei bedolau yn gyson ar y cerrig, sŵn a ddenodd Siôn yr osler allan o'i guddfan, a bachgen ifanc i'w ganlyn.

'Iawn, Miss?' gofynnodd Siôn, gan redeg ati, a gafael yn ofalus yn y ffrwyn. Dyn byr ydoedd â gwallt du a wyneb main, gwelw. Roedd dros ei ddeg ar hugain. Cysgai yn y llofft stabl a'i unig gariad oedd ceffylau ei feistr.

'Gwych, Siôn bach. Wnes i mo dy gadw di, do fe? Do'n i ddim yn 'styried 'i bod hi mor hwyr.'

Neidiodd Leisa o'r cyfrwy a thynnu ei llaw dros grwper y ceffyl.

'Na, popeth yn iawn, Miss. Ma'r mishtir mâs, 'ta beth.'

'O! Wnaeth e ddim sylwi fod hwn allan, do fe?' gofynnodd Leisa yn betrusgar, gan estyn ei llaw at y ceffyl unwaith eto.

'Na. Mi ddes i â Champion mâs fan hyn yn barod iddo fe, rhag ofan iddo fe sylwi ar y lle gwag yn y stabal.'

'Siôn, rwyt ti'n werth y byd.' A gwasgodd ei fraich cyn troi tua'r tŷ.

Gwyliodd y ddau hi nes iddi ddiflannu o'r golwg, eu parch ati'n fawr.

Wrth fynd heibio'r ydlan fach clywodd Leisa sŵn. Arhosodd.

Sŵn gwair, dillad, lleisiau ac ambell wich oedd yno, yn gymysg â'i gilydd. Ond, doedd e'n ddim busnes iddi hi, ac ailgychwynnodd tua'r tŷ.

'Aw! y bitsh fach!' ebe llais cyfarwydd.

Trodd Leisa ar ei sawdl a brasgamu i mewn i'r ydlan. Gafaelodd yn y gôt raenus a oedd yn ymgiprys â phâr o freichiau gwynion, peisiau a gwair, a thynnu ei pherchennog ar ei draed. Troes Rhys, ei brawd hynaf, i'w hwynebu, gan ofni gweld wyneb ei dad yn edrych arno.

'Be gythrel . . .?'

Glaniodd cledr llaw Leisa ar ei foch gan gau ei geg.

'Y bwbach hyll! Gad lonydd i'r morynion 'ma am unwaith.'

Cymerodd gip ar y ferch.

'Er mwyn popeth, dim ond deuddeg yw hon. Cadw at dy siort dy hunan, was, a phaid â thynnu pawb lawr i dy lefel dy hun.'

Safai Rhys yn syfrdan ar lawr yr ydlan yn cydio yn ei foch chwith. Yr oedd yn ddyn ifanc tal, lletsgwar, a chanddo wallt du a llygaid glas ei dad. Trodd Leisa eilwaith at y forwyn, a oedd yn swp o gryndod ar y gwair.

'Taclusa dy hunan ar unweth a 'nôl â thi dan aden Mrs Puw yn y gegin 'co. Pam oeddet ti allan yma'n y lle cynta, 'ta beth?'

'Hôl wye, Miss,' ebe'r forwyn, gan ddechrau rheoli ei chryndod. Nid oedd fawr mwy na phlentyn. Cododd ei chap lliain gwyn o ganol y gwair, sythodd ei brat a cheisio tynnu'r gweiriach o'i dillad, wrth faglu ei ffordd heibio i'r ddau. Arhosodd wrth y drws.

'Diolch, Miss.' A phlygodd lin. Cododd ei basged oddi ar y gwair a rhedeg tua'r tŷ a'r bwtri er mwyn cael cyfle i dacluso ei gwallt a chael ei gwynt ati cyn gweld Mrs Puw.

'Beth ddiawl sy'n bod arnat ti, yn gwneud ffŵl ohona i o flaen morwyn?' ebe Rhys, gan ddechrau dod ato'i hun.

'Nid y fi wnaeth ffŵl ohonat ti, ond ti dy hunan,' atebodd Leisa, a throi i fynd.

Llusgodd Rhys hi'n ôl gerfydd ei braich i'w wynebu.

'Mi dala i'n ôl am hyn, y bitsh! Ydi Dada'n gwbod dy fod ti wedi bod allan ar Star eto?'

'Gwna di dy waetha . . . Peth od yw gweld babi un ar hugain oed hefyd! Rwyt ti wedi gadael i'r seremoni fach 'na i d'anrhydeddu di ar y lawnt y prynhawn 'ma fynd i dy ben.'

Gafaelodd Rhys yn ei dwy fraich, a'i thynnu tuag ato.

10

'Edrych 'ma, 'merch i, rwyt ti'n mynd yn llawer rhy fawr i dy sgidie. Dim ond menyw wyt ti wedi'r cyfan—fawr o werth i neb ond i blanta!'

'Cau dy geg, y mochyn! 'Na i gyd sydd ar dy feddwl di'r dyddie hyn, mae'n amlwg.'

Tro Leisa oedd hi i deimlo cledr llaw ar ei boch.

'Y cachgi! Sgen ti ddim digon yn dy ben i ddadle, dim ond cledro wyt ti'n ddeall.'

Anwesodd Leisa ei boch. Teimlai'r gwres yn cronni ynddi. Cerddodd allan i'r clos i chwilio am fwcedaid o ddŵr i oeri'r fflam. Dilynodd Rhys hi.

'Paid ti â 'ngwthio i ddim pellach, Leisa, neu mi hanner lladda i di.'

'Fydde Dada ddim yn rhy hapus â hynny,' ebe Leisa, yn dechrau dod ati ei hun. Daeth o hyd i fwced a thaflodd dipyn o'r dŵr ar ei hwyneb.

'Mi wnâi les i'r cythrel weld cannwyll ei lygad ag ambell dolc ynddi. Falle gwelith e wedyn nad yw'r haul yn codi o dy dwll tin di . . . Oni bai dy fod ti mor debyg i Mam druan, fyddet ti'n fawr mwy na morwyn 'ma.'

'Taset ti ddim wedi bod yn gymaint o gachgi bach slei wrtha i a phawb arall odd' ar i ti ddod allan o dy gawie, falle base Dada'n meddwl mwy ohonot ti.'

''Ma ni, codi hen grachod 'to!'

'Rwyt ti wedi byw arnyn nhw erioed, odd' ar y diwrnod lychest ti 'ngwely i am fod Dada wedi dod â phresant i fi ac nid i ti. Doedd 'na'r un ohonoch chi wedi cael un—dim ond fi.' Cododd rhagor o ddŵr at ei hwyneb.

'Petaet ti'r sgubell fach bump oed yffarn heb dalu'n ôl, mi fydden i wedi anghofio'r peth.'

'O ie, mae'n iawn i ti dalu'n ôl, ond 'sdim iws i neb arall . . . Dim ond llosgi dy 'go-go' di wnes i, ta beth. Rwyt ti wedi para'n fabi byth odd' ar i'r fflam ola ddiffodd, er gwaetha d'ymdrechion, fel hwnna gynne, i brofi fel arall.'

'Faddeua i ddim i ti am wneud ffŵl ohona i a hynny o flaen morwyn. Hen wiber wyt ti, nid merch y plas.'

'Mae e mab y plas—yr etifedd bondigrybwyll—yn dipyn o anifail hefyd, o be wela i. A beth ddwedai Dada pe bai wedi dy weld wrth dy bethe gynne?'

11

Sychodd Leisa ei hwyneb â'i llawes, gan adael Rhys yn fud gan gynddaredd. O'r diwedd, llwyddodd i'w hateb.

'Mi dala i'n ôl i ti ryw ddiwrnod . . .'

'O! tyfa lan, wnei di, yn lle bod fel babi blwydd o gwmpas y lle 'ma.'

Ar hyn, clywodd Leisa ei thad yn marchogaeth tuag adre drwy'r allt y tu draw i'r stablau. Adwaenai sŵn carnau Champion bob tro.

'Wel, rwy i am 'i throi hi . . . Mae'n siŵr y caf y pleser o'ch cwmni i swper heno,' ebe Leisa'n wawdlyd, a throdd a rhedeg tua'r tŷ. Safai hwnnw mewn llecyn agored yng nghanol coedwig. Codwyd y rhan hynaf o'r tŷ ddechrau'r ddeunawfed ganrif. Ychwanegwyd ato'n helaeth, gan addasu arwynebedd yr hen ran yn 1810, yn fuan wedi priodas tad a mam Leisa. Cefnai'r tŷ ar nant fach a'r ffordd tua'r Penrhyn. Rhaid oedd croesi pont fechan wrth ddod o'r ffordd at y plas.

Sylwodd Leisa nad oedd golau i'w weld yn unman. Ble roedd Evans arni na fuasai wedi cynnau'r lampau? Rhedodd ymlaen dros y bont, drwy'r drws cefn ac i'r gegin.

Yno, safai Mrs Puw wrth y bwrdd pren yng nghanol y llawr. Dynes lond ei chroen ydoedd a'i gwallt yn wyn; yn weddw ers pymtheng mlynedd ac yn y plas ers pum mlynedd ar hugain. Hi oedd meistres y tŷ i bob pwrpas, a rheolai weithwyr y tŷ yn gadarn. Y tu ôl iddi yr oedd y lle tân mawr yr hoffai Leisa eistedd ynddo ar dywydd oer. Brasgamodd tuag ato'n awr, ac eistedd yn ei man arferol, yr ochr dde i'r tân.

'Mae'n amlwg fod y gaea ar ddod, Leisa, os wyt ti'n dechre eiste fan'na.'

'Mae hi wedi oeri tipyn heno, am y tro cynta 'leni.'

'Mi fydd yn G'langaea arnon ni eto 'whap,' ebe Mrs Puw, yn brysur yn paratoi pwdin.

'O! dewch 'nawr, Mrs Puw, mae mis eto cyn cyrraedd hwnnw.'

'Cofia di, taset ti'n gwisgo a bihafio yn ôl gorchymyn dy dad a dy fodryb, fyddet ti ddim yn cael achos i deimlo'n o'r,' ebe Mrs Puw, gan gilwenu.

Gwyddai Leisa'n well nag i drafod y pwnc arbennig hwnnw ymhellach.

Daeth Evans i mewn i'r stafell. Dyn tal main ydoedd, wedi ei

12

wisgo mewn dillad du bob amser. Ef oedd y bwtler. Ni wyddai neb ei oed, ond credai Leisa ei fod yn hanner cant o leiaf.

'Evans,' gofynnodd, er mwyn newid testun y siarad, 'ydech chi wedi cynnau'r lampe? Mae Dada wedi dod 'nôl. Roedd e lawr wrth y stable pan adewes i.'

'Do, newydd 'neud 'nawr, Miss. Diolch i chi.'

Prysurodd Evans tua drws y seler, ym mhen draw'r gegin, i chwilio am win ar gyfer swper. Tynnodd ei allweddi o boced ei wasgod i agor y drws. Gafaelodd yn un o'r canwyllbrennau ar y seidbord dan y ffenestr a'i chynnau.

'Gwin heno, Evans?' gwaeddodd Leisa ar ei ôl wrth iddo ddif-lannu i lawr y grisiau. 'Oes peth o'r stwff da 'na ar ôl?'

Ailymddangosodd Evans ar ben y grisiau.

'Oes, ugain potel, ond rwyf wedi cael gorchymyn i'w cadw nhw tan nos fory.'

'Hy! y llo pasgedig,' meddai Leisa dan ei hanadl.

Roedd hi'n dal i eistedd wrth y tân, wedi cynhesu drwyddi. Disgwyl cael crafu'r bowlen gan Mrs Puw yr oedd hi 'nawr. Edrychodd o'i chwmpas ar yr olygfa annwyl—lle i bopeth a phopeth yn ei le. Arferai dreulio oriau yma pan oedd yn iau, yn gwylio Mrs Puw a'r pum morwyn wrth eu gwaith. Yr oedd y lle mor wahanol i weddill y tŷ. Teimlai gymaint yn fwy cartrefol yma; teimlai wacter yn y rhan fwyaf o stafelloedd y tŷ. Yma y cyfarfu ac y daeth yn ffrindiau ag Ann, merch Mrs Puw a oedd tua dwy flynedd yn hŷn na hi.

'Sut mae Ann, Mrs Puw? Dwy i ddim wedi'i gweld hi ers pyth-efnos neu fwy 'nawr.'

''Merch fach i, efo'r holl bobol sy'n dod 'ma nos fory i ddathlu, beth wyt ti'n feddwl ma' gwniadreg yn 'i 'neud? Mae'r ferch druan wedi bod yn gwitho o fore gwyn tan nos efo dwn i ddim faint o ffrogie. Ma'r bobol 'ma bob amser yn mynnu newid 'u meddylie ryw wthnos cyn y peth.'

'Wel, mae'n un i'n barod . . . Ych! 'sda fi gynnig i'r hen beth crand 'ma nos fory. Gobeithio'r nefoedd na fydd yr un math o beth pan fydda i yn un ar hugen . . . Dau wy wedi ferwi fydd hi i fi, mae'n siŵr.'

Chwarddodd Mrs Puw, Elin a Lisi, a oedd wedi dod i mewn i mofyn pethau ar gyfer y bwrdd swper. Cerddent o gwmpas y gegin

13

yn casglu cyllyll, ffyrc, platiau ac ati o wahanol gypyrddau, yn barod i'w cario i'r ystafell fwyta fach.

'Dim ond tri heno, ie, Mrs Puw?'

'Ie, Lisi, dyna'r ffigwr ges i y prynhawn 'ma.'

'Beth sydd ar y *menu* ar gyfer nos fory?'

'Meindia di dy fusnes, Leisa. Dy dad a fi sy'n trefnu pethe . . . ac falle y bydd ambell i syrpreis.'

'W! grêt!'

Sbonciodd Leisa o'i chlwyd a mynd am y bowlen fawr a oedd erbyn hyn yn sefyll ar ben y bwrdd yn aros i'w golchi.

'Golcha dy ddwylo!'

'Sori. Ar fynd 'nawr.' Ac i ffwrdd â hi i gyfeiriad y bwtri.

Clywodd sŵn Elin a Lisi yn dod yn eu holau i mofyn rhagor o bethau ar gyfer y bwrdd, a Mrs Puw yn rhoi'r pwdin yn y ffwrn wal. Cododd lond gwniadur o ddŵr o un o'r bwcedi ar y llawr, a'i rwbio rhwng ei dwylo. Sychodd ei dwylo ar liain gerllaw cyn brysio'n ôl i'r gegin i fwynhau ei thamaid cyn pryd.

Erbyn hyn roedd nifer wedi ymgasglu yno, ar eu ffordd i neuadd y gweision i gael eu swper. Safai Mrs Puw wrth y tân yn codi cawl i res o bowlenni pren ar hambwrdd. Yr oedd y forwyn fach, a achubwyd o'r ydlan, wrthi'n estyn y bara a'r caws i'w cludo drwodd. Taflodd olwg ddiolchgar, swil ar Leisa cyn diflannu.

Newydd ddod i mewn yr oedd Siôn a'i was bach. Safent ger y drws. Roedd amryw o rai eraill yn sefyllian ym mhen pella'r gegin —Huws Ffwtman, Elin, Lisi a Bertha, y morynion eraill, a Wil Lloyd, y pen gwas.

'Er mwyn dyn, pam nad ewch chi i gyd drwyddo,' ebe Mrs Puw, 'chi'n edrych fel rhes o jwgie ar ddreser fan'na.'

Ufuddhaodd pawb a throdd Leisa at y bowlen a adawyd iddi ar ben pella'r bwrdd a'i chario at stôl fach drithroed a safai yng nghornel bella'r gegin, ger y ffenestri. Câi lonydd yno i fwynhau'r crafu heb darfu ar y llif i'r neuadd. Rhedodd ei bys yn araf ar hyd gwaelod y bowlen.

Ar hyn daeth Jên y forwyn olchi i mewn o'r tŷ.

'Amen! 'na ddiwedd ar y golch am ddwrnod cyfan!'

Gollyngodd ei hun fel sach o datws ar y fainc gerllaw'r bwrdd a rhoi ei phen i orffwys ar ei breichiau pleth. Ond ni pharodd ei hegwyl yn hir iawn gan i'r garddwr, Fellows, a'r saer ddod am eu swper.

'Jiw, jiw,' ebe Shami Shafins gan bwnio Jên â'i benelin, 'beth sy'n bod arnat ti?'

'Gad lonydd i fi'r cythrel,' atebodd hithau gan wgu ar y saer.

'Be sy'n ein pigo ni 'te?'

'Ma' rhai ohonon ni'n gorfod gwitho drwy'r dydd, er mwyn bod yn barod erbyn fory. Dim fel rhai, mâs ar y glaswellt drwy'r prynhawn yn cyffwrdd pige'u capie bob pum munud.'

'Byddwch dawel, y ddau ohonoch chi,' ebe Mrs Puw, 'ac ewch drwyddo. Ma' pawb arall yn disgwl amdanoch chi.'

Cododd Jên yn araf ac ysgubwyd hi a'r ddau ddyn allan o'r gegin tua'r neuadd gan Mrs Puw. Cododd Leisa o'i chadair, rhoi'r bowlen lân ar y seidbord a cherdded ar draws y gegin ac allan i'r lobi.

'Reit, 'stynnwch atoch,' ebe Mrs Puw wrth y gweision, wrth i Leisa fynd heibio i ddrws agored y neuadd. Gwaeddodd ei diolch iddi cyn diflannu drwy'r drws trwm i'r tŷ, gan adael criw y neuadd i drafod digwyddiadau'r dydd.

★   ★   ★   ★

Roedd y rhan fwyaf o'r llestri wedi eu clirio oddi ar y bwrdd. Safai Evans gerllaw'r bwrdd ochr yn gwylio'r sgweier am yr amnaid lleiaf. Am ryw reswm, yr oedd hwnnw wedi gadael i Leisa aros heno tra câi ef a'i fab eu brandi. Byddai'n aml yn ei danfon hi ar ei phen ei hun i un o'r ddau barlwr neu i'r llyfrgell i ddisgwyl amdanynt.

Nid oedd yr un ohonynt wedi dweud llawer drwy gydol y pryd. Cafwyd ambell i gyfeiriad at y prynhawn, y cynhaeaf, a'r wledd drannoeth, ond fawr ddim o sylwedd.

Eisteddai'r sgweier wrth ben y bwrdd; Rhys ar y dde iddo a Leisa ar y chwith. Roedd y brawd a'r chwaer wedi anwybyddu ei gilydd drwy gydol y pryd ac wedi siarad â'u tad yn unig. Nid oedd hwnnw wedi sylwi ar hyn, am fod ganddo dipyn ar ei feddwl.

Trodd Rhys yn awr i edrych arno. Roedd ei ben yn foel fel wy heblaw am fymryn o dyfiant gwyn ar y cefn. Sylwai pawb a'i gwelai ei fod wedi torri tipyn yn ddiweddar. Roedd wedi colli pwysau, a'r wyneb a fu unwaith yn olygus iawn wedi hagru. Crymai fwyfwy ac edrychai ei dagell yn llinynnog. Roedd cymalau ei ddwylo wedi dechrau cloi hefyd, yn enwedig y rhai yn ei law

15

dde. Er hynny, yr oedd y llygaid gleision yn parhau yr un mor fywiog a threiddgar ag erioed.

'Oes tân yn y llyfrgell, Evans?' gofynnodd y tad, maes o law.

'Nac oes, Syr, ond mi fedra i gynne un i chi mewn eiliad.'

'Na, na, popeth yn iawn: fe wnaiff y parlwr bach yn iawn. Ond ma' hi'n bryd i chi ddechre cynne un yn y llyfrgell 'nawr. Mi fydd yn G'langaea mewn dim.'

'Wrth gwrs, Syr.'

'Reit. Dewch trwyddo'ch dau. Rwy i am gael gair â chi.'

Cynigiwyd braich ei thad i Leisa, a dilynodd Rhys hwy allan o'r stafell fwyta fach ac ar hyd y cyntedd cul i'r parlwr bach. Aeth Leisa i eistedd yn ei chadair arferol yr ochr chwith i'r tân. Safodd ei thad yn ei hymyl, â'i gefn at y gwres. Camodd Rhys tua'r ffenestr i edrych allan. Yr oedd hi'n dywyll ond cafodd gip, yng ngolau gwan y stafell, ar y garddwr yn cerdded yr ochr draw i'r nant. Adwaenai pawb gefn crwn Fellows, cefn a oedd yn arwydd pendant o'i alwedigaeth. Mynd tuag adre yr ydoedd, trwy berthi a choed yr ardd tua phentre'r Penrhyn. Tynnodd Rhys y llenni a throi tua'r tân. Eisteddodd ar y soffa fawr o'i flaen gan godi ei goesau arni a gorffwys ei ben yn ôl. Edrychodd eto drwy gornel ei lygad ar ei dad. Oedd, roedd golwg dyn hanner cant arno erbyn hyn. Ond wedyn, doedd dim rhyfedd, ac yntau wedi gweithio mor galed i wneud gwyrthiau efo'r hen stad fawr hon a etifeddodd drwy ei wraig, ac i godi pump o blant ar ei ben ei hun—Rhys, Huw oedd yn ugain, Leisa yn ddwy ar bymtheg, ac efeilliaid pymtheg oed.

'Mae'n bryd i ni'n tri gael sgwrs,' ebe'r tad gan dorri ar draws meddyliau ei fab, ac eistedd yn ei hoff gadair, gyferbyn â'i ferch. 'Gan dy fod ti wedi dod i oed heddiw, Rhys, mae sefyllfa pawb yn y tŷ yn newid i ryw radde. Tra bydda i byw, wrth gwrs, fi fydd y meistr 'ma, ond rwy'n disgwyl i ti gymryd mwy o ddiddordeb yn y stad a'r gwaith o'i rhedeg. Mae'n bryd i ti sylweddoli fod mwy i fywyd na mwynhau dy hunan. Os gall Huw dy frawd wneud hynny, ac ynte'n iau na thi, mi alli dithe hefyd . . . Fe fydd yn rhaid i ti ddod efo fi i Lunden cyn hir hefyd i weld y cyfreithiwr. Mae 'na arian i ti ar ôl dy fam 'nawr, a thipyn mwy oddi wrtha inne fel incwm blynyddol. Fe ddyle fod yn hen ddigon, heblaw am ambell i beth achlysurol.'

Gwenai Rhys yn foddhaus drwy gydol ail ran yr araith hon. Gwelai fywyd pleserus a hwylus yn ymestyn o'i flaen. Gallai wneud fel y mynnai, gan gofio dangos diddordeb achlysurol yn y stad er mwyn cadw'i dad yn hapus.

Pesychodd y sgweier.

'Mae un mater pwysig arall i'w drafod, sef priodas. Fe ddylet ti feddwl am briodi o fewn yr wyth mlynedd nesa. Felly mi fydd gofyn i ti gadw dy lyged ar agor—a dy glustie. Mae merched addas mor brin ag aur. Mi fydd angen merch gyfoethog arnat ti os wyt ti am gynnal y stad 'ma dros yr hanner can mlynedd y bydd hi gen ti, oni bai fod pris plwm yn codi i'r entrychion . . . Nid ar fara yn unig y mae stad fel hon yn byw!'

Nid oedd dim byd ymhellach o feddwl Rhys ar y pryd na phriodi. Roedd am gael rhai blynyddoedd i'w fwynhau ei hun yn gyntaf. Pan ddeuai'r amser, byddai'n sicr o chwilio am ferch gyfoethog, ond nid am yr un rhesymau â'i dad. Cododd ar ei eistedd, a wynebu ei dad.

'Wel, mae'n rhaid i fi gyfadde nad oeddwn i wedi bwriadu priodi am beth amser, ond rwy'n gweld eich rhesymeg chi,' ebe Rhys, yn ei ddull arferol o ddweud dim. 'Fe gaf i gip ar y nwydde 'leni pan af i fyny ar gyfer y *season* yn y flwyddyn newydd.'

'Ie, y sesyn! Am hwnnw ro'n i eisiau siarad â thi, Leisa,' ebe'i thad.

Roedd Leisa wedi gweld hyn yn dod ers rhai munudau, gydag ofn. Llwyddasai y llynedd i beidio â mynd i fyny i Lundain am y *season*, er bod ei chyfnither, Cecilia, wedi mynd. Yr oedd yn gas ganddi Lundain, a holl rigmarôl y tymor cymdeithasol, o'r hyn a glywsai. Byddai dathliadau a dawns nos fory yn ddigon o straen arni.

'Mi 'nest ti addo llynedd y byddet yn mynd i fyny 'leni,' ebe'i thad drachefn. 'Mi fyddi di'n ddeunaw ym mis Mai, ac mae'n hen bryd i ti fynd, yn ôl dy fodryb. Mi fydd Rhys yno, a Huw. Fe fyddan nhw'n gwmni i ti. Mae'n rhaid i ti fynd 'leni, neu mi fyddi di'n rhy hen i 'ddod allan' yn iawn.'

Clywodd Leisa sŵn Rhys yn pwffian chwerthin ond anwybydd-odd ef.

'Ond Dada, rwy'n harin y lle.'

'Sut gwyddost ti? Dim ond unwaith rwyt ti wedi bod yno erioed,' ebe Rhys yn wawdlyd.

'A beth bynnag, mae'n siŵr gen i na fydd Huw yno. Mi fase'n llawer iawn gwell ganddo fe fod adre 'ma, run fath â finne.'

17

'Y! plebs!' ebe Rhys, gan ymestyn eilwaith yn ei hyd ar y soffa.

'Fyddet ti'n ddim cwmni i fi . . . Mi fydde'n fy ngadel i yng nghanol tyrfa a mynd at ei ffrindie,' meddai, gan droi at ei thad.

'Fyddai neb yn 'i synhwyre yn aros drwy'r nos efo ti,' ebe Rhys wrthi.

'Rhys!' ebe'i dad mewn llais bygythiol.

'Does dim rhaid i fi fynd lan i Lunden i 'ddod allan', beth bynnag. Mi alla i ddal i fynd i bopeth yn yr ardal 'ma.'

'Dwy i ddim yn dy ddeall di, ferch. Mi fydd dy fodryb a Cecilia yno, a Rhys hefyd.'

'Rwy'n gwbod . . . dwy i ddim yn hoffi'r math 'na o beth, 'na i gyd—ac yn enwedig felly am ddeufis neu dri yn ddi-dor. Mi fydda i wedi mogi erbyn y diwedd.'

'Nodweddiadol!' ebe Rhys. 'Does dim owns o steil na sens ar dy gyfyl di. Does gen *ti* fawr o obaith cael gŵr os na ei di i'r *season*. Mi fydd hi'n waith digon anodd i Dada gael gafael ar ŵr i ti, 'ta beth.'

'Rhys!' ebe'i dad, gan droi'n chwyrn ato, cyn troi'n ôl at Leisa. ''Nawr gwranda, Leisa, fel merch i mi, fe fydd yn rhaid i ti fynd 'na'n hwyr neu'n hwyrach.'

'Ond Dada . . .'

'Na, rwy i wedi penderfynu. Mae dy fodryb yn iawn. 'Leni amdani. Fe gei di a hithe setlo ynglŷn â dillad a phethe tebyg.'

'Dwy i ddim am fynd,' ebe Leisa mewn llais tawel.

'Pardwn?' ebe llais tawelach fyth o'r gadair gyferbyn.

'O Dada, plîs peidiwch â gwneud i fi fynd.'

Rhuthrodd Leisa ato ac eistedd wrth ei draed gan edrych arno'n ymbilgar.

'Dim 'na' oeddwn i'n feddwl mewn gwirionedd. Dim ond eisiau amser i feddwl am y cyfan rydw i. Rwy'n gwbod fod merched eraill yn meddwl ac yn dyheu am y math 'ma o beth, ond wir, dwy i erioed wedi gwneud hynny. Rwy'n addo y gwna i feddwl am y peth.'

'Wel . . .'

'Plîs, Dada?'

Yr oedd yr olwg ymbilgar, ddiffuant yn ormod i'r sgweier. Toddodd ei galedwch arwynebol fymryn.

'Mi fydd raid i ti feddwl yn gyflym, 'merch i. Mae'n siŵr y bydd tipyn o drefnu i'w wneud, o'ch nabod chi'r men'wod. Mae dy fodryb yn ffwdanus iawn am bethe fel 'na.'

18

Cododd Leisa'n dawel a cherddcd yn ôl i'w chadair. Clywodd lais Rhys yn gofyn rhywbeth i'w thad, ond ni chymerodd unrhyw sylw. Roedd hi yn ei byd bach ei hun. Meddyliodd am y gwanwyn yma a hithau yng nghanol torfeydd swnllyd a drewllyd Llundain, a Huw gartre'n marchogaeth allan yn yr awyr iach. Rywsut, yr oedd Huw wedi perswadio'i dad i adael iddo ddod adre am flwyddyn ar ôl bod ar y cyfandir, cyn penderfynu yn derfynol ar ei ddyfodol. Roedd ei galon yntau ar y stad a gobeithiai fedru helpu ei dad i redeg y lle, gan fod diffyg diddordeb Rhys yn y lle yn amlwg i bawb.

Tynnwyd hi o'i myfyrdod pan ddaeth Evans i mewn i'r ystafell.

'Garech chi gael eich coffi 'nawr, Syr?'

'Iawn, Evans.'

Camodd Elin i'r ystafell o'r cyntedd, yn cario hambwrdd mawr arian, ac arno lestri tseina a phot arian anferth. Gosododd y cyfan ar fwrdd bychan hardd yn ymyl cadair Leisa.

Tra oedd Leisa yn arllwys y coffi i'r cwpanau, camodd Evans at y sgweier.

'Fe ddaeth hwn efo'r goetsh heno, Syr,' meddai, gan estyn amlen wen i'w feistr ac arni sêl bychan coch.

'Diolch, Evans. A! llythyr gan y bechgyn . . . Gwilym sydd wedi sgrifennu . . . newydd dderbyn llythyr arall oddi wrth Huw—o Ffrainc—'run fath â hwnna gawson ni, mae'n siŵr . . . Gruff yn gwneud rhyw game bras iawn yn ei Ladin y tymor 'ma—ymhell ar ôl Gwilym o hyn, siŵr o fod . . . Gwilym ddim wedi bod yn rhy dda . . . rhyw beswch . . .'

'O na! druan ag e,' ebe Leisa. Gwyddai hi gystal â'r lleill mai bregus fu iechyd Gwilym erioed, ac fe'i câi'n anodd iawn cael gwared ar anwydon. 'Mi fydd hwnnw gyda'r creadur bach tan y gwanwyn 'nawr,' meddai.

Eisteddodd yn ôl yn ei chadair, a sipian ei choffi yn ysbeidiol. Crwydrodd ei meddwl yn ôl at fygythiad ei thad i'w danfon i Lundain, tra aeth ef rhagddo i ddarllen pytiau o'r llythyr.

Eisteddai Ann ar gadair fechan ger y ffenestr fawr, yn edrych allan dros erddi'r plas. Roedd yn ferch hardd, ugain oed, wedi ei gwisgo mewn ffrog hir, lwyd, drwsiadus ac iddi goler wen fechan. Yr oedd ei gwallt hir, golau wedi ei dynnu'n ôl, a'i glymu ar ei gwar. O'i gwasg, crogai pecyn bychan o daclau gwnïo a fradychai ei galwedigaeth. Wrth ei thraed yr oedd y bocs pren a gludai ei thaclau amrywiol o blas i blas. O'r diwedd, roedd hi wedi gorffen ei gwaith ar gyfer heno—hanner dwsin o wisgoedd coeth, amryliw. Roedd tair wedi bod yn barod ers mis neu ddau ond bu'n rhaid newid tipyn ar y lleill yn ôl mympwy'r gwisgwyr. Piti na fyddai pawb 'run fath â Leisa, meddai wrthi ei hun, mi fyddai bywyd dipyn yn haws.

'Am beth rwyt ti'n meddwl?' ebe Leisa, gan gamu o dywyllwch cymharol y stafell i olau'r ffenestr, yn ei gŵn gwisgo llaes.

Atebodd Ann hi'n onest fel arfer.

'Diffyg diddordeb,' ebe Leisa, 'yw'r rheswm pam na fydda i byth yn newid fy meddwl. Ond mae'n rhaid i fi gyfadde dy fod ti wedi cael hwyl arbennig ar hon.'

'Wel, rwy'n teimlo fod arna i gyment i ti a'r teulu am eich help i fi ddechre'r busnes, y peth lleia alla i 'i 'neud yw 'ngore i ti.'

'Diolch.'

Cusanodd Leisa hi'n ysgafn.

'Ddylet ti ddim 'neud 'na,' ebe Ann, gan anesmwytho.

'Pam?'

'Dyw e ddim yn iawn bellach. Pan oedden ni'n ferched bach, iawn; ond 'nawr, ma'n sefyllfaoedd ni wedi newid.'

'Dim o gwbwl. Ti wyt ti a fi ydw i. Does dim byd yn wahanol. Ryden ni'n dal yn blant i'r un bobol.'

'Dyna'r union reswm, yr hat ag wyt ti! Shwt medr gwniadwreg fel fi fod yn ffrindie mynwesol â darpar feistres y plas mawr?'

'Yn hawdd iawn . . . ond paid â sôn am bethe fel'na.'

'Beth? Bod yn feistres y plas? Ti fydd y feistres yma cyn gynted ag y cyrhaeddi di dy un ar hugen.'

'Os caiff Dada ei ffordd, mi fydd Rhys wedi priodi a dod â meistres newydd i'r tŷ 'ma ymhell cyn hynny. Duw a ŵyr lle bydda i wedyn. Yn y tloty yn y dre, siŵr o fod.'

'Pam? Yw e'n bygwth dy daflu di mâs 'te?' ebe Ann, gan ddechrau chwerthin.

'Dyw e ddim yn fater i chwerthin yn 'i gylch e.'

Distawrwydd.

'Pam na fedrwn ni fod yn ffrindie?' ebe Leisa ymhen hir a hwyr.

'Leisa fach, on'd yw e'n amlwg i ti? Dyden ni ddim yn troi yn yr un cylchoedd cymdeithasol. Fedra i ddim dod i'r wledd 'ma heno, er enghraifft, am fy mod i pwy ydw i. Petai dy ffrind gore di'n ferch y plas cyfagos, mi fydde'i henw ar ben rhestr y gwahoddedigion.'

'Na fydde ddim.'

'O paid â bod yn blentynnaidd, wnei di.'

'Paid ti â 'ngalw i'n blentynnaidd! Does gen ti ddim hawl o gwbwl i 'ngalw i'n hynna. Rwyt ti ddwy flynedd neu fwy'n hŷn, ond beth yw hynny? Rwy i wedi gweld cyment o'r byd â thi.'

'Gyda phob parch . . .'

Tawodd Ann. Nid oedd diben mynd ymlaen i gweryla. Roedd yn amlwg fod rhywbeth ar feddwl Leisa.

Anesmwythodd y ddwy a chododd Ann. Eisteddai Leisa hithau â'i chefn at y golau yn chwarae â darn o ruban coch a welsai yn y bocs gwnïo ar y llawr. Cerddodd Ann o gwmpas y stafell ddwy waith neu dair er mwyn gadael i ysbryd y ddwy ohonynt dawelu. Yna, tynnodd rywfaint yn nes at y ffenestr a gofyn,

'Fedri di 'weud wrtha i beth sy'n bod?'

Tawelwch.

Dychwelodd Ann at y ffenestr ac eistedd yn ymyl Leisa.

'Dere, gwêd wrtha i.'

'Dwy i ddim yn gwbod ble i ddechre, ti'n gweld,' ebe Leisa mewn llais tawel.

'Pwy sy'n achosi'r holl drwbwl, 'te?'

'Dada.'

'Shwt?'

'We-el . . . fe gath sgwrs efo Rhys a fi neithiwr. Hynny yw, fe wrandawon ni arno fe'n pregethu. Roedd e am i Rhys ddangos mwy o ddiddordeb yn y stad ac i ddechre chwilio am wraig, ac mi roedd e am i fi fynd lan i Lunden i'r 'sesyn' 'leni.'

'Be sy'n bod ar hynny? Mi fyddwn i'n dwli mynd i'r 'sesyn'.'

'Ie, wel, ti wyt ti a fi ydw inne. Does gen i gynnig i'r holl randibŵ 'na.'

'Ond dwyt ti eriôd wedi bod 'na. Shwt wyt ti'n gwbod pa fath o beth yw e?'

'Ma' gwrando ar Cecilia am y chwe mis dwetha 'ma yn siarad am ddim arall wedi profi i fi nad ydw i ddim am fynd ar gyfyl y lle. Roedd hi'n ddigon meddwl am hynny yn y gwely neithiwr—gorfod bod o' 'ma am ddau—dri mis—heb sôn am boeni am arwyddocâd beth ddwedodd Dada wrth Rhys.'

'A beth oedd hynny, 'te?'

'Os priodith Rhys, fe ddaw â hi yma i fyw, ac wedyn, ar ôl marw Dada . . . fe fydd raid i Huw a'r efeillied a finne fynd o' 'ma.'

'Wrth gwrs.'

'Ie, ond doeddwn i ddim wedi sylweddoli fod y cyfan mor agos, tan neithiwr. Rwy wedi gwbod eriôd y bydde raid i mi fynd o' 'ma rywbryd, ond roedd hynny bob amser ganrifoedd i ffwrdd, tan neithiwr.'

Ni wyddai Ann sut i ymateb i'r tristwch dwfn yn llais Leisa, a thawodd y sgwrs am dipyn.

'Oes gen ti ddewis, 'te?' ebe Ann o'r diwedd.

'Dewis rhwng beth?'

'Rhwng mynd neu beidio â mynd i'r sesyn?'

'Mi wnath Dada addo rhoi amser i fi feddwl am y peth . . .'

'Meddwl am esgus o'dd yn dy feddwl di?'

'Wel . . . ie, a dweud y gwir, ond mae arna i ofan na fedra i weld ffordd allan ohoni ar hyn o bryd.'

'Mi fydd gen ti gwmni da, beth bynnag. Mae hi, Georgiana Burroughs, Plas Newydd, yn 'dod mâs' yn y sesyn 'leni, yn ôl beth glywes i.'

'Lle clywest ti?'

'O lygad y ffynnon. Mi fues yno bythefnos 'nôl yn 'i mesur hi am ddillad. Ma' gen i archeb am wyth o wisgoedd iddi hi a'i mam yn y ffasiyne diweddara.'

'Alla i byth gystadlu â honna,' ebe Leisa, gan godi a mynd draw at y gwely, lle gollyngodd ei hun yn swp diymadferth.

'Wrth gwrs y gelli di. Rwyt ti'n llawer mwy deniadol na hi.'

'Ie ond gyda hi mae'r tad sy'n Aelod Seneddol, yn Arglwydd Raglaw'r sir. Pa obeth fydde gan ferch sgweier fel fi o gael sylw yn erbyn un fel'na?'

'Ro'n i dan yr argraff nad oedd gen ti ddiddordeb yn y math 'na o gystadleueth,' ebe Ann yn gellweirus.

'Mae gen i rywfaint o hunan-barch, Ann,' ebe Leisa, gan geisio rheoli ei thymer.

'Rwy'n gwbod hynny'n iawn—dim ond tynnu dy goes di o'n i
. . . Hei, rwy i newydd feddwl. Falle gallet ti ddefnyddio'r hen
Georgiana ar gyfer dy ddibenion dy hunan. Pam na ddwedi di
wrth dy dad na chaet ti'r sylw priodol petaet yn 'dod mâs' yr un
flwyddyn â hi?'

'Mi alle hynny fod yn wir bob blwyddyn—cystadleueth, hynny
yw—a 'ta beth, fydde Dada ddim yn poeni am bethe fel'na er
gwaetha'r ffaith 'i fod e'n casáu haid Plas Newydd.'

'Falle wir, ond beth am dy fodryb?'

'Dyw hi ddim yn debyg o'm helpu i. Mae'n meddwl 'mod i'n
llawer gormod o domboi i wastraffu dim o'i hamser arna i, heb sôn
am wneud ffafr â mi.'

'Ond petaet ti'n chwarae dy gardie'n iawn, rwy'n credu y caet ti
lawer o help ganddi. Yn ôl be ma' Mam yn 'weud wrtha i, ma' dy
dad bob amser yn fodlon derbyn cyngor ganddi. Pwy well i roi
d'achos gerbron, felly?'

'Ti'n iawn. O! Ann, rwyt ti'n werth y byd . . . ond sut ar wyneb y
ddaear y medra i ei pherswadio hi?'

'Petawn i yn dy le di, mi faswn i'n 'i chymryd i'r naill ochor mor
fuan ag y gelli di heno, a dweud wrthi beth yw dy broblem—fod dy
dad yn mynnu dy fod yn mynd i'r sesyn 'leni, gan ychwanegu dy
fod wrth gwrs yn cytuno ei bod yn amser i ti newid dy agwedd at
bethe—aros, gad i mi orffen—byw fel ladi a dechre meddwl a chyn-
llunio ar gyfer 'dod mâs'—ond dy fod newydd glywed am Georgiana,
a holl oblygiade hynny. O nabod dy fodryb, fydde hi ddim yn
hapus pe bai'n meddwl fod rhywun arall yn mynd i dynnu'r gwynt
o hwylie'r teulu; yn enwedig un o'r Burroughs. Mi fydd hi'n
mwynhau'r profiad a'r sylw o fynd â thi i Lunden, a fydd hi ddim
am i neb daflu ei gysgod drosti . . . Os cei di hi i weld hynna, fe eith
popeth yn iawn wedyn, ond cofia ddewis dy eirie'n ofalus. Sdim
ots nad wyt ti'n golygu y cyfan ddwedi di . . . er y bydd yn rhaid i ti
'neud yr ymdrech ar gyfer y flwyddyn wedyn.'

'Gwych! Mae blwyddyn arall o heddwch yn gymaint ag y medra
i obeithio amdano.'

Neidiodd Leisa i fyny ac i lawr ar y gwely wrth feddwl na
fyddai'n rhaid iddi fynd wedi'r cyfan.

Trodd Ann i edrych allan a sylwodd fod Siôn yr osler yn prysuro
tua'r tŷ.

23

'Nefi bliw! Ma'n well i ti siapo a dechre gwisgo, neu fydd dy Anti Annabelle ddim yn dy gredu di os dwedi dy fod am newid d'agwedd at fywyd.'

Rhuthrodd y ddwy o gwmpas y stafell yn casglu mân ddilladach a'u pentyrru ar y gwely.

''Nawr aros di yn d'unfan, ac mi ddo i â'r dillad atat ti yn 'u tro. 'Ma'r sane i ddechre.'

Gwisgodd Leisa hwy'n frysiog, ac yna ddwy bais fwslin—un fach ac un fawr; yna'r ffrog y credai Leisa ei bod y neisiaf a fu'n eiddo iddi erioed. Roedd gwawr gochlyd i'r mwslin arferol a llewys moethusach na'r arfer, yn ôl y ffasiwn diweddaraf. Gwisgodd hon yn ofalus, ac yna ŵn llac drosti cyn sefyll o flaen y drych.

Taclusodd Ann dipyn ar bethau cyn mynd ati i drin gwallt Leisa, gan adael iddi hi ei hun baratoi ei hwyneb. Cymerodd y gwallt a'r wyneb beth amser, gan y byddai ei gwallt, pan oedd yn lân, fel arian byw, ac yn llond tair llaw.

Cyn pen hanner awr, roedd y ferch landeg ifanc yn barod. Tynnodd y gŵn oddi amdani.

'Wel?'

'Bendigedig. Mi fydd digon ar dy ôl di heno.'

'Hy! Sneb o werth yn dod, am wn i.'

'Mi welith dy fodryb o leia dy fod yn ceisio gwneud ymdrech . . . Ma'n well i ti fynd lawr stâr 'nawr. Os byddi di ise rhywbeth, mi fydda i draw yn y gegin efo Mam . . . Pob lwc efo Anti Annabelle!'

Ffarweliodd Ann â Leisa ar ben y grisiau cefn gyda mymryn o eiddigedd, a mynd lawr y stâr gefn yn araf.

★　　★　　★　　★

Yr oedd popeth yn barod, a'r sgweier wedi gofyn i Evans am gadarnhad o'r ffaith droeon eisoes. Eisteddai'n anesmwyth o flaen y tân yn y llyfrgell, yn clustfeinio am sŵn cerbyd ei chwaer. Safai Rhys o flaen y drych yn y cyntedd yn disgwyl yr un cerbyd tra cerddai Leisa'n ddibwrpas o stafell i stafell yn ymarfer ei haraith ar gyfer ei modryb.

Wedi hir ddisgwyl, clywyd sŵn pedolau yn croesi'r bont fechan wrth dalcen y tŷ ac yna sŵn olwynion haearn yn chwalu'r cerrig mân ar y llwybr tua'r tŷ. Mewn chwinciad, safai tri o bobl eiddgar yn y cyntedd yn disgwyl i Evans agor y drws. Agorodd ef yn araf,

24

hamddenol. Camodd y sgweier yn ei flaen a brysiodd allan i gof-
leidio ei chwaer yn ysgafn gan gusanu ei dwy foch wedi iddi gamu
o'r cerbyd. Yna, ysgydwodd law â'i frawd-yng-nghyfraith a
gweddill y teulu. Mewn dim, roedd y cyntedd yn llawn bwrlwm
siarad.

'Dewch i mewn. Fe awn ni i'r llyfrgell am funud. Mae chwarter
awr cyn i'r gwesteion cyntaf gyrraedd. Fe gawn ni ryw ddiferyn
bach yno.'

Wedi i'r newydd-ddyfodiaid roi eu cotiau i Huws Ffwtman, aeth
pawb tua'r llyfrgell, gan ddal i siarad.

'Sut deimlad yw hi i fod yn aelod o'r clwb un ar hugen?'

'Fe wyddost ti yn well na fi, Henry,' ebe Rhys wrth ei gefnder yn
gellweirus. 'Mae peth amser 'nawr oddi ar i ti ymuno â'r clwb.'

Chwarddodd y ddau.

'Dim ond blwyddyn. Y pleser mwya, fe gei weld, yw cael dy
ddwylo ar yr holl arian yna a gwneud fel y mynni.'

'Mm. Mae'n rhaid cyfadde' mod i'n edrych ymlaen yn fawr at
hynny. Mae 'Nhad a minne'n mynd i fyny i Lunden o fewn y mis i
setlo hynna. Ar ôl hynny . . .'

Chwarddodd y ddau eto.

'Oes rhywun o werth yn dod yma heno? Mae Mam wedi
gwrthod dweud wrtha i. Syrpreis, medde hi—druan.'

'Dim ond llond llaw o rai gweddol sydd 'ma heno. Dim hanner
digon i'n cadw ni'n dau i fynd drwy'r nos.'

'Paid â chlochdar, was. Mae rhai o'r merched ffordd yma yn fwy
na fedri di na minne ddelio efo nhw, un ar y tro.'

'Fel hyn wyt ti'n feddwl,' ebe Rhys, gan ddal ei ddwylo ar led.

'Yn union, frawd.'

Chwerthin eto.

'Beth sy'n eich gogles chi'ch dau?'

'Dim o bwys, Anti Annabelle,' atebodd Rhys.

'Cofiwch fihafio heno.'

'Iawn, Mam,' ebe Henry mewn llais ffug-flinedig. 'Mae'r ddau
ohonon ni dros un ar hugen erbyn hyn.'

'Dyw hynna'n golygu dim, Henry bach,' oedd yr ateb, 'a phaid
ag edrych arna i fel'na 'chwaith; rwyt ti'n f'atgoffa i ormod o dy
dad-cu.'

Nid atebodd Henry ei fam.

Ar hyn, clywyd sŵn cerbyd arall yn dynesu dros y bont fach. Prysurodd nifer o'r cwmni allan i'r cyntedd—y sgweier, ei chwaer, a'i blant. Safodd y pedwarawd yma ger y drws i dderbyn eu gwesteion ac i gael sgwrs â hwn a'r llall. Erbyn hyn, roedd y gwesteion yn cyrraedd yn gyson mewn cerbydau amrywiol eu llun a'u maint. Croesawyd pob un cyn iddynt wasgaru i'r mân ystafelloedd lle prysurai Evans a'i fintai o gwmpas yn cynnig diodydd.

Cyn pen hanner awr, yr oedd cwmni o ddeugain neu fwy wedi dod ynghyd. Gwahoddodd y sgweier hwy i'r ystafell fwyta fawr gan roi nòd i gyfeiriad Evans. Yn yr ystafell hirfain olau safai bwrdd hir ac arno lwyth o lestri amrywiol a chanwyllbrennau llawn. Winciai golau'r fflamau yn y llestri arian yng nghanol y bwrdd. Cerddodd y gwesteion o amgylch y bwrdd yn chwilio am eu seddau. Cyfeiriwyd hwn a'r llall i'w le gan ei gymydog a chyn pen dim yr oedd pawb wedi eistedd. Ym mhen ucha'r bwrdd, eisteddai'r sgweier, ei fab ar y dde iddo, a'i chwaer ar y chwith. Eisteddai Leisa ar y pen arall yn eu hwynebu. Rhyngddynt eisteddai aelodau o deuluoedd mwyaf blaenllaw yr ardal—teuluoedd Gelli'r Eos, y Wern, Nantcoed, Llwyn Bedw, Brynmanod a Throed-rhiw. Ond yr oedd teulu mwyaf blaenllaw yr ardal—teulu Plas Newydd —yn absennol yn ôl y disgwyl.

Daeth Evans i mewn a rhes o forynion a dau ddyn yn ei ddilyn. Roedd ymron eu hanner ar fenthyg o blasty bach yr Hendre, cartref chwaer y sgweier. Cludent blatiau arian ac arnynt amrywiaeth o gigoedd a llysiau. Gosodwyd y cyfan ar y byrddau ochr, ac wedi holi pawb, aeth Evans ati i rannu'r cigoedd, gyda help Elin, y brif forwyn, tra aeth rhai o'r morynion eraill ati i ddosbarthu'r llysiau, a'r gweddill yn ôl i'r gegin i mofyn rhagor.

Pryd anniddorol fu hwn i'r bobl ifainc a wasgarwyd ymysg y cwmni. Bu'n rhaid siarad am fân bethau am gyfnodau hir, pan na fedrai'r bwyd ardderchog hawlio eu sylw yn llwyr. Mewn gwirionedd y bwyd oedd y peth gorau ynghylch y rhan honno o'r noson i'r rhan fwyaf o'r gwesteion. Edrychai pawb ymlaen at gael gwahoddiad i Gynfelin am bryd o fwyd, gan fod coginio Mrs Puw yn ddiarhebol.

Sylwodd Rhys, tua diwedd y pryd, fod ei fodryb a'i dad yn sibrwd yn ddifrifol â'i gilydd. Er iddo glustfeinio, ni fedrai eu clywed uwchlaw'r holl siarad o'u cwmpas.

Toc wedi naw, eisteddodd pawb yn ôl wedi cael eu gwala. Cynigiwyd nifer o lwncdestunau ac yn eu mysg nifer yn cyfeirio at yr etifedd. Gwenodd Rhys yn ffugfelys ar bawb a diolchodd iddynt am eu dymuniadau da.

Cyn hir, cododd y gwragedd a mynd allan. Aildrefnodd y gwŷr eu hunain o gwmpas y bwrdd tra arllwysai Evans a Huws y gwirodydd i'w gwydrau. Trodd y sgwrs at faterion y dydd. Erbyn hyn, yr oedd Rhys a Henry wedi llwyddo i ddod at ei gilydd, i drafod materion oedd o bwys iddynt hwy.

★   ★   ★   ★

Eisteddai'r gwragedd a'r merched o gwmpas yr ystafell yn glystyrau bychain. Yn ymyl y ffenestr, eisteddai Cecilia, cyfnither Leisa, yn siarad â Sara Vaughan, Catrin Ifans ac Elizabeth Pugh. Brolio yr oedd Elizabeth Nantcoed y ffordd yr oedd dau o wŷr ifanc mwyaf cefnog y wlad yn ymladd i'w chael yn wraig; nid yn llythrennol, wrth gwrs! Gwrandawai Cecilia arni heb fawr o ddiddordeb, gan ei bod ar fin dyweddïo â John Fitzwarren. Bu hi a Leisa'n ffrindiau da tan tua phum mlynedd yn ôl. Blagurodd y berthynas pan aeth plant Cynfelin i fyw yn yr Hendre am ddwy flynedd wedi marw eu mam. Chwaraeai'r plant gyda'i gilydd a derbynient eu gwersi yn yr un ystafell. Parhaodd hyn wedi i blant Cynfelin ddychwelyd adref. Ond wrth iddynt gyrraedd eu harddegau, lledodd y gwahaniaeth o dair blynedd rhwng y ddwy gyfnither yn sylweddol. Dynion oedd unig ddiddordeb Cecilia bellach, a'r bwriad o fachu un, a'i briodi. Doedd dim ymhellach o feddwl Leisa. A dweud y gwir, yr oedd Catrin Ifans yn llawer tebycach i Cecilia o ran ei diddordebau. Ers peth amser bellach, yr oedd hi wedi bod â'i llygaid ar ddau fab hynaf Cynfelin. Wedi methu'n llwyr â denu llygad Rhys, yr oedd ers naw mis bellach wedi bod o fewn hyd braich i Huw ar bob achlysur o bwys yn yr ardal. Ac yn wir, hyd nes iddo ymadael am y cyfandir ar ddiwedd Mai, yr oedd yntau wedi cymryd mwy a mwy o sylw ohoni hi. Edrychai fel pe bai ei breuddwyd yn graddol agosáu at fod yn wirionedd.

Eisteddai Mrs Annabelle Preis ar soffa esmwyth yr ochr chwith i'r tân, yn gwrando'n astud ar ei nith oedd wrthi'n egluro arwyddocâd y ffaith fod Georgiana Burroughs yn mynd i'r sesyn yn Llundain y flwyddyn honno.

'Rwyt ti'n fy synnu i Leisa,' ebe'i modryb. 'Feddylies i eriôd y byddwn i yn dy glywed yn dweud y fath bethe synhwyrol. Mae'n dda gweld fod rhywfaint o synnwyr cyffredin yn dy ben di wedi'r cwbwl . . . Mae'n rhaid i mi gyfadde . . . 'mod i'n tueddu i gytuno â thi ynglŷn â hyn. Wyddwn i ddim 'i bod hi'n bwriadu mynd 'leni pan awgrymes i wrth dy dad rai wythnose 'nôl y dylet ti fynd—fe fuon ni'n gwneud trefniade bras ar dy gyfer di yn ystod y pryd gynne. Ond dyna ni . . . gan 'i bod hi'n ferch i Aelod Seneddol, mi fydde'n siŵr o fynd â'r sylw i gyd. Mi fydde unrhyw ferch leol arall yn well na hi . . . Mae'n llawer gwell i ti fod yr unig ferch o'r ardal 'ma, os yn bosib, pan ddaw dy dro di, 'run fath â Cecilia . . . Mi ofynna i i Mrs Pugh Nantcoed yn y funud, i weld a yw hi wedi clywed unrhyw beth ac os wyt ti'n iawn, fe gaf i air â dy dad ac egluro pam rwy'n credu y bydde'n well i ti fynd y flwyddyn nesa.'

'O, diolch, Anti,' ebe Leisa gan wasgu llaw ei modryb.

'Meddwl am y teulu rydw i, merch i, nid amdanat ti.'

Diolchodd Leisa eto ond â llai o frwdfrydedd y tro hwn. Cododd ei modryb a mynd at nifer o wragedd hŷn a eisteddai heb fod ymhell o'r drws. Yn eu mysg yr oedd Mrs Ifans, Gelli'r Eos, Mrs Vaughan, y Wern, Mrs Rees, Troed-rhiw ac yn fwyaf arbennig, Mrs Pugh, Nantcoed.

Cododd Leisa hithau yn araf a cherdded i gyfeiriad y ffenestr gul yng nghornel yr ystafell. Tynnodd y llenni coch trymion i'r naill ochr a gweld dim ond düwch tu allan. Safodd yno fel pe bai'n syllu ar rywbeth. Yr oedd arwyddocâd geiriau ei modryb yn dechrau asio â'r hyn ddywedodd ei thad neithiwr. Er iddi lwyddo i osgoi mynd i'r sesyn, yr oedd newidiadau enfawr yn ei bywyd yn anorfod. Byddai'n rhaid iddi droi yn y cylchoedd cymdeithasol lleol a oedd mor atgas ganddi, ond yn waeth na hynny, byddai'n rhaid iddi adael y plas, y ceffylau ac Ann am gyfnodau hir, ac yn y diwedd, am byth.

Rhoddodd ochenaid ddofn, caeodd y llenni ac eistedd mewn cadair freichiau bren ysgafn gerllaw. Cronnodd dagrau yn ei llygaid a gwyrodd ei phen a'u sychu'n gyflym â macyn. Ni wnâi'r tro i neb ei gweld yn crio.

Yr oedd Elizabeth yn dal i bregethu ger y ffenestr fawr, ond roedd ei chynulleidfa wreiddiol wedi mynd. Eisteddai Cecilia, Sarah a Catrin gyda'u mamau erbyn hyn, yn trafod siop ddefnyddiau dda yr oedd un ohonynt wedi'i darganfod yn Llundain, gan droi'r sgwrs wedyn at ddillad y merched.

Sylweddolodd Leisa'n sydyn fod rhywun yn sefyll yn ei hymyl. Caroline Phillips, Llwynbedw, oedd yno—'yr hen ferch leol' yn ôl Rhys.

'Beth sy'n bod arnat ti? Does dim raid i ti gilio i'r cysgodion am mai dy frawd biau blaen y llwyfan heno, wyddost ti.'

'Na . . . meddwl roeddwn i,' atebodd Leisa.

'Am beth?'

'O, dim byd o bwys.'

'Dere, mi roeddet ti'n llawer rhy bell i ffwrdd i fod yn meddwl am ddim byd.'

'Na, wir, dyw e ddim yn bwysig.'

'Wel rhyngot ti a dy gawl. Efo pwy wyt ti am ddawnsio heno, 'te?'

'Wyddwn i ddim fod gen i ddewis.'

'Rwyt ti'n bigog fel draenog heno . . . Beth sy'n bod? Chei di'r un ddawns os gwnei di wgu fel yna drwy'r nos . . . Wyt ti'n meddwl y gallet ti gael gair â Rhys—iddo ddawnsio efo fi?'

'Haleliwia! Dyna'r ffordd sicra iti beidio cael dawns 'dag e! Wrandawith e byth arna i. Gofynna i Anti Annabelle fod yn llatai i ti. Mae'n llawer mwy tebygol o lwyddo na fi,' ebe Leisa gan wenu wrthi'i hun.

Gadawodd Caroline hi heb air o ddiolch a mynd yn syth at chwaer y sgweier, a oedd erbyn hyn yn siarad â gwraig Bryneithin.

Ar hyn, camodd Evans i mewn i'r ystafell i gyhoeddi dyfodiad y dynion.

★　　★　　★　　★

Roedd y bwrdd bwyd wedi ei glirio o'r stafell fwyta a'r rhaniad rhyngddi a'r stafell gerdd wedi ei dynnu 'nôl er mwyn cael un ystafell fawr. Eisteddai'r gwragedd a'r merched o gwmpas y stafell tra safai'r dynion mewn grwpiau yma a thraw. Roedd y cwmni wedi mwynhau nifer o ddawnsiau erbyn hyn. Yn un gornel, eisteddai'r pedwar cerddor o Gaerfyrddin a logwyd ar gyfer y noson. Roeddent wrthi'n torri eu syched tra câi'r dawnswyr saib haeddiannol.

Safai Rhys a Henry yn eu hymyl, yn trafod y ddawns hyd yn hyn, gan ganolbwyntio eu sylwadau ar y merched.

29

'Does gen i fawr o ddim i'w ddweud wrth yr un o'r rhain heno. Piti fod merched Burroughs heb gael gwahoddiad; mae'n rhaid cyfadde mai dyna'r ddwy berta'r ffordd hyn.'

'Mae angen dysgu gwers ar y ddwy,' ebe Rhys.

'Ac mi fyddet ti'n barod iawn i wneud hynny?'

'Yn fwy na pharod!'

Chwarddodd y ddau.

'Roeddet ti i weld yn cael tipyn o hwyl efo Catrin Gelli'r Eos gynne,' ebe Rhys, gan gymryd llwnc o win o wydr ar y silff ben tân.

'Digon gwir. Mae honna'n ferch werth bod yn ei chwmni . . . Mi gefaist tithe dipyn o hwyl efo Caroline Llwyn Bedw.'

'Ti'n gwbod yn iawn beth yw 'marn i am honna! Rwy'n credu y bydde hi wedi llyfu'n sgidie i ar ddiwedd y ddawns olaf yna ar ôl yr holl sebon gafodd hi gen i.'

'Mi lyfith honna'r llawr i unrhyw un, ond iddi gael rhywfaint o sylw.'

'Beth am gael gafael ar y ddwy ohonyn nhw ar gyfer y ddawns nesa?'

'Yn anffodus, rwy wedi addo'r nesaf i Mam. Dawnsia di â dy chwaer, ac fe gawn ni'n dau ychydig bach o hwyl wedyn.'

'Byth bythoedd. Dwy i ddim yn mynd i ddawnsio efo'r hen sgubell fach 'na. Mae hi wedi mynd yn ormod o fadam o'r hanner. Mae'n hen bryd i Dada ei phriodi hi â rhywun, i ni gael 'i gwared hi.'

'O! chwarae teg 'nawr, Rhys. Fedri di ddim disgwyl i ferch ddwy ar bymtheg oed briodi'r dyddiau hyn,' ebe Henry, gan roi ei wydr gwag yn ôl ar y silff ben tân.

'Mi wnâi les iddi wneud beth mae rhywun yn 'i ddweud wrthi. Mae hi wedi lapio Dada rownd 'i bys bach ac mae'n siŵr y gwneith hi newid 'i feddwl am 'i danfon hi i'r *season* 'leni os ceith hi amser i weithio arno fe—ddim fy mod i eisie'i chael hi lan 'na, cofia. Ond o leia mi fyddai'n gyfle i rywun gael golwg arni a'i bachu a mynd â hi o' 'ma am byth.'

'Dwyt ti ddim ond yn dweud hynna am nad yw hi'n fodlon gwneud beth wyt ti am iddi'i 'neud.'

Erbyn hyn, roedd y cerddorion yn paratoi i ailddechrau chwarae.

'Pam na wnei di ddawnsio efo Mam, 'te, ac mi wna inne ddawnsio efo Leisa.'

'Â chroeso! Watsha dy hunan, mae'n cnoi!'

Aeth y ddau i chwilio am eu partneriaid a chyn hir, roedd mwy na hanner y cwmni ar y llawr yn dawnsio.

Arweiniai Rhys ei fodryb ar draws y llawr yn gelfydd fel arfer, a mwynhâi hithau ei sylw a'i siarad cyson.

'Wyddoch chi fod Leisa yn mynd lan i Lunden 'leni?' ebe Rhys, rhyw hanner ffordd drwy'r ddawns.

'Dim 'leni, Rhys; dyden ni ddim eisie cystadlu â Georgiana Burroughs.'

Nid atebodd Rhys am beth amser, yna meddai,

'Wel, dyna beth yw newyddion da. Fe gawn ni i gyd fwynhau'r *season* heb gael gwlanen wlyb yn ein mysg.'

Y ddau yn troi.

'Mae dy chwaer yn gaffaeliad i'r teulu. Gyda'r wyneb a'r corff sydd ganddi, mi alle briodi'n dda iawn, ac mi fydde hynny o les i ni i gyd.'

'Brysied y dydd!'

Troi a throi.

'Beth amdanat ti, Rhys?'

'Meddwl mynd fyny am y tymor i Lunden a chael golwg ar beth sy'n cael ei gynnig oeddwn i.'

'Call iawn. Mae'n biti na fyddai dy gefnder yn meddwl yr un fath.'

Moesymgrymu a chyrtsi.

Arweiniodd Rhys ei fodryb yn ôl i'w sedd, diolchodd iddi a throdd i chwilio am Henry. Aeth y ddau yn ôl y trefniant i mofyn Catrin a Caroline a'u harwain i'r llawr ar gyfer y ddawns nesaf—un gyflym. Ni chafodd y bechgyn gyfle i siarad â hwy, dim ond eu taflu o gwmpas y llawr, gan wneud i'r ddwy deimlo'n anghyfforddus iawn, a chochent oherwydd yr holl ymdrech. Wrth droi, winciai'r ddau ar ei gilydd. Gorffennodd y ddawns. Arweiniwyd y merched yn ôl i'w seddau. Ymladdai'r ddwy am eu gwynt ond gan geisio peidio â dangos hynny. Bradychai eu bochau cochion natur dawel eu bywyd beunyddiol. Ciliodd Rhys a Henry i fwynhau eu concwest.

Ymhen yr awr tynnai'r noson tua'i therfyn. Roedd hi ymhell wedi hanner nos a cherbydau Llwyn Bedw, y Wern a Brynmanod wedi gadael ers hanner awr go dda. Galwodd y sgweier am un ddawns i gloi'r noson, wedi gorchymyn i Rhys ddawnsio gyda'i chwaer.

Safai'r ddau mor bell ag y gallent oddi wrth ei gilydd cyn cychwyn. Prin y cyfarfyddai eu dwylo wrth iddynt ddawnsio.

'A beth wyt ti wedi bod yn ei ddweud wrth Anti Annabelle heno?'

'Meindia dy fusnes,' ebe Leisa, gan wenu ar ei thad.

'Na wna i. Rwy'n gwybod yn iawn dy fod ti wedi ei defnyddio hi i ddylanwadu ar Dada.'

'Pam rwyt ti'n trafferthu gofyn, 'te?'

Tawelodd y sgwrs ac aeth y ddau ymlaen i ddawnsio. Sylwodd nifer o'u hamgylch ar yr awyrgylch oeraidd rhyngddynt ac iddynt ymwahanu heb foesymgrymu ar ddiwedd y ddawns.

Symudodd Rhys a'r sgweier ymysg y cwmni wrth iddynt fynd allan i'r cyntedd. Yno safai Evans, Huw ac Elin yn dal pentyrrau o gotiau a chlogynau llaes. Byrlymu siarad yr oedd pawb o hyd, gan ddiolch i'r teulu a threfnu i gwrdd neu alw heibio i hwn a'r llall cyn hir. Ymlusgodd y bobl yn araf allan drwy'r drws tuag at y cerbydau. Aflonyddodd y ceffylau a chlywai Leisa, wrth sefyll ger y drws, sŵn pedolau ar ro, lledr ar ledr, drysau'n agor a chau, bloeddiadau o ffarwel, chwipiau'n clecian ac olwynion yn troi'n araf wrth i'r cerbyd cyntaf gychwyn o gwmpas y lawnt tua'r bont fechan.

Safai'r teulu wrth y drws yn codi llaw ar bawb. Yna ffarweliodd y Preisiaid â hwy ac estynnodd Henry ei law i Cecilia i'w helpu i'r cerbyd ac i'w fam yr un fath, cyn neidio i mewn ar ôl ei dad. Clec-iodd y chwip a chychwynnodd y cerbyd olaf tua'r bont.

Trodd Leisa ar ei sawdl a rhuthro i'r tŷ rhag yr oerfel. Rhedodd i lawr y cyntedd cul, drwy stafell y ddawns i'r gegin, yn y gobaith y byddai Ann yn dal yno. Yr oedd y lle yn wag heblaw am Evans a oedd wrthi'n cloi drws y seler.

'Lle mae pawb?'

'Yn y gwely, Miss; ers orie, rai ohonyn nhw.'

'Pryd aeth Ann a'i mam?'

'Yn syth wedi iddyn nhw orffen clirio a golchi'r llestri bwyd. Mi fyddan 'nôl yma cyn pen chwe awr, cofiwch.'

'Wrth gwrs, wnes i ddim meddwl . . . Wedi meddwl cael gair efo Ann ro'n i.'

Cerddodd Leisa yn araf tua'r lle tân a'i wres. Safodd yno â'i dwylo y tu ôl i'w chefn yn cynhesu. Parhaodd Evans i orffen ei orchwylion. Aeth allan i'r cefn a chlywodd Leisa ef yn ymbalfalu ymysg y sosbenni am rywbeth. Daeth yn ei ôl cyn hir yn waglaw. Datglôdd ddrws y seler a diflannodd i'w chrombil. Sylwodd Leisa fod ganddo degell ar y tân. Clywodd sŵn rhywun arall yn dod tua'r gegin. Ei thad oedd yno.

'Dyma lle rwyt ti! Rwy wedi bod yn chwilio amdanat ti ym mhob man. Ble mae Evans?'

Amneidiodd Leisa tua drws agored y seler.

'Mae'n ddrwg gen i am neithiwr,' meddai ei thad wrth ddynesu ati, 'doeddwn i ddim yn teimlo'n rhy dda—'rhen gefen 'ma 'to . . . Mi ges air â dy fodryb heno ynglŷn â Llunden, ac mi ryden wedi cytuno nad oes raid i ti fynd 'leni . . . Dwy i ddim am i ti fod yn anhapus . . . fydde dy fam byth yn madde i mi . . .'

Daeth golwg bell i lygaid y sgweier a rhoddodd ei law ar ysgwydd Leisa.

'Diolch,' meddai hi'n dawel, gan rhyw hanner sibrwd.

Torrwyd ar y distawrwydd gan lais Evans o ben grisiau'r seler.

'Chi sy 'na, Syr! Ro'n i'n meddwl 'mod i wedi clywed siarad. Rwy i ar fin gwneud cwpaned o de. Fyddech chi'n hoffi cael un?'

'Na, dim diolch; gwely amdani. Wnewch chi ofalu clirio popeth, Evans?'

'Wrth gwrs, Syr,' atebodd yntau gan gloi drws y seler.

Trodd y sgweier tua'r drws, a dilynodd Leisa ef.

'Nos da, Evans.'

'Nos da, Miss.'

Gwrandawodd Evans ar sŵn traed y ddau'n pellhau, tra arllwysai ddŵr berwedig ar y pinsied dail te yng ngwaelod ei gwpan. Tynnodd y fainc at y tân a thynnodd ei esgidiau er mwyn rhoi ei draed mor agos ag a feiddiai i'r marwydos. Yfodd ei de yn hamddenol ond yn swnllyd, â'i feddwl ymhell.

Ymhen hir a hwyr, cododd, wedi rhoi ei draed yn ôl yn ei esgidiau, a rhoi'r fainc yn ôl yn ei phriod le. Gadawodd y cwpan ar y bwrdd tan y bore. Agorodd y ffwrn wal fechan a thaflodd bedwar darn o fawn ar y tân. Tynnodd y tegell oddi ar y tân a symud y crochan uwd i'w le. Cymerodd ganhwyllbren ddwbwl oddi ar y bwrdd a chychwyn tua'i wely, ond nid cyn diffodd y lampau a'r canhwyllau yn y cyntedd a'r holl ystafelloedd eraill lawr stâr wrth fynd.

Roedd naws eira yng ngwynt y dwyrain a chwythai i lawr y cwm o'r mynyddoedd. Roedd y coed o gwmpas y plas wedi colli eu dail bron i gyd, ac yn y cysgod, roedd y llwydrew yn dal i wynnu'r glaswellt. Glaslwyd oedd yr awyr, gydag ambell gwmwl di-siâp. Ymddangosai pobman yn llwyd a difywyd er bod y glaswellt yn eitha gwyrdd.

Y tu mewn i'r plas, roedd pethau'n bur wahanol. Roedd yno brysurdeb ym mhobman: pobl yn brysio o un lle i'r llall, yn cario dillad, a'r morynion a Mrs Puw yn gweiddi ar ei gilydd; Annabelle Preis yn cerdded yn ôl a blaen yn y llyfrgell, yn ddiamynedd braidd, tra eisteddai ei mab wrth y tân. Roedd Leisa, yn ei chôt ailorau, draw yn y gegin yn holi hanes Ann gan Mrs Puw, a'r sgweier a'i fab wrthi'n ymwisgo.

Ar hyn, daeth Wil Lloyd i mewn i'r gegin a Lloyd Beili yn dynn wrth ei sawdl. Cyfeiriodd Mrs Puw y ddau i stafell y sgweier, gan eu hannog i frysio. Dilynodd Leisa hwy hyd at y cyntedd ac aeth at y drych i sicrhau fod ei gwallt mewn trefn cyn cymryd ei het oddi ar fwrdd bychan o dan y drych, a'i gwisgo a chlymu'r ruban dan ei gên.

Daeth Huws a Wil Lloyd i lawr o ben y grisiau yn cario cist rhyngddynt, ac allan â hwy drwy'r drws at y cerbyd y tu allan. Yna yn ôl â hwy i fyny'r grisiau.

Wrth glywed pethau'n dechrau symud, daeth modryb Leisa a Henry allan o'r llyfrgell.

'Ble maen nhw erbyn hyn, Leisa?'

'Mae cist Dada wedi dod lawr ac maen nhw newydd fynd i mo'yn un Rhys.'

Ar y gair, ymddangosodd y sgweier a'i feili ar ben y grisiau, yn dal i drafod gwaith y ffarm.

'John, siapa hi, neu wneith yr un ohonoch chi ddal y goets fawr. Hanner awr sydd 'na cyn y bydd hi'n cychwyn o'r dre,' ebe Annabelle Preis, gan gymryd cip ar y cloc.

'Iawn, Anni, paid gwylltu . . . Rhys! Lle rwyt ti, fachgen?'

Daeth hwnnw i'r golwg, gyda Huws a Wil Lloyd y tu ôl iddo, yn cwyno braidd dan bwysau ei gist. Aeth pawb allan at y goets, ac wedi llwytho pobl a phethau iddi i ffwrdd â hwy dros y bont ac allan i'r ffordd. Gyrrai Phillips y coetsmon yn eitha cyflym nes peri fod y teithwyr yn cael eu hysgwyd wrth i'r olwynion symud i mewn ac allan o rigolau yn y ffordd a thasgu cerrig mân i bob cyfeiriad. Cyn pen pum munud, yr oeddent wedi cyrraedd y ffordd dyrpeg, a chyflymodd y cerbyd fwyfwy. Yr oedd sgwrsio'n amhosibl yn yr holl sŵn a'r rhuthr er eu bod wedi eu gwasgu'n dynn at ei gilydd. Eisteddai Leisa â'i chefn at y ceffylau, yn edrych allan ar afon lydan, hithau'n rhuthro tua'r dre, ar ochr chwith i'r ffordd. Yr oedd y dŵr hyd at ei glannau wedi glaw cyson yr wythnos ddiwethaf.

Rhuthrodd y cerbyd drwy bentre'r Llan a chafodd Leisa gip ar un neu ddau ar eu ffordd i'r 'Swan'. Cyffyrddent â'u hetiau wrth weld y goets yn pasio. Yna dechreuodd y cerbyd arafu wrth iddynt ddynesu at y dollborth ym mhen gogleddol y dre. Daeth y ceidwad allan i'w cyfarfod a thalodd y gyrrwr y doll briodol. Agorwyd y glwyd, a phasiodd y goets i mewn i'r dre, rhwng dwy res o fythynnod bychain gwyngalchog, to gwellt.

Tre glan y môr ydoedd, yn graddol ddenu mwy a mwy o ymwelwyr bonheddig yn ystod yr haf. Caent eu denu gan rodfa ysblennydd ar hyd glan y bae, theatr, rasys ceffylau mis Awst ac amryw o ardaloedd prydferth heb fod ymhell o'r dre. Ar gwr deheuol y dre, ar aber yr afon, yr oedd harbwr sylweddol a lochesai longau o bob lliw a llun.

Dringodd y cerbyd i fyny'r stryd fawr at y 'Kings Head'. Arhosodd wrth ddrws y gwesty. Camodd rhywun ymlaen i agor y drysau iddynt, a daeth eraill i gario'r cistiau i'r goets fawr. Wrth i'r olaf ddod o'r cerbyd, canodd y coetsmon y corn i rybuddio pawb fod y goets fawr, a safai ar ganol y ffordd, ar fin ymadael. Llwythwyd cistiau'r plas ac un Henry ar ben a chefn y goets â pheth trafferth. Aeth y sgweier i'r gwesty i dalu am y siwrnai ac aeth y gweddill i siarad â theulu'r Wern. Roedd Prys Vaughan, y mab ieuengaf, yn bwriadu cyd-deithio â Henry, Rhys a'i dad. Safai Leisa ar y cyrion. Yn hytrach na gwrando ar y sgwrs, gwyliai'r bobl oedd yn sefyllian yn y sgwâr bychan.

Yr oedd osler y 'King's Head' wrthi'n rhoi brwsiad olaf i'r ceffylau, a'r ddau goetsmon yn eistedd yn eu lleoedd yn barod. Roedd dau ddyn dieithr heb fod yn drwsiadus iawn yr olwg yn tindroi yn ymyl y goets. Tebyg eu bod hwy am deithio y tu allan ar y sedd y tu ôl i'r gyrrwr. Yr ochr draw i'r sgwâr, roedd nifer o werthwyr yn siarad a bargeinio, rhai cŵn, a rhai o blant y dre wedi dod i weld y goets yn cychwyn. Hwn oedd un o ddigwyddiadau mwyaf cyffrous eu hwythnos. Sylwodd Leisa ar gyflwr gwael eu dillad, eu hwynebau budron a'u gwalltiau anniben, heb adael i hynny ei phoeni'n ormodol.

Daeth ei thad allan o'r gwesty a brasgamu tua'r boneddigion ger y goets.

'Wel, bobol, mae'n well i ni feddwl am fynd,' meddai. Cydiodd yn llaw ei chwaer, a'i hysgwyd, gan gusanu ei boch ar yr un pryd. 'Edrycha ar ôl Leisa. Rwy'n gobeithio bod 'nôl ar hon cyn pen yr wythnos. Dewch fechgyn, i mewn â ni.'

Cydiodd yn Leisa a chusanodd hi ar ei boch.

'Cymer ofal, a phaid â dianc 'nôl i'r plas i farchogaeth . . . wyt ti'n clywed?'

Cusanodd hithau ei thad, heb addo dim iddo.

Symudodd pawb at y cerbyd a dringodd y teithwyr i'w seddau, pedwar y tu mewn a dau y tu allan. Canwyd y corn, cleciodd y chwip a throdd yr olwynion yn araf. Chwifiwyd dwylo hyd nes i'r goets gyrraedd gwaelod y stryd.

Teimlodd Leisa bwysau llaw ei modryb ar ei braich. Byddai'n aros gyda hi ym mhlas yr Hendre hyd nes y deuai ei thad adref. Doedd dim amdani ond cydymffurfio yno.

'Dere, 'merch i, mae gen i rywfaint o siopa i 'neud cyn i ni fynd adre. Mi rydw i wedi trefnu efo Phillips y byddwn 'nôl 'ma ymhen chwarter awr. Tyrd, mae arna i eisie mynd i siop Daniel Tomos.'

Dilynodd Leisa ei modryb yn ufudd. Cerddodd y ddwy yn garcus ar hyd y stryd, gan wylio lle rhoddent eu traed. Roedd hi'n fwdlyd iawn hyd ochr y ffordd.

'Ydech chi wedi clywed oddi wrth y lleill yn ddiweddar?' gofynnodd Annabelle Preis dros ei hysgwydd.

'Do. Fe ddaeth llythyr oddi wrth Gwilym ddoe. Doedd ganddo fe fawr o newyddion. Mi gawson ni un gan Huw tua wythnos 'nôl hefyd.'

'Ydech chi'n gwbod erbyn hyn pryd y bydd Huw yn dod adre'n derfynol?'

'Ddiwedd Tachwedd.'

Trodd y ddwy i mewn i siop ddillad a defnyddiau Daniel Tomos. Daeth ef ei hun ymlaen i gyfarch 'Ladi' Preis, fel yr adwaenid hi yn y dre.

Lled-ymgrymodd y gŵr wrth gyfarch y ddwy'n wenieithus a chododd ysfa chwerthin yn Leisa. Trodd ac aeth i edrych ar bentwr o ddefnyddiau anniddorol er mwyn cael amser i'w rheoli ei hun.

'Rwy am gael darn o ddefnydd mwslin da ganddoch chi. Beth sydd gennych chi yma yn y siop?'

'Fawr o ddim ar hyn o bryd, ma' arna i ofan. Ma' 'na chwe hyd go lew . . .'

'Wel, dewch â nhw yma, ddyn.'

Brysiodd Tomos i'r cefn i mofyn y defnyddiau, a throdd Anna-belle Preis i chwilio am ei nith.

'Beth wyt ti'n 'neud yn fan'na yn edrych ar y fath ddefnyddie hyll? Pobol gyffredin sy'n prynu'r math yna o beth.'

Dychwelodd y siopwr â llond ei hafflau o ddefnyddiau.

'Dere yma, Leisa. Beth wyt ti'n feddwl o'r rhain?'

'Maen nhw'n neis iawn.'

'Ie, ond pa un fydde orau gen ti ar gyfer ffrog?'

'I fi? . . . Wel, mae'n debyg mai'r un pinc 'na fyddwn i'n ddewis.'

'A beth am un i Cecilia?'

'O! y glas yn bendant,' ebe Leisa â diddordeb ffug.

'Pam felly?'

Roedd Leisa yn dechrau blino ar yr holl gwestiynau.

'Mae hi bob amser yn edrych mor dda mewn glas,' meddai'n ffugfelys.

'Iawn. Fe gymera i bedair llath o'r ddau, Mr Tomos, a'r un fath o'r un pinc llinellog . . . Mae'n dda gweld fod gen ti ryw syniad ynglŷn â sut i wisgo.'

'Pam rydech chi'n prynu'r rhain?'

'Mi fydd angen ffrogie ar Cecilia a finne yn Llunden ac mae angen rhagor arnat ti, os wyt ti'n mynd i gymysgu ychydig mwy o hyn ymlaen. Fe gaiff Ann Puw wneud d'un di. Mi fyddaf i'n mynd â'r defnyddiau eraill i fyny i Lunden efo fi yr wythnos nesaf. Mae'r tymor yma'n bwysig iawn i Cecilia, a hithe'n priodi'r Pasg.'

'Priodi John Fitzwarren, ydech chi'n feddwl?'

'A phwy arall wyt ti'n feddwl mae hi'n mynd i briodi? . . . Mae hi wedi gwneud y matsh gorau wnaed gan unrhyw un o'n teulu ni erioed. Fydd dim rhaid i ni na Henry boeni dim am y dyfodol, diolch i John, a mae e'n fachgen mor neis hefyd.'

Pesychodd Mr Tomos i dynnu sylw at y pecyn a orweddai ar y cownter o'i flaen.

'A! rhowch e ar ein cownt ni, Mr Tomos.'

'Wrth gwrs, Mrs Preis.'

'Tyrd Leisa, fe gaiff Phillips gasglu'r pecyn yma yn y funud.'

Aeth y ddwy allan i'r stryd ac yn ôl at eu coets. Yr oedd hi wedi oeri eto a chrymodd Leisa ei hysgwyddau rhag y gwynt main a redai drwy ei dillad. Wedi dringo i'r goets, roedd y ddwy yn crynu.

'Mae'r gaeaf wedi dod, heb os nac oni bai,' ebe Mrs Preis, gan daenu carthen dros goesau'r ddwy, a chychwynnodd y goets tua siop Daniel Tomos. Wedi llwytho'r pecyn defnyddiau, prysurodd i'r Hendre i ollwng y gwragedd yno cyn mynd yn ôl i Gynfelin.

★ ★ ★ ★

Cerddai Ann a Leisa'n araf drwy erddi'r plas. Roedd Leisa wedi dod draw o'r Hendre am y prynhawn i'w gweld hi a'i mam. Erbyn hyn roedd y cysgodion yn ymestyn, ond roedd naws rewllyd y gwynt wedi diflannu. Er hynny, roedd y ddwy wedi eu gwisgo mewn trwch o ddillad, sgarff, menig a chap gwlân yr un.

Wedi distawrwydd am rai munudau, meddai Leisa:

'Mae'n amlwg fod rhywbeth ar dy feddwl di. Wnei di ddweud wrtha i?'

'Mi wna i, os dwedi di beth sy'n dy boeni dithe.'

'Yr un hen beth sy'n fy nghorddi i . . .'

'Y syniad o orfod mynd o' 'ma am byth?'

'Ie, a'r ffaith mai Rhys fydd bia'r lle.'

'Wel, fe fydd raid i ti ddygymod â hynna. Ma'n rhywbeth sy'n digwydd i'r rhan fwya o bobol.'

'Rwy'n gwbod . . . ond dyw hynna ddim yn gwneud y peth yn haws . . . Beth amdanat ti 'te?'

'Fi? o, ie . . . wyt ti'n cofio fi'n sôn wrthat ti fod 'na glarc ifanc i gyfreithwr wedi dod i weitho i'r dre?'

'Ydw.'

'Rwy i wedi'i weld sawl gwaith yn ddiweddar—yn y dre, yn y Wern ac yn yr eglw's ddo'. Fe ofynnodd e i Mam, ar ôl y gwasaneth, a gâi e ddod draw i tŷ ni nos fory i 'ngweld i.'

'O!'

Tawelodd Leisa. Ni wyddai sut i ymateb i'r newydd hwn. Cerddodd y ddwy ymlaen heb ddweud gair. Ciciai Leisa rai o'r cerrig mwyaf ar y llwybr o'i blaen, a gwthiodd ei dwylo yn ddwfn i'w phocedi. Erbyn hyn roeddent wedi cyrraedd pen pella'r llwybr a redai rhwng llwyni bychain o rododendron a blannwyd y flwyddyn flaenorol. Trodd y ddwy yn ôl tua'r plas. Yr oedd yr haul wedi diflannu erbyn hyn ac roedd yr awyr uwchlaw'r môr yn frith o gymylau porffor ac oren.

'Be sy'n mynd i ddigwydd 'te, efo'r cyw cyfreithwr 'ma?' gofynnodd Leisa o'r diwedd, mewn llais digalon.

'Duw a ŵyr!'

Daliodd Leisa i gerdded yn ei blaen fel pe bai heb glywed yr ateb. Cydiodd Ann yn ei braich. Edrychai Leisa fel pe bai wedi cael sioc sydyn.

'Wnaiff e ddim gwahanieth i fi, yn y bôn. Haleliwia, dwy i ddim ar fin 'i briodi fe, neu rwbeth tebyg i 'ny.'

Rhoddodd Ann ei braich am ysgwyddau Leisa a'i gwasgu'n dynn.

'Dere, dyw pethe ddim cynddrwg â hynna. Wnei di ddim 'y ngholli i fel ffrind, os gwna i ddechre cwrdd â Dafydd. Ta beth, rown i'n meddwl y byddet ti'n hapus drosta i.'

'Ydw, wrth gwrs, ond . . . o, beth sy'n bod arna i, gwed?'

'Dere, fe awn ni mewn i gâl rhwbeth twym i yfed.'

Cydiodd yn llaw Leisa a'i thynnu i redeg ar ei hôl tua'r plas. Rhedodd y ddwy heibio i gefn y tŷ ac i ganol llawr y gegin.

'Nefi blŵ,' ebe Mrs Puw, 'lle ry'ch chi'ch dwy wedi bod?'

'Mâs am dro. Gewn ni rwbeth i'n cynhesu, Mam?'

'Steddwch wrth y bwrdd 'ma 'te.'

Aeth Mrs Puw i'w stafell fechan yng nghornel bella'r gegin a dychwelodd â photel fechan o frandi. Cynhesodd beth iddynt ar y tân cyn ei arllwys i ddau wydr trwchus.

'Mm, mae e'n fendigedig,' ebe Ann, wrth deimlo'i wres yn llithro i lawr ei llwnc.

'Mm,' meddai Leisa.

Synhwyrai pawb, gan gynnwys y forwyn fach yn y gornel, nad oedd Leisa yn ei hwyliau gorau heddiw, o bell ffordd. Ond ni wyddai'r un ohonynt sut i ailgychwyn y sgwrs. Cododd Leisa o'r diwedd, gan grafu'r gadair yn swnllyd ar fflagiau cerrig y llawr.

'Mae'n well i mi fynd,' meddai. Cododd ac aeth tua'r drws cefn ac Ann yn ei dilyn, i fynd i chwilio am Phillips i fynd â hi'n ôl i'r Hendre.

'Druan â hi,' ebe Mrs Puw, gan adael ei the er mwyn gorffen paratoi swper y gweithwyr, 'fuodd eriôd fwy o angen 'i mam na 'nawr . . . Mi fydde hi wedi bod yn gyment o gefen iddi . . . mistres druan! Mi fydde wedi rhoi unrhyw beth, rwy'n siŵr, i weld 'i merch wedi tyfu i fyny i fod yn wraig ifanc mor bert.'

'Shwt ddynes oedd hi 'te, Mrs Puw?' gofynnodd Elin.

'Ma' Leisa 'run boerad â hi'n gwmws—gwallt du hir, llyged du, a'r wyneb hyfryd 'na. O ran cymeriad, cofia, maen nhw'n hollol wahanol. Dynes dawel, ddiymhongar iawn o'dd meistres, wedi'i magu gan ddwy fodryb yma . . . Ma' tipyn mwy o natur 'i thad yn Leisa.'

★ ★ ★ ★

Disgwyl Henry'n amyneddgar yr oedd Rhys. Bu ef a'i dad gyda'r cyfreithiwr drwy'r bore, am y tro olaf, yn arwyddo'r holl ddogfennau a luniwyd yn ystod yr ychydig ddyddiau diwethaf. Doedd ganddo fawr o syniad o'u cynnwys, ond gwyddai'r oblygiadau'n iawn. Gallai fyw yn union fel y mynnai o hyn ymlaen, heb boeni am neb na dim arall.

Roedd yn cerdded o gwmpas parlwr eu cartref yn Llundain. Cedwid y tŷ gan ei dad a'i fodryb, a defnyddiai pawb ef yn eu tro. Roedd yno staff barhaol a gallai ef fynd a dod yno fel y mynnai yn y dyfodol. Yn wir, disgwyliai Rhys dreulio'r rhan helaethaf o bob blwyddyn yno.

Agorodd y drws a daeth Henry i mewn.

'Wyt ti'n barod?' gofynnodd.

'Ers hydoedd . . . beth wnawn ni heno?'

'Roeddwn i'n meddwl y gallen ni fynd draw i'r clwb gynta, i ti gael cyfarfod â rhai o'r aelodau mwyaf blaenllaw; yna, ymlaen i dafarn fach reit dda y gwn i amdani. Mae 'na ferched bach deniadol iawn yno, ac efallai y caret ti ddod i nabod un neu ddwy ohonynt!'

'Wrth gwrs,' ebe Rhys, yn wên o glust i glust.

'Lle mae dy dad?'

'Wedi mynd i'r gwely—mae'n dal y goets gynnar adre fory . . . Pam?'

'O! dim byd . . . meddwl oeddwn i. Fe fydd raid i ni fod yn fwy gofalus pan ddaw Mam yma, cofia. Mae gan honna lygaid yng nghefn 'i phen a chlustie fel cadno. Wyt ti wedi galw cab?'

'Ydw, fe ddylai fod tu fâs yn disgwyl amdanon ni . . . Ydi, dere.'

Brysiodd y ddau i'r cyntedd i wisgo'u cotiau a chan godi hetiau a menig oddi ar y stand, allan â hwy i'r stryd ac i'r cab. Trawodd Henry do'r cab a galwodd enw stryd na wyddai Rhys amdani.

'Rwy'n addo y bydd yn noson hollol wahanol i'r *soirée* 'na neithiwr,' ebe Henry wrth i'r cab symud ymlaen ar hyd y stryd, 'er bod yn rhaid i mi gyfadde fod y ferch yna o Forgannwg a welson ni neithiwr yn un o'r pethe gore i mi 'i weld ers blynyddoedd.'

'Ro'n i'n clywed 'i bod hi'n mynd i etifeddu ceiniog neu ddwy hefyd,' ebe Rhys.

'Mi wnâi wraig dda i rywun felly,' atebodd Henry, gan wenu.

Ymdawelodd y ddau a gwrando ar bedolau'r ceffyl yn clecian yn galed ar gerrig y ffordd a gwichian rhimynnau haearn yr olwynion oddi tanynt. Yr oedd rhyw fath o darth llwydaidd yn hongian yn yr awyr a theimlai'r ddau'r gwlybaniaeth ar eu hwynebau. Deuai tawch hyfryd i'w ffroenau wrth iddynt basio gwerthwyr castanau rhost ar ambell gornel. Teimlai Rhys y gwaed yn rhuthro drwy ei wythiennau. Dyma beth a'i denai i Lundain. Roedd holl naws y ddinas yn ei gynhyrfu. Yma, câi ryddid gwirioneddol. Meddyliodd eto am yr hyn a ddywedodd Henry am y ferch o Forgannwg.

Cyrhaeddodd y cerbyd y clwb. Camodd y ddau i'r stryd a thalodd Henry'r gyrrwr.

'Mi gei di dalu ar y ffordd adre,' meddai, gan bwnio Rhys yn chwareus yn ei asennau.

★   ★   ★   ★

Roedd hi mor bell wedi hanner nos fel nad oedd gan Rhys unrhyw syniad faint o'r gloch oedd hi. Roedd wedi dod i lawr y grisiau ers deng munud neu fwy, gan ddisgwyl gweld Henry yno'n barod i gychwyn am adre ond nid oedd golwg ohono. Teimlai braidd yn sâl erbyn hyn a chredai fod gordd yn taro'n erbyn ei benglog o'r tu mewn. Ni fedrai feddwl am y daith adre. Gwell fyddai ganddo eistedd yno'n swp mewn cadair tan y bore er ei fod wedi ei amgylchynu â haid o bobl anniben, drewllyd, meddw, nad oedd yn eu hadnabod. Pwysent yn erbyn ei gilydd rhag syrthio i'r llawr. Pesychent yn ddi-baid wrth i fwg yr ystafell dreiddio i'w hysgyfaint. Rhwng y mwg a'r gwynt cwyr, hen gwrw a chyfog, teimlai Rhys ei stumog yn troi, ac yn codi weithiau at ei gorn gwddf.

41

Yna, heb unrhyw rybudd, gwagiodd ei gymydog dieithr gynnwys ei stumog ar y bwrdd o'i flaen. Mewn eiliad, roedd Rhys allan yn yr iard yn gwneud yr un fath. Wedi codi o'i gwrcwd, teimlai awyr iach yn llifo i'w ysgyfaint a daeth ato'i hun ychydig. Ymlwybrodd yn ôl i'r dafarn, a'r ordd yn ei ben yn taro'n galetach fyth. Eisteddodd mewn sedd wag wrth fwrdd arall.

Ar hyn, clywodd sŵn ymrafael mawr ar ben y grisiau, a thrwy'r mwg gwelodd rywun yn 'straffaglu i lawr y grisiau ac yn ceisio gwisgo'i got ar yr un pryd. Y tu ôl iddo deuai merch ifanc yn cicio 'i ben-ôl bob yn ail cam.

Gwelodd Rhys mai Henry ydoedd a chododd yn araf a cherdded at y grisiau i'w gyfarfod.

'Dere,' ebe Henry dan ei anadl, 'mae hon eisie rhagor o arian.' A gwthiodd ei ffordd rhwng y byrddau tua'r drws.

Dilynodd Rhys ef orau gallai, gan faglu sawl gwaith yn y gwyll myglyd.

'Fe fydd yn rhaid i ni gerdded hanner milltir i gael cab,' ebe Henry.

Ymlwybrodd y ddau yn araf i lawr y stryd.

'Shwt hwyl gest ti?' ebe Henry ymhen tipyn.

'Grêt, diolch; ond mae 'mhen i bron â thorri'n deilchion.'

'Ydi, mae'n siŵr! Shwt o'dd Lizzie?'

'Grêt.'

'Mi wedes i wrthot ti fod honna'n dda. Mi roie hi unrhyw un ar ben ffordd.'

'Hei, beth wyt ti'n drio'i awgrymu?' gofynnodd Rhys yn fygythiol gan afael yn llawes ei gefnder a'i dynnu tuag ato.

'Iawn, iawn, do'n i ddim yn trio awgrymu dim. Dim ond gweud o'n i.'

'Allwn i feddwl 'ny, 'fyd,' ebe Rhys gan ollwng ei afael a chamu i'r ochr a syrthio yn erbyn gwal.

Chwarddodd Henry cyn cynnig help llaw iddo godi. Yna aeth y ddau yn eu blaenau tua phen y stryd lle gwelent ambell gerbyd yn pasio. Pwysent yn erbyn ei gilydd yn awr er mwyn medru aros ar eu traed.

O fewn tafliad carreg i'r tro, safai cab bychan un-ceffyl a'r gyrrwr yn eistedd ar ei do, yn hepian. Gorweddai tair neu bedair llywanen ar draws ei wegil rhag y lleithder a'r glaw. Suddai ei ên i'w frest wrth iddo geisio cael eiliad neu ddwy o gwsg. Galwodd

Henry arno, a neidiodd y truan oddi ar ei gerbyd bron. Daeth i'w cyfarfod ac wedi cael y cyfeiriad, aeth â hwy tuag adre. Erbyn hyn, roedd hi wedi dechrau bwrw'n drwm. Suddai'r gyrrwr yn bellach i mewn i'w bentwr dillad ond heb unrhyw obaith am gadw'n sych. Tasgai'r dŵr i fyny o'r olwynion gan roi cawod ychwanegol i ambell un a oedd mor anffodus â bod allan yn cerdded ar y fath noson.

Cyrhaeddodd y cerbyd y tŷ ac aros ond nid oedd unrhyw arwydd o fywyd y tu mewn i'r caban. O'r diwedd, dechreuodd Rhys 'stwyrian. Ymbalfalodd yn ei bocedi i chwilio am arian i dalu. Camodd allan i'r stryd i ofyn y pris—swllt. Ni fedrai yn ei fyw gael gafael ar ddim.

'Hei, lle ma'n arian i?' gwaeddodd, gan ymbalfalu'n wallgo yn ei bocedi.

'Isht,' ebe Henry, yn dal yn hanner cysgu. 'Ma'n siŵr fod Lizzie wedi'i fenthyg e! Paid poeni, fe ddysgith wers i ti . . . 'Na ti, swllt.'

Rhoddodd Rhys ddarn o arian yn llaw'r gyrrwr. Cymerodd hwnnw un olwg arno a sylweddoli fod y gŵr ifanc wedi gwneud camgymeriad yn ei flinder a'i feddwdod. Gloywodd drwyddo ac wedi i Rhys dynnu Henry o'r cerbyd gerfydd ei got, cychwynnodd y gyrrwr yn syth am adre. Fe fyddai'r hanner sofren yn hen ddigon iddo am heno, a hithau'n noson mor ddiflas.

Agorodd drws y tŷ. Safai Williams Ffwtman yno yn ei ddillad nos, yn barod i gymryd eu cotiau. Bu'n rhaid iddo helpu'r ddau i gael eu breichiau o lewys eu cotiau, gan eu bod yn mynnu syrthio i gysgu ar eu traed. Yna, aeth yn ôl i'r gegin i nôl yr allweddi, er mwyn cloi am y nos. Pan ddaeth yn ei ôl i'r cyntedd, gallai glywed y ddau yn baglu a 'straffaglu i fyny'r ail risiau tua'u gwelyau.

★   ★   ★   ★

Yr oedd y gegin yn llawn pobl yn siarad a chwerthin ac yn paratoi i fynd i ben Allt Ddel i ddathlu nos Galangaeaf. Roedd bron bob un o weithwyr y stad a'r tŷ yno, a'u plant hŷn. Safai Leisa yn y gornel, wedi ei gwisgo mewn clogyn llaes. Roedd rhwng dau feddwl p'run ai mynd gyda'r cwmni ai peidio, gan nad oedd ganddi neb i fynd gyda hi. Nid oedd arwydd o Ann yn unman.

Yna clywodd sŵn y drws allan yn cau ac ymhen eiliad, ymddangosodd Wil Lloyd, Ann a dyn ifanc dieithr iddi hi ar drothwy drws y gegin. Tawelodd pawb. Edrychodd Ann ar hyd y môr wynebau fel petai'n chwilio am rywun, cyn sylweddoli fod pawb yn edrych arni hi a'r dyn ifanc. Cochodd a chroesodd y stafell at ei mam, a safai a'i chefn at y tân.

'Ma'r ffagle'n barod i chi mewn pentwr tu fâs,' cyhoeddodd Wil. 'Fe allwch eu cynne yn y rhwyll dân.'

Cyfeiriodd Mrs Puw ei merch at Leisa yn ei chornel, a gwthiodd Ann ei ffordd drwy'r llif pobl a symudai tua'r drws.

'Dere,' meddai, 'rwy am i ti gwrdd â Dafydd, ac fe allwn ni'n tri fynd lan efo'n gilydd.'

'Na, dwy i ddim eisie tarfu arnoch chi,' oedd yr ateb, hunan-dosturiol braidd.

'Paid bod yn ddwl, ferch,' ebe Ann, gan afael yn llaw Leisa a'i harwain ar draws y stafell.

'Dafydd, dyma Leisa: Leisa, Dafydd.'

'Sut ydech chi, Miss Richards?'

'Yn dda iawn diolch, a chithe?'

''Run fath, diolch . . . dydi'ch tad ddim yn ymuno â'r hwyl yma?'

'Na . . . mi roedd e'n arfer gwneud, mae'n debyg, pan oedd Mam yn fyw, ond wnaeth e eriôd ar ôl hynny.'

'Dewch,' ebe Ann, gan afael ym mreichiau'r ddau a'u tywys o'r gegin.

Ffarweliodd Mrs Puw â phawb ar ben y drws cyn dychwelyd i'r gegin i osod y bwyd i gyd ar fyrddau'r gegin a neuadd y gweision cyn i bawb ddychwelyd.

Nid oedd y llethr yn serth a brasgamodd y cwmni cyfan i fyny i ben yr ael lle roedd coelcerth anferth. Gallai Leisa weld y rhes ffaglau yn ymestyn o'i blaen i'r copa. Roedd yn noson hyfryd, er yn gymylog.

Wedi iddynt gyrraedd y brig, cyneuodd Wil Lloyd ac un neu ddau arall y goelcerth ac o fewn dim roedd y fflamau'n llyfu'r ochrau. Safodd yr oedolion o'i chwmpas yn gwylio'r fflamau ac yn siarad a chloncan am beth amser, tra rhedai a chwaraeai'r plant o'u cwmpas.

Cododd awel fôr maes o law a chlosiodd pawb at ei gilydd i gadw'n gynnes, gan gynnwys Dafydd, Ann a Leisa. Siaradai'r ddau gariad â'i gilydd a cheisiai Leisa beidio â gwrando ar eu sgwrs. Ond câi ei hunan byth a hefyd yn troi i edrych ar y gŵr ifanc pryd

44

tywyll a safai yr ochr arall i Ann. Nid oedd dim arbennig yn ei gylch ac eto, roedd 'na ryw dynfa; rhywbeth yn denu.

Daeth gwaedd o'r ochr draw i'r goelcerth a throdd pawb yn ôl y gorchymyn i weld coelcerthi eraill yn llosgi ar ben y Waun a Brynhir.

Wrth i'r tân gilio ac i'r prennau mawr syrthio a chwalu, tynnodd Elin amryw o datws o'i fôn â rhaca, eu llwytho i ddwy fasged fawr a'u gorchuddio â llieiniau yn barod i'w cario i lawr i'r wledd yn y plas. Wedi iddi hi a Lisi godi'r basgedi a chychwyn i lawr y llethr, trodd eraill i'w dilyn.

Trodd Dafydd at y merched.

'Ma'n debyg fod yn well i chi'ch dwy fod adre cyn i'r tân 'cw losgi'n ulw, rhag ofn i ryw fwgan gâl gafal arnach chi.'

'Bwci-bo wyt ti'n feddwl,' atebodd Ann.

Chwarddodd y tri, ond roedd peth ansicrwydd yn lleisiau'r merched. Rhoddodd Dafydd fraich am ysgwyddau'r ddwy a'u cyfeirio i lawr y llethr, ar hyd y ffordd ac i gegin y plas, lle roedd rhan o'r fintai wedi ymgynnull o gwmpas y bwrdd ond heb feiddio cyffwrdd y bwyd, gan ddisgwyl caniatâd Mrs Puw neu Evans.

'Dewch, tynnwch atoch,' ebe hi o'r diwedd, gan ddechrau rhannu'r bwyd. Aeth Evans a Huws at y casgenni i rannu'r cwrw. Mewn eiliad roedd y lle'n llawn o fwrlwm siarad hapus a chwerthin.

Croesodd Leisa'r gegin ac eistedd yn ei lle arferol, yn y lle tân, ar ôl cael gafael mewn plât a'i lond o fwyd. Gwyliai, â pheth eiddigedd, y cwmni diddan yn eu mwynhau eu hunain, ac yn enwedig felly Ann a Dafydd, a oedd fel rhyw ynys fach o ddedwyddwch yr ochr arall i'r tân, yn anwybyddu pawb o'u cwmpas. Toc, daeth Ann ati.

'Wnest ti fwynhau?'

'Do, fel arfer,' ebe Leisa gan edrych i lawr ar ei bwyd.

'Beth wyt ti'n feddwl o Dafydd?'

'Mae'n anodd dweud . . . dwy i ddim yn 'i nabod e 'to.'

'Wy'n gwbod hynny, ond beth am d'argraff gynta?'

'Ffafriol,' oedd y cyfan a feiddiai ddweud.

'O! Rwy'n falch dy fod ti'n 'i hoffi.'

'Pa wahaniaeth mae hynny'n 'i 'neud?'

'Dim . . . ond ma'n neis cael rhywun yn cytuno â ti, on'd yw e?'

'Ydi, mae'n siŵr.'

45

Erbyn hyn, roedd rhywun wedi dod â'r 'bowlen fale' a'i gosod ar ganol y bwrdd ar gyfer y gystadleuaeth twco 'falau. Daeth y bwytawyr o'r neuadd yn ôl i'r gegin a chlosiodd pawb at y bwrdd. Elin y brif forwyn oedd y cystadleuydd cyntaf, yn tagu a llyncu'r ddiod am yn ail, heb godi'r un afal. Gwthiwyd hi i'r naill ochr gan Dai Shanco, un o weision y stad.

''Ma shwt ma' 'i 'neud e, bois,' ebe hwnnw, cyn codi afal rhwng ei ddannedd ar y cynnig cyntaf.

'Hy!' ebe Elin, 'digon hawdd i ti â dy geg fawr!'

Chwarddodd pawb.

Ond wedi hyn fe aeth hi'n gystadleuaeth bur lem, wrth i nifer o arbenigwyr gamu ymlaen i arddangos eu dawn. Ond rhaid oedd penderfynu ar enillydd. Felly, danfonodd Mrs Puw y forwyn fach i'w hystafell i mofyn yr afal mwyaf a gasglwyd y flwyddyn honno.

Bu sawl cynnig brwd i'w godi ond methu, a thagu, a wnaeth pawb, heblaw Dai Shanco, wrth gwrs, a arhosodd hyd y diwedd— 'er mwyn dangos i'r cywion 'ma shwt ma' 'neud.' Yfwyd llwnc-destun i Dai.

Aeth Mrs Puw a'r morynion ati i glirio'r llestri a'u golchi, gyda help amryw o wragedd eraill. Yn araf, dechreuodd pobl nôl eu cotiau o'r golchdy ac ymadael yn ddeuoedd a mwy. Daeth Mrs Puw allan i'r gegin i ffarwelio â hwy ac i sicrhau nad oedd rhagor o waith i'w wneud.

Gwagiodd y gegin yn araf, gan adael y Puwiaid a Dafydd i ffar-welio â Leisa ac Evans. Gwisgodd y tri eu cotiau ac wedi dymuno'n dda i Leisa, gadawsant hwythau am y *lodge*. Goleuodd Evans y canhwyllau a osododd Mrs Puw ar y bwrdd cyn iddi fynd, ac aeth i mofyn dŵr i'w ferwi ar gyfer ei gwpanaid te arferol.

Gafaelodd Leisa yn ei chanhwyllbren, a chyda'i meddwl yn llawn syniadau a theimladau, cerddodd yn araf heibio i'r neuadd a thrwy'r drws i'r tŷ.

Roedd hi wedi gwneud tridiau bach eithaf oer. Cafwyd sawl cawod o eira ysgafn ond arhosodd fawr ddim ohono'n hir, heblaw am ambell bentwr mewn mannau cysgodol.

Gorweddai Leisa yn ei gwely, yn gynnes braf. Ond gwyddai'n iawn fod yr ystafell y tu hwnt yn rhewllyd o oer. Roedd yn aros yn ei gwely yn y gobaith y deuai'r forwyn fach i gynnau tân iddi. Credai Leisa ei bod yn weddol hwyr, gan fod y stafell yn olau er gwaetha'r llenni ar y ffenestr.

Daeth cnoc ar y drws.

'Dewch i mewn . . . O, da iawn, wnewch chi gynne tân i fi?'

'Iawn, Miss,' ebe'r forwyn fach.

'Ydech chi wedi clywed pryd mae Huw yn cyrraedd?'

'Mi 'wedodd Mrs Puw amser brecwast fod y sgweier yn 'i ddisgwl e rywbryd y bore 'ma.'

Neidiodd Leisa ar ei heistedd yn y gwely.

'Beth?'

'Ie, Miss, ma'n debyg 'i fod e wedi cyrradd yn hwyr neith'wr ac yn lle trafferthu galw Phillips mâs, mi arhosodd yn y 'King's Head'. Ma'n debyg 'i bod hi 'mhell wedi hanner nos ar y goets yn cyrradd neith'wr.'

Erbyn hyn, roedd Leisa allan o'r gwely ac wrthi'n gwisgo gan ddawnsio i fyny ac i lawr i geisio cadw'n gynnes. Wedi gwisgo, tynnodd siôl o'r cwpwrdd. Yna taflodd ychydig o ddŵr ar ei hwyneb a'i sychu'n frysiog. Cipiodd y siôl oddi ar y gwely ac allan â hi.

'O!' meddai gan roi ei phen yn ôl i mewn i'r ystafell, 'fydd dim angen y tân nawr.' A diflannodd.

Eisteddodd y forwyn yn ôl ar ei sodlau, a gollyngodd ochenaid hir a swnllyd.

Rhuthrodd Leisa i mewn i'r stafell fwyta fach. Yr oedd Rhys yn codi oddi wrth y bwrdd ac roedd yn amlwg fod ei thad wedi mynd allan ers tipyn, gan fod Evans wedi clirio ei le ar ben ucha'r bwrdd.

'Beth yw'r holl wylltu 'ma?' gofynnodd Rhys yn sarrug.

'Wel! mae Huw yn dod adre, on'd yw e?'

'A beth mae'r annwyl frawd wedi'i wneud i haeddu'r fath groeso cynnes?'

'Mae e'n fy nhrin i fel person i ddechre . . .'

'Oho! ac at bwy wyt ti'n anelu'r saeth fach yna?'

'Ti, wrth gwrs. Dwy i ddim wedi cael gair deche gen ti ers misoedd.'

'Fydda i ddim yn siarad â phobol gomon, fel rheol.'

'Ti sy'n gomon, yn rhedeg ar ôl unrhyw beth mewn sgert dyddie hyn.'

'Dyna f'atgoffa i; dwy i ddim wedi talu'r pwyth i ti am y digwyddiad 'na ddiwedd Medi.'

'Beth? Hwnna yn yr ydlan?'

'Ie, debyg.'

'Wyt ti byth wedi anghofio hwnna?'

'Sut galla i a finne'n gweld y ferch ar hyd y lle 'ma byth a beunydd . . . anghofia i byth am hwnna—byth.' Ac allan ag ef.

Na, nid oedd yn mynd i adael i'r hen fwbach 'na o frawd ddifetha'r diwrnod. Canodd y gloch ac ymddangosodd Evans bron ar unwaith.

'Ie, Miss?'

'Alla i gael te ffres, Evans?'

'Rhywbeth arall, Miss?'

'Na, mae digon o fara 'ma. Fe allwch chi glirio'r gweddill i gyd.'

'Diolch, Miss.'

Cododd Evans ddysglau oddi ar y seidbord i'w cario'n ôl i'r gegin. Rhoddodd Leisa ddwy dafell o fara ar ei phlât ac aeth ati i'w llwytho â menyn Mrs Puw, a'i jam nefolaidd. Daeth Evans yn ei ôl â thebotaid o de ffres, ac wedi aros eiliad iddo agor, arllwysodd gwpaned.

'Oes ganddoch chi syniad pryd y bydd Huw adre?' gofynnodd Leisa iddo.

'Mi allai gyrraedd unrhyw eiliad.'

'Well i fi hastu, 'te.'

Llowciodd Leisa weddill y bara menyn ac aeth â'i chwpaned te efo hi draw i'r gegin i wrando am sŵn y goets fach. Roedd Mrs Puw druan yno, yn ei chanol hi, wrthi'n paratoi pryd amheuthun ar gyfer Huw.

'Na, paid eistedd wrth y tân 'na heddi,' meddai wrth Leisa. 'Cer â chader Evans i'r gornel 'co, mâs o'r ffordd. Rwy i 'mhell ar 'i hôl hi ac ma'r Jên 'na ar 'i hôl hi'n ofnadw efo'r dŵr. Dwn i ddim lle ma'r ferch, wir. Allech dyngu 'mod i wedi gweud wrthi am fynd i'w hôl e i'r Penrhyn.'

48

Ar hyn, clywyd sŵn bwcedi ger y drws.

'Lle gythrel wyt ti wedi bod, ferch?' gwaeddodd Mrs Puw. 'Dere â un o'r rheina i fi a cer i hôl un arall wedyn.'

'Ond . . .'

'Cau dy geg a gwna fel rwy'n gweud wrthat ti.'

Gwyddai pawb yn well nag i groesi Mrs Puw pan oedd mewn hwyl fel hyn, ac aeth Jên yn ôl tua'r nant heb yngan gair arall o brotest.

'Wedi bod yn clebran efo'r bechgyn ma' hi. Ma' hi'n llawer rhy ewn efo nhw. Pasia'r bowlen baste fawr i fi o'r cwpwrdd, Leisa.'

Ufuddhaodd hithau ar unwaith.

'Lle mae Huw tybed?'

'Ma'n siŵr fod dy dad yn siopa tipyn tra bod e yn y dre, felly fe fyddan nhw beth amser cyn dod adre.'

'Dada sy wedi mynd i'w mo'yn e, 'te?'

'Ie, wrth gwrs. Wedodd neb wrthat ti?'

'Naddo,' ebe Leisa'n siomedig. 'Piti na fasen i wedi deffro'n gynt, mi allen fod wedi mynd 'dag e.'

''Na ddysgu i ti fynd i'r gwely'n hwyr.'

'Ond . . .'

'Neu o leia godi'n hwyr. Gest ti frecwast?'

'Do, diolch.'

Roedd y bastai'n barod yn awr ac ar ei ffordd i'r 'ffwrn. Rhoddodd Mrs Puw y llysiau i ddechrau berwi hefyd cyn troi at wneud y pwdin.

Daeth Jên yn ôl â'r bwcedaid olaf o ddŵr. Wrth iddi ddod trwy ddrws y gegin, gellid clywed sŵn rhedeg ac yna bedolau ac olwynion y goets fach yn croesi'r bont. Neidiodd Leisa o'i chadair ac ar ei ffordd allan rhoddodd ei chwpan ar y bwrdd.

'Hei, brawd neu beidio, rho di'r cwpan 'na mâs yn y cefen.'

'Iawn.'

Trodd Leisa yn ôl ac wrth redeg heibio, cododd y soser oddi ar y bwrdd. Llithrai'r gwpan o gwmpas arni fel peth byw a bu'n rhaid i Leisa arafu rhag ei gollwng a'i thorri. Gadawodd y cyfan ar fwrdd bychan ger drws y gegin fach cyn rhedeg allan, heibio i dalcen y plas ac at y drws ffrynt.

Yno, safai Siôn wrth ben y ceffyl tra oedd Evans yn dadlwytho cist ei brawd a oedd ar fin diflannu trwy'r drws gyda'i dad.

'Huw!' gwaeddodd Leisa.

Trodd yntau a rhedeg ati. Cofleidiodd y ddau.

'Mae *yn* dda dy weld di,' ebe Leisa.

'A tithe!'

'Sut siwrne gest ti? Oedd eira i'w weld yn unman? O! a pen-blwydd hapus, hen ŵr!'

'Llai o'r hen ŵr 'na! Prin ddwy flynedd wyt ti'n ifancach na fi.'

'Dwy a hanner.'

'Ie, wel . . .'

Dechreuodd y ddau gerdded yn ôl tua'r drws, fraich ym mraich. Wrth iddynt gamu dros y trothwy, daeth Rhys o'r llyfrgell.

'Wel, was, wedi gorffen dy addysg bellach?'

'I ryw radde, beth bynnag,' atebodd Huw, heb fod yn hollol siŵr sut i ymateb i'w frawd, a edrychai gymaint yn hŷn a mwy prof-iadol oddi ar iddo ei weld ddiwethaf.

'Ie, wir. Mae gen ti lawer i'w ddysgu eto . . . Fe fydd yn rhaid i chi blantos f'esgusodi i 'nawr, rwy'n mynd allan i farchogaeth . . . Bihafiwch.' Ac allan ag ef.

'Beth sy'n bod arno fe?' gofynnodd Huw.

'Wedi cysgu yn y bocs cyllyll neithiwr fel bob noson arall yn ddiweddar. Os wyt ti'n gofyn i fi, does ganddo fe fawr o amynedd bod yma bellach. Mae Llunden a'i *high society* wedi mynd â'i fryd c'n llwyr.'

'Falle bod merch 'na.'

'Duw a ŵyr . . . Welest ti Gruff a Gwil ar dy ffordd 'nôl?'

'Do . . . mae'r hen Gwil druan yn dal i beswch fel ci'n cyfarth . . . a sut mae pawb fan hyn?'

'Maen nhw i gyd yn iawn.'

'Well i fi fynd draw i weld Mrs Puw.'

'Dyw 'i hwylie hi ddim yn rhy dda heddiw.'

'Mi wellith yn syth o 'ngweld i.'

Chwarddodd y ddau wrth fynd draw tua'r gegin.

'Sut mae fy hoff gogyddes i, 'te?'

'Ho! gad dy wenieth a dere 'ma. Wel, rwyt ti wedi tyfu, grwt. Fydda i ddim yn gallu gweld dy ben di cyn hir, a ma' dy drâd di fel cerrig beddi—gwmws fel dy dad. Gym'rwch chi'ch dau gwpaned? Lisi, dere i 'neud te i'r ddau 'ma . . . Wel, mae'n braf dy gâl di 'nôl Mi fydd John wrth 'i fodd i dy weld di. Ma' fe'n gwitho heddi ond mi fydd croeso i ti alw 'co heno ar ôl swper.'

'Mi wna i.'

'Wel, wel, dyma beth yw braf! Steddwch 'nawr . . . ac fe gei di roi dy holl hanes i ni'n dwy. Ma'r bwyd i gyd wrthi'n cwcio, felly ma' 'da fi amser i wrando arnat ti am unweth!'

★ ★ ★ ★

Roedd y sgweier a'i ddau fab allan yn saethu ers oriau, a nifer o gymdogion gyda hwy. Yn y gegin roedd Leisa'n trafod bwydlen yr wythnos gyda Mrs Puw. Roedd wedi cymryd at y dasg o ofalu am beth o waith y tŷ yn well nag a feddyliodd hi ei hun na Mrs Puw, na'i modryb. A dweud y gwir, roedd yn dechrau mwynhau'r gwaith erbyn hyn ac yr oedd agwedd ei modryb ati wedi newid. Tra bu'n ddiamynedd â hi ers blwyddyn neu ddwy, yr oedd ganddi lawer mwy o amser iddi bellach. Cofiai'n iawn y diwrnod y galwodd ei thad hi i'r llyfrgell wythnos wedi iddo ddychwelyd o Lundain a dweud ei fod wedi bod yn siarad â'i modryb. Rhyngddynt, roeddent wedi penderfynu y dylai Leisa gymryd rhai o ddyletswyddau'r tŷ oddi ar ei thad, os oedd hi o ddifrif ynglŷn â'i bwriad i newid ei ffordd o fyw. Pe bai hi'n llwyddo, câi'r cyfrifoldeb am y tŷ i gyd maes o law.

Eisteddai yn awr wrth fwrdd y gegin gyda Mrs Puw. Gwnâi hithau nodiadau o benderfyniadau'r ddwy wrth iddynt fwrw drwy'r wythnos. Cinio dydd Gwener oedd testun y drafodaeth pan ruthrodd Dai Shanco i mewn, â'i wynt yn ei ddwrn.

'Y'ch chi—wedi gweld—Siôn—neu Phillips?'

'Hawyr bach, be sy'n bod arnat ti, fachgen, a beth wyt ti'n mo'yn efo'r ddau 'na?' gofynnodd Mrs Puw.

'Ma' damwen wedi—bod lan ar—y rhos—rhywun—wedi'i saethu.'

'Pwy? pwy?' gwaeddodd Leisa arno.

'Neb o'r gynne—Miss, ond mi halodd Sgweier—fi lawr i hôl cart —a cheffyl i'w gario fe lawr—'na pam o'n i eisie Siôn—neu Phillips.'

'Dere,' ebe Leisa wrtho, 'fe ddo i gen ti i'r iard.'

Aeth y ddau allan ar frys gwyllt a rhedeg dros y bont i'r iard. Galwai'r ddau enwau Siôn a Phillips nerth eu pennau.

'Isht,' ebe Leisa, 'rwy'n credu 'mod i'n clywed sŵn pedole.' A rhedodd at fynedfa arall yr iard lle gwelodd Siôn yn dod drot-drot o'r pentre ar un o geffylau'i thad. Chwifiodd ei breichiau arno fel melin wynt a charlamodd y ceffyl ati.

51

'Mae damwain wedi bod lan ar y rhos. Oes gen ti gart a cheffyl i ni?'

Neidiodd Siôn o'r cyfrwy.

'Dewch ar f'ôl i, Miss. Mi ga i un yn barod i chi mewn eiliad.'

Aeth ef a Dai Shanco ati'n syth i gael pethau at ei gilydd. Eglurodd Siôn, tra gweithiai, fod Phillips wedi cael ei alw adre'r diwrnod cynt gan fod ei fam yn wael iawn. Tra oedd Siôn yn gorffen cyfrwyo'r ferlen a'i rhoi yn y gwerthyd, esboniodd Leisa ei chynlluniau i'r ddau. Fe âi hi a Dai â'r trap i'r rhos ac fe gâi Siôn fynd i'r dre i mofyn y meddyg. Gwyddai y byddai hyn wrth fodd Siôn. Ar yr un pryd, daeth Dai â gwair o'r stablau a'i osod ar waelod y cart.

O fewn dim, roedd Leisa'n gyrru'r ferlen cyn gyflymed ag y medrai ar hyd y tir gwastad gan wybod y byddai'n rhaid arafu cyn hir, wrth godi tua'r rhos. Gafaelai Dai yn dynn yn ei sedd tra tasgai'r cart bychan i fyny ac i lawr ar hyd y ffordd. Roeddent wedi pasio drwy'r Penrhyn a Phen-y-bont cyn iddynt sylweddoli bron. Yna trodd y cart i fyny'r ffordd gul a arweiniai i'r rhos ac arafodd y ferlen.

'Mae'n well i ti gerdded,' ebe Leisa wrth Dai Shanco.

Neidiodd yntau i'r llawr a thywys y ferlen.

Wedi dringo cyson am bron i filltir, dyma weld pen y daith. Safai grŵp o ddynion ar y rhos agored. Wrth eu traed gorweddai dyn gwelw wedi ei lapio mewn dwy neu dair o gotiau. Clywent sŵn ambell wn yn tanio'n achlysurol. Arafodd y cert a stopio yn ymyl y grŵp. Yno safai Huw, gyda John, mab Mrs Puw a oedd yn un o giperiaid y stad. Gyda hwy yr oedd dau o'r curwyr. Yr oedd Huw a John yn hollol wahanol i'w gilydd o ran golwg; Huw yn dal a thenau ac o bryd tywyll heblaw am ei lygaid glas a John yn fyrrach â chorff llydan a chyhyrog a chanddo wallt cringoch. Roedd y sgweier a Rhys wedi clywed y cart yn dynesu a brasgamodd y ddau tuag ato.

'Leisa! Beth wyt ti'n 'i wneud yn y cart 'na?' gofynnodd ei thad.

'Doedd 'na neb arall i ddod ag e gan fod Siôn wedi mynd i'r dre i hôl y doctor a Phillips wedi gorfod mynd adre at 'i fam sy'n sâl.'

'I be danfonest ti am y doctor?' ebe Rhys.

Llygadrythodd ei dad arno, cyn troi at Leisa.

'Call iawn, 'merch i, ond mi alle Dafi fod wedi dod â'r cart 'na 'nôl.'

'Ro'n i'n meddwl y gallwn i fod o ryw help.'

52

'Hy! Ti?' A throdd Rhys ar ci sawdl a dychwelyd at y saethwyr.

'Huw, wnei di fynd â nhw 'nôl 'nawr?' gofynnodd y sgweier.

'Iawn, Dada. Reit, codwch e'n ofalus.'

Mor dyner ag yr oedd modd, cododd y dynion y claf i'r cart, a'i osod ar drwch o wair. Eisteddodd Dai Shanco gydag ef a dringodd Huw i ben y cerbyd ac eistedd yn ymyl Leisa. Trodd y gweddill yn ôl at y rhos.

'Lle mae e wedi'i saethu, Huw?'

'Yn 'i goes, a'i ysgwydd. Yw e'n gyfforddus, Dai?'

'Ydi'n weddol, Syr.'

'Reit, ffwrdd â ni 'te.'

Cychwynnodd y cart yn araf. Am beth amser, griddfanai'r claf gyda phob ysgytwad a gâi, yna tawelodd. Cyflymodd y cart wedi cyrraedd tir cymharol wastad. Wrth fynd drwy bentre'r Penrhyn, trodd Huw a gofyn,

'Sut mae e?'

'Anymwybodol, os y'ch chi'n gofyn i fi, ond rwy'n dal i allu'i glywed e'n anadlu,' ebe Dai.

'Ble'r awn ni ag e?'

'Wel, adre wrth gwrs,' ebe Leisa, 'mi ddyle'r doctor fod wedi cyrraedd erbyn hyn.'

Wedi cyrraedd y plas, cludwyd y dyn gyda'r gofal mwyaf i'r golchdy a'i osod ar y bwrdd yno. Aeth Mrs Puw i mofyn y meddyg, oedd yn disgwyl yn y llyfrgell. Prysurodd Elin i mofyn dŵr a'i roi i ferwi ac aeth Huw a Leisa i eistedd i'r parlwr bach i ddisgwyl newyddion am y claf. Awr yn ddiweddarach, daeth Evans â'r newyddion iddynt. Nid oedd y meddyg wedi gallu achub coes Evan Jones, Ty'n Cwm, ond roedd yr ysgwydd mewn cyflwr rhyfeddol o dda.

Sut, tybed, y byddai'r teulu tlawd yn Nhy'n Cwm yn dod i ben â byw 'nawr, meddyliodd Leisa wrthi ei hun.

★   ★   ★   ★

Clymodd Rhys ei geffyl newydd, gwyllt yn ymyl ceffyl gwinau ei gefnder Henry, mewn clwstwr o goed gerllaw talwrn anghysbell. Tynnodd ei law dros wddf y ceffyl, ac anesmwythodd yr anifail ar unwaith, gan godi ei ben yn uchel. Chwarddodd Rhys wrth weld natur y ceffyl yn codi. Onid dyna oedd wedi apelio ato pan welodd

53

ef y ceffyl gyntaf yn yr arwerthiant? Doedd dim yn well ganddo na dangos a phrofi ei feistrolaeth ar geffyl, neu berson o ran hynny. Aeth i chwilio am ei gefnder ymysg y dyrfa oedd wedi ymgasglu wrth y drws a thu mewn i'r talwrn. Fe'i cafodd yn sibrwd mewn cornel gydag un o 'berchenogion' y prynhawn.

'A! Rhys! braf dy weld di yma. Sut mae'r teulu?'

'Iawn, diolch, a chithe i gyd?'

'Iawn—Mam braidd yn grintachlyd—ond fel arall, iawn!'

'Sut mae pethe'n argoeli heddiw?'

'Eitha da. Mae un ar bymtheg o geiliogod wedi'u rhestru. Wyt ti wedi cefnogi unrhyw rai eto?'

'Newydd gyrraedd rydw i.'

'Wel, cer at Huws, beili Nantcoed. Fe sy'n cymryd yr arian heddiw. 'Co fe draw yn y gornel bella.'

Cychwynnodd Rhys gan wthio drwodd at Huws, heibio i Ifans y Gelli, bechgyn Nantcoed, John Burroughs, mab Plas Newydd, a'i frawd a oedd bellach yn briod ac yn byw ym Mryneithin, ac amryw eraill. Roedd yr ydlan yn prysur lenwi erbyn hyn, ac yn llawn chwerthin a siarad. Cafodd Rhys gyfle, wrth fynd heibio i ambell gystadleuydd pluog yn ei gaets, i edrych yn fanwl arnynt, ac i nodi eu perchenogion. Erbyn cyrraedd Huws, roedd ganddo syniad go lew am y ffefrynnau yn yr ornest. Rhoddodd bumpunt yr un ar ddau geiliog—un yn eiddo i Williams, Cae Lliwedd, a'r llall yn eiddo i Huws, ond a gefnogid gan Henry. A dweud y gwir, roedd yno dri o geiliogod a gefnogid gan Henry a thri gan y ddau frawd Burroughs. Safodd Rhys ar gyrion y dorf i wylio'r ddwy ornest gyntaf. Eisteddai nifer o bobl ar y gwair o gwmpas y cylch tra safai'r gweddill y tu ôl iddynt. Tyrfa gymysg iawn oedd yno, fel arfer, yn ddynion a bechgyn, gweithwyr a meistri.

Gosodwyd y ddau gystadleuydd cyntaf yn y cylch i lygadu ei gilydd ac wedi'r arwydd, gollyngwyd y ddau i grafangau ei gilydd. Ond yn ôl yr arfer, byr iawn fu'r gystadleuaeth gyntaf yma, a llifai'r gwaed cyn pen munud a hanner. Tebyg iawn fu'r gornestau eraill yn y rownd gyntaf, ac edrychai pawb ymlaen at weld y ceiliogod gorau yn dod at ei gilydd tua diwedd y prynhawn. Yn ystod y gornestau cynnar, cerddodd Rhys o amgylch y cylch sawl gwaith gan edrych yn fanwl ar y ceiliogod a'u perchenogion i geisio penderfynu pa geiliog a fyddai'n fuddugol ar ddiwedd y dydd. Wedi penderfynu, rhoddodd ddecpunt arall ar geiliog Evans a dwy arall ar un Williams, rhag ofn.

Nid oedd y cystadlu yn yr ail rownd yn frwd iawn ychwaith, heblaw am un ornest, a chael a chael fu hi ar un o geiliogod Henry yno. Er hynny, yr oedd sŵn y dorf a'i brwdfrydedd wedi cynyddu'n enbyd erbyn dechrau'r ddwy ornest gyn-derfynol. Y pedwar ceiliog a oedd yn dal yn fyw oedd rhai Williams ac Evans, un o rai Henry ac un o rai'r brodyr Burroughs. Yr oedd yr ornest gyntaf rhwng ceiliogod Henry a Williams. Wedi'r frwydr fawr a gafodd y naill yn y rownd flaenorol, ni chymerodd ceiliog Williams fawr o amser i gael gwared â'i elyn.

O'r herwydd, cododd calon Rhys. Am unwaith, ni fedrai golli. Symudodd yn hyderus draw at Henry.

'Mae pethe'n mynd yn reit dda 'ma,' meddai.

'I ti falle, ond rwy i wedi colli dau geiliog da heddi, a dwy i ddim yn rhy siŵr beth mae'r trydydd 'ma'n mynd i'w wneud 'nawr.'

'O! dere, mae'n siŵr o ennill. Dyw e ddim wedi cael un ornest anodd hyd yn hyn.'

'Dyw hynna ddim bob amser yn arwydd da.'

'Mi ro i hanner canpunt i ti os na wneith e ennill.'

'Iawn, dyna fet y bydda i'n hapus iawn i'w cholli.'

Ysgydwyd dwylo.

Gollyngwyd y ddau geiliog i'r talwrn, yn ddi-grib, ond â phlu glaswyrdd hirion, a chanddynt fachau miniog ar eu traed, fel arfau ychwanegol. Ar amrantiad, neidiodd y ceiliog dieithr i ben y llall a throdd y cyfan yn bêl o blu, bachau a gwaed, yn troi'n ffyrnig yn y cylch o sŵn a gweiddi. Holltodd y bêl yn ddwy am eiliad a nodwyd bod ceiliog Evans bellach yn unllygeidiog ac yn waedlyd iawn. Yna, ailffurfiodd y bêl a gwelwyd bachau'r clwyfedig yn crafu cefn y llall. Daeth bonllefau o gefnogaeth a chymeradwyaeth o'r dorf a chododd nifer o blu i'r awyr cyn syrthio'n llipa a difywyd ar lawr y cylch, ac eto ni phallodd y rhuthr a'r rhwygo. Roedd hi'n amlwg bellach fod y ddau yn dioddef. Llithrent yn y pwll gwaed ar lawr ond roedd hi'n amhosibl i'r dyrfa benderfynu o b'le y deuai'r gwaed, a pharhâi i gefnogi ei ffefryn. Yna, yn hollol ddisymwth, aeth un rhan o'r bêl yn hollol ddiymadferth. Daeth bonllefau o fuddugoliaeth o bob cwr, ond yn araf distawodd carfan Evans. Gorweddai ei geiliog yn swp crynedig gwaedlyd ar lawr y cylch.

Cipiodd beili Plas Newydd ei geiliog o'r cylch a rhoddodd y llall ei ysgytwad olaf.

Teimlodd Rhys law ar ei ysgwydd.

'Yr hanner canpunt?'

Heb ddweud gair, aeth Rhys i boced ei wasgod a throsglwyddo'r arian i law ddisgwylgar ei gefnder.

'Dyna biti, yntê,' ebe hwnnw, 'ond mi wneith yr arian 'ma rywfaint i leddfu'r tristwch yn fy nghalon a'r twll yn fy mhoced.'

Trodd Rhys ei lygaid yn ôl tua'r cylch yn y gobaith o gael peth o'r arian yn ôl trwy geiliog Williams. Fe gâi hynny beth bynnag, gan ei fod yn y rownd derfynol, ond gobeithiai adennill rhywfaint o'i golled hefyd. Ond nid felly y bu. Er gwaethaf y rownd flaenorol, ceiliog Burroughs a orfu. Brysiodd Rhys at Huws i gasglu ei seithbunt a dianc, ond yr oedd Henry yno o'i flaen, yn derbyn llond llaw o arian. Safodd Rhys yn syfrdan.

'Paid byth â thrystio John Burroughs,' ebe Henry dan ei anadl cyn mynd allan o'r ydlan yn wên o glust i glust.

Wedi cael ei arian, dilynodd Rhys ef yn araf.

'A! Rhys,' ebe Henry oddi ar gefn ei geffyl. 'Ryden ni i gyd yn mynd lawr i'r 'Red Cow'—wyt ti'n dod?'

'Ydw, mi fydda i lawr ar eich hole chi 'nawr.'

'Iawn, fe welwn ni di yno.'

Cyrhaeddodd Rhys y 'Red Cow' ymhen hanner awr, ond yn hytrach na throi i mewn i'r iard, gyrrodd ei geffyl yn ei flaen i'r dre a throi i iard y 'Black Lion' yno. Sylwodd yr osler, wrth dderbyn y ceffyl, ei fod yn diferu o chwys. Roedd yn amlwg wedi ei yrru'n ddidrugaredd am filltiroedd. Taflodd liain drosto, rhag iddo oeri'n rhy gyflym, a'i arwain i'r stabl.

Tua'r stafell gefn yr aeth Rhys, lle câi wasanaeth morwyn. Yno, eisteddai nifer o wŷr busnes y dre—yn siopwyr, cyfreithwyr ac ati, ac yn eu mysg, Dafydd Thomas, cariad Ann Puw. Prin oedd y golau yn y stafell, rhyw bedair cannwyll yma a thraw, heblaw am olau'r tân. Roedd yno bedwar bwrdd mawr a hanner dwsin o rai bach a nifer o gadeiriau o'u cwmpas. Roedd hi'n eithaf llawn, a'r lle'n gynnes ac yn llawn sŵn. Sylwodd Rhys fod Ifans y Gelli yn eistedd ar ei ben ei hun mewn cornel, â'i ben yn ei blu. Cydymdeimlai Rhys ag ef yn ei golled ariannol y prynhawn hwnnw. Cyfarchodd bob un Rhys yn ei dro, ond ni chychwynnodd neb sgwrs ag ef. Eisteddodd yng nghornel y simdde'n llowcio'i gwrw ac yn

56

ceisio cael sylw un o'r ddwy forwyn a ddeuai â'r ddiod iddo. Ond symud mor bell ag oedd bosibl oddi wrtho a wnâi'r ddwy, o brofiad.

O fewn pum awr, roedd yr ystafell wedi gwagio bron yn llwyr. Eisteddai criw bychan o dri neu bedwar wrth y drws a Rhys wrth y simdde. Nid oedd wedi yfed dim ers hanner awr. Chwyrnu yno mewn cwsg meddwol a wnâi. Daeth y perchennog i mewn ac awgrymu:

'Wel, bois, beth am fynd sha thre?'

'Chei di ddim gwared o hwnco heno.'

'Pwy? Yr annwyl etifedd? Mi glyma i e'n sownd yn 'i geffyl os bydd raid; unrhyw beth i gâl 'i wared e.'

'Ti'n ddigon hoff o liw 'i arian e,' ebe un o'r cwmni.

'Digon gwir. Ddeith rhywun gen i i gario fe mâs?'

Cynigiodd tri. Ni chafwyd ymateb oddi wrth y corff diymadferth a godwyd o'r gornel, heblaw am chwyrniad uwch nag arfer. Cludwyd ef yn swp, yn hollol ddiseremoni, gerfydd ei draed a'i freichiau drwy'r drws cefn, ar draws yr iard, mewn glaw mân, i'r stabl.

'Y! Yr hen beth newydd gwyllt 'na sy 'dag e,' ebe'r perchennog. 'Ma' well i ni 'i adel e fan hyn 'te. Diolch, bois . . . Nos da i chi i gyd.'

Cododd pawb goler ei got at ei het cyn mynd allan eto i'r glaw, a gwahanu yn y stryd.

★ ★ ★ ★

Gorweddai bwthyn Tŷ'n Cwm, cartref Evan Jones a'i deulu, mewn pant bychan gerllaw nant rymus a lifai i lawr o'r grib y tu cefn iddo. Yr oedd yn llecyn cysgodol a gweddol goediog. Bwthyn bychan â dwy ffenestr a drws ydoedd, a chanddo do gwellt carpiog yr olwg. Y tu hwnt iddo yr oedd beudy-un-fuwch a thwlc bychan.

Stopiodd Huw y trap y tu allan i'r drws cul isel. Anesmwythodd Leisa yn ei ymyl. Agorodd y drws yn araf a daeth gwraig ifanc-hen mewn dillad llwydaidd, carpiog i'r golwg a nifer o blant o gwmpas ei thraed.

'Cer i ddal pen y ceffyl,' meddai'n dawel wrth y mwyaf o'r plant.

Camodd bachgen, mochynnaidd yr olwg i'r ddau ymwelydd, ymlaen at y ceffyl. Cododd Leisa ei macyn at ei thrwyn wrth iddo ddynesu.

Pesychodd Huw ac meddai,

'Bore da, Elin Jones.'

'Bore da, Syr, Miss.'

'Wedi galw ag ychydig o bethau i chi . . . Sut mae Evan Jones?'

'Gweddol, Syr, gweddol.'

Camodd Huw o'r trap a helpodd Leisa i ddisgyn. Arweiniodd y wraig hwy i mewn i'r tŷ ar ôl danfon y merched i geisio tacluso'r lle.

Plygodd Huw ei ben er mwyn camu dros gapan y drws. Dilynodd Leisa ef o bell, gan geisio gohirio'r eiliad y byddai'n rhaid iddi gamu dros y trothwy. Cadwodd ei macyn wrth ei thrwyn. Gwyddai'n iawn fod llawer o bobl yn byw fel hyn ond dyma'r tro cyntaf iddi ddod i gyffyrddiad mor agos â hwy yn eu cartrefi. Yr oedd pawb a adwaenai hi yn byw mewn tŷ glân, o leiaf.

Roedd hi fel bol buwch y tu mewn am funud neu ddau. Clywai Leisa nifer o leisiau o sawl cyfeiriad yn sibrwd neu'n siarad, ond ni welai neb yn y düwch. Dim ond un ffenestr fechan, ryw droedfedd sgwâr, a oleuai'r lle pan nad oedd y drws ar agor, a thoddai'r golau i'r düwch a'r mwg mawn o fewn llathen i'r ffenestr. Arhosodd Leisa yn ymyl y drws cilagored gan geisio cofio troi tuag ato am awyr iach wrth anadlu.

Gallai Huw weld o ganol yr ystafell fod gwely gyferbyn â'r ffenestr a hanner y giwed plant o'i amgylch. Yno y gorweddai Evan Jones. Camodd Huw ymlaen ato.

'Wel, Evan Jones, sut ydech chi erbyn hyn?'

'Gwella'n ara deg, Syr. Rwy'n dechre dod i deimlo'n iawn yno' fy hunan,' ebe llais o'r gwyll.

Wrth i'w llygaid ddechrau dygymod â'r golau, gwelodd Leisa fod bwrdd o dan y ffenestr. Aeth ato a rhoi ei basged arno. Amneidiodd Elin Jones ar i un o'r merched frysio i'w gwagio, a diolchodd o waelod calon i Huw a Leisa.

'Ie, wir,' ebe'i gŵr, yn ategu diolchiadau ei wraig.

'Popeth yn iawn,' ebe Huw, 'dim ond rhywfaint o flawd, siwgwr a menyn i chi, a thipyn o ffrwythe i chi, Evan.'

'Rydech chi'n garedig iawn, Syr.'

Gallai Huw deimlo fod Leisa'n anesmwytho'n barod, ac yn wir, ni fedrai ef feddwl am ddim arall i'w ddweud.

'Wel, fe adawn ni chi 'nawr . . . O! ie, fe roddodd Nhad hon i mi i'w rhoi i chi,' ebe Huw, gan estyn ei law at Elin Jones.

Pan welodd hi'r hanner sofren loyw a roddwyd ar gledr ei llaw, agorodd ei llygaid a'i cheg led y pen.

'Rydech chi i ddod lawr i swyddfa'r beili i gael un o'r rhain bob yn ail fis nes y bydd Evan Jones wedi gwella,' ebe Huw wrthi.

Sylwodd Huw fod y claf wedi codi ar ei hanner eistedd i weld beth oedd yn llaw ei wraig.

'Dwy i ddim yn gwbod beth i 'weud, Syr. Nag w wir . . . dim ond diolch o galon i chi'ch dau . . . ac i'ch tad wrth gwrs. Mi fydd hynna'n help mawr i ni i gyd, bydd wir.'

'Hwyl i chi 'nawr. Brysiwch wella.'

'Diolch yn fowr, Syr, diolch yn fowr.'

Roedd Leisa y tu allan yn barod a'i basged wag yn ei llaw, yn anadlu'n ddwfn. Daeth y wraig a'i haid anniben o blant at y drws y tu ôl i Huw. Diolchodd y wraig i'r ymwelwyr unwaith eto wrth iddynt ddringo i'r trap.

'Da 'boch,' gwaeddodd Huw dros ei ysgwydd wrth iddynt gychwyn tuag adre.

Roedd yr haul bellach wedi suddo y tu ôl i'r bryn, a'r awyr wedi llwydo tipyn. Tua'r de, casglai fflyd o gymylau bygythiol yr olwg.

'Haleliwia,' ebe Leisa. 'Mae'n braf cael anadlu awyr iach ar ôl bod yn y fath le.'

'Mi roedd hi'n eitha drwg 'na, mae'n rhaid cyfadde.'

'Eitha drwg? Roedd hi'n annioddefol. Ro'n i'n meddwl y bydde'n rhaid i fi fynd allan ar un adeg i fod yn sâl.'

'Rwy wedi gweld gwaeth, cofia, yn Ffrainc a'r Eidal, wrth drafeilio.'

'Druan â thi, dyna i gyd ddweda i.'

'Fedri di ddim 'u beio nhw. Dyw hi ddim yn hawdd cadw dwy stafell i ddeuddeg o bobol yn lân iawn, greda i.'

Nid atebodd Leisa. Ni fedrai lai na theimlo ei bod yn lwcus iawn iddi gael ei geni mewn plas yn hytrach na thwlc tebyg i'r hwn a welsai heddiw. Wrth edrych yn ôl, teimlai'n siŵr nad oedd y wraig a welsai gynnau fwy na deng mlynedd yn hŷn na hi, ond edrychai fel pe bai dros ei deugain.

Daeth yn ôl i'r presennol wrth deimlo dafnau o law yn syrthio ar ei boch.

'Hastia, er mwyn popeth, neu mi fyddwn yn sopen wlyb erbyn i ni gyrraedd adre,' meddai.

Gyrrodd Huw y ceffyl yn ei flaen ar hyd y gwastadeddau, drwy fynedfa'r plas a thros y bont at y drws ffrynt. Rhedodd Siôn ar eu holau o'r stablau, â llywanen dros ei ben rhag y glaw, a oedd erbyn hyn yn gyson a thrwm. Gafaelodd ym mhen y ceffyl tra neidiodd Huw a Leisa o'r trap a rhedeg i'r tŷ. Dilynodd hwy at y trothwy.

'Shwt o'dd teulu Ty'n Cwm?' gofynnodd.

'Go lew,' atebodd Leisa.

'Wyt ti wedi gweld Rhys heddi?' gofynnodd Huw.

'Do, syr. Fe a'th e mâs ar y ceffyl newydd 'co sy 'dag e ryw awr 'nôl.'

Trodd Siôn yn ôl at ei waith a thynnodd Huw a Leisa eu cotiau, a'u rhoi i Huws a safai gerllaw yn eu disgwyl. Yna aeth y ddau drwy'r tŷ i awyrgylch gynnes y gegin i sychu. Roedd awr dda cyn swper, ac yn ôl y disgwyl, roedd y gegin yn llawn gweithgarwch. Er hynny, roedd y tecell ar y tân i wneud te i'r ddau. Eisteddodd y ddau yn y gornel i'w yfed rhag bod ar ffordd neb.

'Faint sydd 'na i swper?' gofynnodd Huw maes o law.

'Chi'ch dau a'ch tad,' ebe Mrs Puw.

'Fydd Rhys ddim 'nôl 'te?'

'Na. Mi ddwedodd y bydde fe'n aros gyda'r Preisied heno.'

'Wedi mynd i glonca efo Henry ynta,' ebe Leisa.

'Neu fynd i dalu ei ddyledion,' ebe Huw dan ei anadl.

'Pa ddyledion?' ebe Leisa heb ostwng ei llais gan beri i bob pen yn y gegin droi tuag ati.

'Sht!' ebe Huw dan ei anadl eto, cyn ychwanegu yn dawel, 'mae e wedi colli rhai cannoedd i Henry ac ambell un arall wrth fetio, yn y deufis dwetha.'

'Hawyr bach!' ebe Leisa mewn llais uchel eto.

Trodd pawb i edrych arnynt.

'Beth sy'n bod arnat ti'r hat, yn gweiddi fel 'na? Wyt ti eisie i'r byd a'r betws ddod i wbod 'n hanes ni?' sibrydodd Huw eto.

'Ma'n ddrwg 'da fi, wnes i ddim meddwl.'

'Mae'n hen bryd i ti ddechre . . . Mrs Puw, lle mae Dada?'

'Sdim syniad 'da fi.'

'Yn 'i stafell, Syr,' ebe Elin, a oedd wrthi'n plicio tatws.

'Diolch. Wyt ti'n dod i'w weld e cyn swper, i ddweud hanes y trip?'

'Reit.'

Cododd Huw a Leisa a mynd tua'r tŷ. Trodd Mrs Puw at weddill y bobl a oedd yn y gegin ar y pryd a dweud,

'Os clywa i gan unrhyw un tu fâs i beder wal y plas 'ma fod mab y sgweier braidd yn esgeulus â'i arian, mi wasgara i berfedd bob un ohonoch chi ar y wal 'co,' gan gyfeirio at y wal bellaf.

Gwyddai pob un o'r pedair morwyn a Huws na fygythiai Mrs Puw yn ofer.

PENNOD 5

Eisteddai Huw a Leisa a'u cefnau at y ceffylau, yn wynebu eu tad. Arafodd y cerbyd wrth iddynt ddynesu at y dollborth. Roedd ceidwad y porth allan ar y ffordd yn barod yn delio â dau ffermwr a'u ceirt. Trodd ar unwaith wrth weld cerbyd y plas yn dynesu, gan adael un ffermwr ar ganol brawddeg. Rhoddodd y sgweier arian i'r ceidwad ac ailgychwynnodd y cerbyd, gan anelu am yr harbwr ar gyrion deheuol y dre.

Roedd hi'n amlwg o bell fod y lle'n llawn prysurdeb a sŵn. Gellid gweld dwy sgwner fawr wedi eu clymu wrth y cei, y naill yn uchel a'r llall yn isel yn y dŵr. Y tu hwnt iddynt, yr oedd dau neu dri o gychod pysgota lleol, fel hwyaid bach ar lyn yn mynd i fyny ac i lawr ar ymchwydd tyner y tonnau. Yr oedd y cei a'r ffordd a arweiniai tuag ato'n llawn pobl a cherbydau o bob lliw a llun. Gyrrodd Phillips y cerbyd yn ofalus rhwng y cerddwyr nes cyrraedd pen y cei. Neidiodd o'i sedd a mynd i glymu pen y ceffyl cyn agor drws y cerbyd i'r teulu ddod allan.

Ar hyd y cei, gellid gweld pobl yn cludo llwythi o bob maint—yn sachau, blychau a basgedi llwythog—gan wau drwy'i gilydd yn ddeheuig iawn. Gwaeddai amryw i gyfarch hen ffrindiau tra ceisiai eraill gael pobl i symud o'u ffordd. Sylwodd y teulu ar unwaith fod sawl cerbyd tebyg i'w hun hwy gerllaw ac adwaenent ambell yrrwr—Evans Nantcoed a Jones Gelli'r Eos. Roedd Phillips ar ei ffordd draw i siarad â hwy'n barod.

Brasgamodd y sgweier tua'r sgwner a oedd bron yn wag. Yn ôl yr hysbyseb a ddaethai i'r plas, cludai hon gargo amrywiol iawn, ond doedd gan deulu Cynfelin fawr o ddiddordeb yn y rhan helaethaf ohono. Dim ond te, siwgr, gwirodydd, sebon a halen oedd ar eu rhestr hwy, a glo o'r llong arall. Roeddent hefyd am brynu casgen neu ddwy o bysgod wedi'u halltu ar y cei.

Dilynodd Leisa ei thad at y sgwner gan adael i Huw fynd i weld ynglŷn â'r glo a'r pysgod. Arweiniwyd hi gan un o'r swyddogion i weld y nwyddau, ac wedi eu harchwilio'n fanwl a theimlo'n fodlon arnynt, archebodd ddigon i bara am dri mis a chyfarwyddodd forwr gerllaw i ble a sut y dylent gael eu danfon. Tra oedd hi wrthi'n gwneud hyn, roedd ei thad gyda'r capten yn profi rhai o'r gwirodydd.

Aeth Leisa ar fwrdd y llong wedi iddi orffen ei siopa, a safodd a'i phwys ar reiliau'r dec i wylio'r prysurdeb ar y cei. Tynnwyd ei sylw gan bâr ifanc a safai y tu hwnt i gorff y dyrfa ar y cei, yng nghysgod cytiau'r pysgotwyr. Roeddent yn amlwg yn nabod ei gilydd yn bur dda. Sylwai Leisa fod llaw y gŵr ifanc yn crwydro tipyn hyd gorff y ferch. Ceisiodd graffu ar yr wynebau hanner cuddiedig o dan yr hetiau llydan, ond ni fedrai weld yn iawn. Roedd y ddau'n chwarae rhyw gêm o gath a llygoden â'i gilydd. Yna, syrthiodd het y ferch yn ôl a gwelodd Leisa ar unwaith mai Jên y forwyn olchi oedd yno.

Roedd y ferch i fod gartref yn edrych ar ôl ei mam a oedd yn wael. Roedd wedi cael caniatâd arbennig i fynd adre i wneud hynny. Beth felly oedd hi'n ei wneud yma gyda'r gŵr ifanc hwn?

Tynnodd Leisa ei chlogyn yn dynnach amdani wrth i chwa o wynt ddod o'r môr y tu hwnt i'r rhes cytiau a'r stondinau gwerthu pysgod.

'Helô!' ebe llais dwfn, gwrywaidd y tu ôl iddi.

Trodd Leisa, a wynebu George Pugh, etifedd Nantcoed. Dyn byr yn agosáu at ei ddeg ar hugain oedd George, a chanddo wyneb a chorff crwn. Rhoddai argraff seimllyd i Leisa bob amser. Nid oedd iddo unrhyw nodweddion arbennig, ac eithrio craith dair modfedd o hyd uwch ei ael chwith a gafodd, yn ôl pob hanes, wrth ymladd â'i ddyrnau yn un o ffeiriau'r sir.

'Y . . . helô!' atebodd Leisa o'r diwedd.

'A beth sy'n bod arnoch chi heddiw? Wedi colli'ch tafod?'

'Na, mae'n ddrwg gen i, roedd 'meddwl i 'mhell.'

'Hoffi breuddwydio?'

'Bydda, weithie.'

Trodd Leisa yn ôl i wynebu'r môr. Camodd George Pugh i'w hymyl a phwyso ar ochr y llong. Anesmwythodd Leisa er ei bod yn ei nabod yn iawn. Bu'r ddau deulu'n gymharol gyfeillgar erioed. Ond synhwyrai fwy na diddordeb cymdogol yn llygaid George Pugh yn awr.

'Sut mae pawb tua Chynfelin?'

'Iawn, diolch.'

'I gyd yn dod i'r helfa ddydd Sadwrn?'

'Pawb, heblaw Gwil falle.'

Edrychai Leisa i lawr ar ei dwylo neu allan i'r môr wrth ateb.

'Ddim yn dda eto?'

'Fel yna mae Gwil druan.'

'A chi?' mewn llais gwahanol.

Teimlodd Leisa'i ysgwydd yn cyffwrdd yn ysgafn â'i hun hi a symudodd yn sydyn i'r chwith, gan afael yn dynn yn ei bag llaw.

'Leisa, wyt ti'n barod?'

Daeth llais ei thad i'w hachub. Ffarweliodd yn sydyn â George Pugh a brysiodd at ei thad a'r capten.

'Dere 'mlân,' ebe'i thad, 'mae'n siŵr fod Huw yn barod erbyn hyn.'

Dilynodd Leisa ei thad i lawr o'r llong i'r cei, gan gofio ar y funud olaf godi llaw ar y capten. Cerddodd gam neu ddau y tu ôl i'w thad. Dringodd i'r cerbyd ac eistedd yn ymyl ei thad i aros am Huw. Aeth ei meddwl yn ôl at Jên. Beth oedd hi'n ei wneud yma heddiw? A wyddai Mrs Puw ei bod hi yma? Oedd ei mam yn wael mewn gwirionedd? Byddai'n rhaid holi.

'Roedd dy Anti Annabelle yn edrych fel peunes ar 'i gore heddiw,' ebe'r sgweier.

'Weles i mohoni. Lle roedd hi?' gofynnodd Leisa.

'Efo'r capten.'

'Oedd Cecilia neu Henry efo hi?'

'Na.'

Daeth Huw i'r golwg o'r diwedd.

'Gaf i gwrdd â chi ar y sgwâr nes ymlaen?' gofynnodd. 'Newydd gwrdd â ffrindie.'

'Cei, cei. Ond cofia, mi fyddwn ni'n gadael am adre tua un.'

'Iawn.'

Trodd Huw ar ei sawdl a cherdded yn ôl tua'r llongau wrth i gerbyd Cynfelin gychwyn tua'r dre. Sylwodd Leisa iddo godi ei law ar rywun ar un o'r llongau. Cododd hithau—Catrin Gelli'r Eos —ei llaw arno yntau.

Aeth y cerbyd i fyny Stryd y Bont a throi tua'r castell. Arhosodd o flaen swyddfeydd Lloyd ac Evans, Cyfreithwyr. Camodd Leisa a'i thad ohono ac i'r swyddfa allanol. Trodd Dafydd Thomas i'w croesawu cyn mynd i weld a oedd Mr Lloyd yn rhydd i weld y sgweier. Oedd, yr oedd yn rhydd a gadawyd Dafydd a Leisa yn y swyddfa allanol ar eu pennau eu hunain, i gyfnewid cyfarchion.

'Ydech chi wedi gweld Ann yn ddiweddar?' gofynnodd Leisa maes o law, er mwyn tarfu ar y distawrwydd.

'Do, mi gwelish i hi dydd Sadwrn dwytha.'

'Mae popeth yn iawn rhyng . . .'

'Ydi, diolch.'

Distawodd y sgwrs. Aeth Leisa at y ffenestr ac edrych allan ar y stryd dawel. Eisteddai Phillips yn y cerbyd a'i gap dros ei wyneb yn ceisio cysgu. Nid oedd unrhyw un arall yn y golwg. Safodd yno am rai eiliadau, yn syllu ar ddim, gan geisio anghofio am y dyn y tu ôl iddi. Trodd yn araf a gweld fod Dafydd yn ôl wrth ei ddesg ac yn eistedd a'i gefn ati. Edrychodd arno'n fanwl am y tro cyntaf. Roedd yn eithaf tal—tua'r un taldra â Huw—a chanddo ysgwyddau sgwâr. Roedd ganddo drwch o wallt cyrliog brown golau a gwyddai Leisa'n union sut deimlad fyddai rhedeg ei llaw drwyddo. Gwyddai y gallai garu rhywun fel hwn. Ond na, cariad Ann ydoedd, a beth bynnag, clerc i gyfreithiwr oedd e. Gwylltiodd â hi ei hun am feddwl y fath bethau.

Trodd Dafydd i ofyn rhywbeth iddi a'i chael yn syllu arno. Anesmwythodd y ddau a throdd Leisa'n sydyn i edrych allan drwy'r ffenestr unwaith eto.

'Pam oeddach chi'n edrach arna i fel yna?' gofynnodd Dafydd.

Trodd Leisa'n araf i'w wynebu.

'Doeddwn i ddim yn edrych arnoch chi—roedd fy meddwl i ymhell.'

'Ym mhle, felly?' gofynnodd yntau yn araf, fel pe bai'n gwybod yr ateb cywir.

'Fyddech chi ddim yn gwbod am y lle,' oedd yr ateb.

Gwyddai Dafydd mai celwydd oedd hyn ond gwyddai hefyd nad doeth fyddai pwyso am yr ateb cywir. Roedd hi'n ferch ddeniadol iawn, ond byddai'n sicr o dynnu gormod o bobl i'w ben o anelu mor uchel â hynna. Roedd y cyfan yn rhy gymhleth, felly cadw at ei annwyl Ann oedd orau iddo, ac eto . . .

'Ga i nôl rhwbath i chi i yfad?' meddai wrthi.

'Na, dim diolch.'

Agorodd drws ystafell Mr Lloyd a chamodd y sgweier i'r swyddfa allanol a'r cyfreithiwr yn dynn wrth ei sawdl. Ar hyn, agorodd y drws i'r stryd a daeth John Burroughs, yr Aelod Seneddol, i mewn. Aeth pawb yn hollol dawel am eiliad.

'Diolch yn fawr i chi, Lloyd,' ebe'r sgweier. 'Dere, Leisa.'

Brasgamodd heibio i Burroughs, gan ei anwybyddu'n llwyr. Dilynodd Leisa ef.

Hanner awr yn ddiweddarach, eisteddai'r sgweier, Huw a Leisa yn eu cerbyd ger y 'King's Head', mewn distawrwydd llethol. Ni fedrai Huw ddeall pam roedd ei dad yn y fath hwyliau drwg oddi ar iddo ymuno â hwy rai munudau ynghynt. Ond pan amneidiodd Leisa i gyfeiriad cerbyd Plas Newydd, a safai rhyw ddeg llath i ffwrdd, deallodd yn iawn.

'Dyma nhw,' ebe Huw, gan edrych i lawr y stryd fawr.

Gwelodd Leisa'r goets yn dod yn hamddenol tuag atynt ac yn aros wrth ddrws y 'King's Head'. Lluchiwyd y drws agosaf ar agor a rhuthrodd Gruffydd ar draws y stryd drwy'r baw a'r llaid, yn ei ddull dihafal ei hun.

'Hei, ara bach . . . Dwyt ti ddim wedi newid dim, wyt ti?' ebe'i dad, gydag ochenaid.

Roedd Gruffydd yn fachgen mawr o'i oed; yn enwedig o'i gymharu â'i efaill, Gwilym, a oedd erbyn hyn yn cerdded yn hamddenol ar draws y sgwâr. Tebyg i Rhys oedd Gruffydd, tra oedd Gwilym yn debyg o ran pryd a gwedd i Leisa, ond dipyn mwy eiddil.

Wedi i bawb gyfarch ei gilydd ac i Phillips ac un o wŷr y 'King's Head' lwytho'u bagiau, dringodd y ddau i'r cerbyd ac i ffwrdd â'r teulu am adre.

★   ★   ★   ★

Roedd hi'n fore o Ragfyr heb ei ail. Gorweddai'r cymylau isel uwchben y cwm, ond er iddi bigo bwrw ychydig wedi wyth o'r gloch, roedd hi wedi codi tipyn erbyn tua deg. Safai Leisa ar ganol yr iard yn ymyl dau flwch pren mawr a osodwyd ar bennau ei gilydd. Yr oedd wedi ei gwisgo mewn siaced frethyn a sgert frethyn lawn hyd at y llawr. Gwisgai het fechan a phâr o esgidiau lledr uchel ar gyfer marchogaeth. Edrychai braidd yn anghyfforddus wrth ddisgwyl i Siôn a'i brentis orffen cyfrwyo'r gaseg iddi. Roedd wedi gofyn am gael Seren, ei ffefryn. Ei bwriad y bore hwn oedd ymarfer y grefft o farchogaeth o'r untu. Anaml iawn y byddai hi'n marchogaeth felly. Roedd yn llawer gwell ganddi'r rhyddid o far-chogaeth fel dyn. Ond, wedi'r tro ar fyd diweddar, roedd yn rhaid iddi ddod i arfer â marchogaeth o'r untu fel ledi, yn gyhoeddus beth bynnag, gan mai dyna a wnâi yn yr helfa ddiwedd yr wyth-nos. Nid oedd am wneud ffŵl ohoni ei hun.

Arweiniodd Siôn Seren ati, a'i rhoi i sefyll yn dawel yn ymyl y ddau flwch. Camodd Leisa i ben y blychau.

'Y! rwy'n teimlo'n rial ffŵl yn y rigowt 'ma.'

'Ry'ch chi'n edrych yn iawn, Miss.'

'Wel, mae hynny'n rhywbeth! 'Nawr, dal dy ddwylo fan'na i fi gâl dringo i'r cyfrwy.'

Cododd Leisa ei sgert a'i pheisiau i fyny at ei phenliniau, gan ddangos pob modfedd o'i hesgidiau marchogaeth tyn. Ni fedrai Siôn lai na sylwi, o bellter o ryw naw neu ddeuddeng modfedd, ar y coesau lluniaidd. Pesychodd: gollyngwyd rhywfaint ar y sgert a chyrhaeddodd Leisa ei lle yn y cyfrwy yn weddol ddidrafferth. Cydiodd yn y ffrwyn o law Siôn a chymerodd y chwip fechan a gynigiwyd iddi.

'Lle yw'r lle gore i fi fynd?'

'Beth am fynd draw i'r pentre a throi i lawr am y môr? Mi allech ddod 'nôl drwy'r coed a'r caeau wedyn. Ma'r helfa'n mynd ffor'ny yn eitha amal.'

'Iawn. Mi fydda i 'nôl 'mhen awr i awr a hanner.'

Trodd Leisa ben y gaseg tua'r adwy a cherddodd Seren o'r buarth yn hamddenol braf. Wedi mynd am hanner milltir go lew, a chyn-efino â'i safle a theimlad o gydbwysedd, anogodd Leisa'r gaseg i drotian. Cofiodd mai hwn oedd y tro cyntaf iddi farchogaeth o'r untu ers blwyddyn a hanner. Roedd wedi gwrthod ymuno â'r helfa y llynedd am i'w thad fynnu ei bod yn marchogaeth fel hyn.

Cyn hir, yr oedd wedi cyrraedd pentre'r Rhyd a heibio i dafarn y 'Black' a'r hanner dwsin o fythynnod bychain o'i hamgylch. Trodd oddi ar y ffordd dyrpeg i ffordd y Groes, a arweiniai tua'r môr. Parhaodd y gaseg i drotian yn esmwyth nes cyrraedd y fferm gyntaf, Nant Siriol, y tu draw i'r nant. Yno, anogwyd hi i garlamu ar hyd y gwastadedd ac wrth iddi fwrw yn ei blaen, tyfodd yr hyder yng nghalon Leisa. Erbyn hyn, gallai wynto'r heli yn yr awyr a threiddiai'r gwynt drwy ei dillad wrth iddi gyflymu. Wedi cyrraedd Tir Abaty, arafodd y gaseg eto a throtian a chafodd Leisa gyfle i gael ei gwynt ati, wrth fynd heibio i glwstwr bychan o fythynnod yn y Groes. Cododd ei chwip i gyfarch hen ŵr a safai'n pwyso ar wal ei ardd. Cyffyrddodd yntau â phig ei gap.

Oddi yno, dilynodd gwrs yr afon i'r môr a chyrhaeddodd y traeth caregog cyn hir. Neidiodd Leisa o'r cyfrwy a chan ddal ei gafael yn y ffrwyn, cerddodd yn araf ar hyd pen ucha'r traeth agored. Yr oedd y gwynt wedi codi tipyn ond nid oedd yn rhy oer. Torrai'r tonnau'n wyn dros y dŵr gwyrddlwyd.

Wedi cyrraedd pen isa'r traeth, sylweddolodd ei bod yng nghysgod y gwynt. Eisteddodd yno ar ddarn o graig a oedd wedi syrthio o'r clogwyn uwchben ddegau o flynyddoedd ynghynt. Safai Seren yn amyneddgar yn ei hymyl. Fe'i teimlai ei hun yn cael ei suo gan sŵn cyson y tonnau. Rai llathenni oddi wrthi, yr oedd gwylan lwyd wrthi'n carthu pentwr o wymon gwlyb, yn pigo yma ac acw—'yn gwmws yr un fath ag Anti Annabelle'—ebe Leisa wrthi ei hun, a gwên yn lledu ar draws ei hwyneb.

Ar hyn, ehedodd brân ddu i lawr o'r clogwyn a glanio ar y traeth, tua phedair llath oddi wrth y pentwr gwymon. Er bod yna amryw o sopynau eraill o wymon gerllaw, roedd yn amlwg fod hon am gystadlu â'r wylan. Gwyliodd Leisa'r ddwy yn camu'n ôl a blaen gan lygadu ei gilydd yn fygythiol, y naill yn amddiffyn a'r llall yn ymosod. O'r diwedd rhoddodd y frân ei throed dros y llinell anweladwy a'u gwahanai a neidiodd yr wylan tuag ati. Pigai'r ddwy ei gilydd yn ddidrugaredd ond symud yn ôl yn araf a wnâi'r wylan. Yna'n sydyn cododd y ddwy i'r awyr a chwyrlïo yno mewn cylchoedd. Dim ond y frân a laniodd eilwaith ger y pentwr gwymon.

Trodd Leisa i edrych ar y môr a'r tonnau'n torri wrth draed y clogwyni. Am ryw reswm, roedd buddugoliaeth y frân wedi dod â Rhys i'w meddwl. Beth oedd yn mynd i ddigwydd iddi hi, yn y dyfodol pell, neu agos, pan fyddai Rhys yn arglwydd ar Gynfelin? Gallai fod yn eithaf siŵr na fyddai lle iddi hi yno bryd hynny. Caeodd ei llygaid; ni fedrai feddwl am y fath beth. Teimlodd ddafn o law yn taro'i grudd. Agorodd ei llygaid ac edrych tua'r gogledd a gweld cawod drom yn dynesu.

Tynnodd Seren at y graig a dringodd i'r cyfrwy. Trodd ben y gaseg yn ôl tua phen uchaf y traeth gan nad oedd cysgod yn unman gerllaw. Byddai'n rhaid mynd cyn belled â Thir Abaty i gael lloches. Sbardunodd Seren i garlamu yn syth ac i ffwrdd â hwy ar draws y caeau, trwy ddwy glwyd a hyd yn oed dros un clawdd isel. Erbyn hyn, roedd hi'n stodio glaw a theimlai Leisa'r gwlybaniaeth yn treiddio'n araf drwy ei dillad a'r oerfel yn cydio ynddi. Diolchodd mai i'w chefn yr oedd y gwynt a'r glaw, yn hytrach nag i'w hwyneb.

Erbyn cyrraedd Tir Abaty, ni welai Leisa ddiben mewn aros i gysgodi gan ei bod yn wlyb at ei chroen a chredai y byddai allan o'r gawod erbyn cyrraedd Nant Siriol beth bynnag. Felly croesodd y nant fechan a dringo'r rhiw am ganllath cyn troi i mewn i'r coed am fymryn o gysgod. Ond er bod y dafnau glaw yno'n brinnach, roeddent deirgwaith mwy, ac yn wlypach, rywsut. Parhaodd Leisa i annog y gaseg yn ei blaen, ar drot, gydag ambell garlam lle nad oedd brigau'r coed yn rhy isel.

Yr oedd y ddwy ar fin troi allan o'r coed i'r cae ger y ffordd dyrpeg pan gododd Seren ei chlustiau. Yna, cododd ar ei choesau ôl a thaflu Leisa i'r llawr. Glaniodd hithau ar bentwr o hen ddail gwlyb. Eisteddodd yno ennyd, yn ceisio penderfynu a oedd unrhyw anaf o bwys arni, ar wahân i glais neu ddau. Na, wir, roedd hi'n ymddangos ei bod hi wedi bod yn ffodus. Cododd ei phen yn sydyn, wrth deimlo fod rhywun yn ei gwylio. Na. Doedd yna neb i'w weld, ac roedd hi'n dal i fwrw'n drwm.

Safai Seren tua chanllath oddi wrthi, ar gwr y coed yn crafu'r ddaear â'i throed dde flaen. Teimlai Leisa'n siŵr fod rhywun arall yn y coed ac mai dyna a barodd i Seren ei thaflu. Cododd yn frysiog a heb drafferthu brwsio'r dail oddi ar ei sgert, herciodd ar ôl Seren a'i dal tua chanol y cae wedi i'r gaseg dawelu. Teimlai'r ddwy'n hapusach o fod yn glir o'r coed, ond rhaid oedd dringo'n ôl i'r cyfrwy yn awr. Synnodd Leisa fel yr ysbardunodd ei hofn hi i lwyddo ar y cynnig cyntaf. Trodd Seren yn ei hunfan. Cododd Leisa ei llygaid am gip olaf tua'r coed mewn pryd i weld cynffon cot lwyd yn diflannu y tu ôl i dderwen fawr. Plannodd ei sodlau'n ddwfn yn ystlys y gaseg a rhuthrodd honno tua'r clawdd agosaf a'i glirio fel gwennol. Ymlaen â hwy wedyn am chwarter milltir nes cyrraedd y Rhyd a throi tua'r plas. Daliodd Seren i garlamu nes dod o fewn golwg i'r stablau, yna arafodd, gan drotian trwy'r adwy ac aros wrth y ddau flwch. Prin fod Leisa wedi sylwi ei bod hi'n dal i fwrw'n drwm. Rhedodd Siôn allan o gysgod un o'r stablau i ddal pen Seren, tra llithrodd Leisa i lawr o'r cyfrwy.

'Pam na fyddech chi'n cysgodi rhwle, Miss?'

'Ro'n i wedi glw'chu'n shwps erbyn cyrredd unrhyw gysgod. Doedd 'na fawr o bwynt aros wedyn.'

'Ma' well i chi fynd miwn yn strêt 'te, Miss.'

'Mi wna i.' Ac i ffwrdd â hi, gan deimlo am y tro cyntaf bwysau'r dillad gwlyb amdani. Aeth Siôn â Seren i'w stabl i'w rhwbio a'i brwsio'n dda.

'Caton pawb! Be sy 'da ni fan hyn? Un o hwyed Dorglwyd? Dewch a thynnwch at y tân, Miss,' ebe Evans, a safai wrth ddrws y golchdy wrth i Leisa ddiferu heibio iddo, ar ei ffordd i'r gegin.

'Haleliwia! 'Na beth yw golwg,' ebe Mrs Puw. 'Paid gweud wrtha i dy fod ti wedi bod mâs ar y ceffyl 'na yn y glaw 'ma. Na, paid dod miwn i'r gegin i ddiferu dŵr ar hyd llawr glân Lisi. Lisi! cer i hôl twba o'r golchdy a rho fe yn fy stafell i. A rho ragor o ddŵr i ferwi. Leisa, dere di 'ma.'

Hysiodd Mrs Puw Leisa i'w hystafell a'i gosod i sefyll yn y twba i dynnu oddi amdani tra âi'r forwyn fach i'w hystafell i mofyn dillad sych a chlogyn iddi. Wedi iddi gael rhywbeth i roi amdani tra disgwyliai i'r dŵr ferwi, daeth Jên i mewn i mofyn y dillad gwlyb. Edrychodd Leisa arni. Roedd wedi mynd yn llawer mwy 'ewn', fel y dwedai Mrs Puw, yn ddiweddar. Cerddodd allan o'r stafell yn awr â'i thrwyn yn yr awyr. Gwyddai Leisa y byddai'n rhaid iddi, yn hwyr neu'n hwyrach, sôn wrth Mrs Puw am yr hyn a welsai ar y cei ddeuddydd ynghynt.

★   ★   ★   ★

Ymhen hanner awr, eisteddai Leisa yng nghadair Evans ger y tân—â'i thraed yn y ffwrn fach. Gwisgai ffrog frethyn drwchus a gorweddai siôl gynnes dros ei hysgwyddau. Roedd wrthi'n yfed llond tancard o de ac ynddo ddiferyn neu ddau o rywbeth cryfach. Er hyn i gyd, roedd yn dal i grynu, a phan nad oedd yn yfed, roedd ei dannedd yn dal i siarad bymtheg y dwsin â'i gilydd. Yr oedd pawb arall wedi dychwelyd at eu dyletswyddau—Evans wrthi'n gosod hambwrdd ar gyfer y sgweier, Jên yn mynd a dod o'r golchdy, Bertha i'w chlywed yn y bwtri, Elin wrthi'n coginio, Catrin y forwyn fach yn glanhau'r addurniadau pres a Mrs Puw wrth y bwrdd yn gwneud ei chyfrifon.

'Dechreuwch yr holl hanes 'to, Evans. Mi golles 'i hanner e gynne,' ebe Mrs Puw.

'Glywsoch chi am fwrdwr y porthmon neithiwr, Miss?'

Edrychodd Leisa arno mewn syndod.

'Naddo fi,' meddai'n dawel. 'Pa borthmon oedd e?'

'Oliver. Oeddech chi'n 'i nabod e?'

'Nag o'n i.'

'Dim fe yw brawd-yng-nghyfreth Elen Oliver Mwdwl gynt? Ma' hi'n byw yn y dre nawr.'

'Rwy'n credu ych bod chi'n iawn, Mrs Puw . . . Ie, 'na hi . . . Rwy'n cofio'r sôn mawr am Elen Huws pan o'dd hi'n ifanc . . . Dynion i gyd ar 'i hôl hi.'

'Colli 'choron wna'th hi'n eitha cloi,' ebe Mrs Puw. 'Hi bia'r Wil 'na sy'n was yn y Peithyll.'

'Ife wir? Wyddwn i ddim mai plentyn llwyn-a-pherth o'dd Wil,' atebodd Evans.

''Na chi wedi dysgu rhwbeth heddi 'to, Evans!' A chwarddodd pawb. ''Ta beth am hynny, beth ddigwyddodd i Oliver?'

'Câl 'i ddal gan ddau o ddynion tua'r toriad 'na y tu draw i Gelli'r Eos wna'th e, ma'n debyg. Ro'n nhw'n gweud fod golwg ar y diawl arno fe pan ffindiodd rhywun e'r bore 'ma.'

'Beth o'n nhw wedi 'i 'neud iddo fe 'te?' gofynnodd Mrs Puw, yn awchu am fwy o fanylion.

'Ma'n debyg 'i fod e'n llawn bwledi a bod 'i ben e wedi'i ffusto gyment â phastyne fel mai prin y gallen nhw 'i nabod e. Roedd e'n wâd i gyd, ma'n debyg.'

'Jiw, jiw,' porthodd Mrs Puw.

Synnodd Leisa wrth glywed ei diddordeb amlwg.

'Ma'n debyg fod pob asgwrn yn 'i gorff e wedi torri.'

'Nid dyna glywes i,' ebe Elin.

'O ie, a phwy yw ffynhonnell dy wybodaeth di, 'merch i?' gofynnodd Mrs Puw.

'Shami Shafins,' atebodd Elin yn amddiffynnol.

'Hy!' oedd yr unig ateb.

'Ro'dd Shami wedi'i weld e, ma'n debyg—'i ben e a'i ddillad yn rhacs jibidêrs a thwll mawr yn 'i fola fe a'i berfedd e gyd yn hongian mâs. Mi ro'dd 'na ddwy frân wrthi'n pigo'r perfedd pan . . .'

'Be sy'n bod arnat ti, Elin? Wyt ti ddim yn gwbod fod Shami'n un o'r celwyddgwn mwya yn y plwy 'ma? Fuodd e ddim yn agos i Gelli'r Eos, fe gei di weld, a dim ond tynnu dy goes di roedd e.'

'Wel,' ebe Evans, 'ma'n debyg 'i fod e wedi bod yn farw am ryw chwe awr pan geithon nhw afel arno fe'r bore 'ma. Y gred yw fod 'na ddau berson yn gyfrifol gan fod y fath olwg arno fe. Ro'dd sofren neu ddwy ar ôl yn 'i bocedi fe ond dim arall. Cannoedd wedi'u dwgyd, medden nhw. Ro'dd e wedi gwerthu deugen o wartheg Gelli'r Eos o leia.'

''Na golled go lew i rywun 'te,' ebe Mrs Puw. 'O drato! fedra i ddim cael y ffigyre 'ma'n iawn o gwbwl. Leisa, dere 'ma i'n helpu i . . . Hawyr bach, Catrin, rwyt ti'n wyn fel y galchen. Wyt ti'n teimlo'n iawn?'

'Odw, 'nawr. Gwrando ar Evans ac Elin wna'th i fi deimlo braidd yn sâl,' ebe'r forwyn fach.

'Dwy i'n synnu dim. Lle ma' synnwyr y ddau ohonoch chi yn gweud y fath bethe?'

'Chi ofynnodd,' ebe Evans yn swta, cyn diflannu i'r tŷ â'i hambwrdd.

'Druan â'r hen Oliver, 'ta beth. Hen foi caredig o'dd e, bob amser yn fodlon mynd â bechgyn ifanc 'dag e i weld y byd.'

'O ble roedd e'n dod, Mrs Puw?' gofynnodd Leisa.

'Mab yr Erw Las, y tu hwnt i bentre'r bont o'dd e'n wreiddiol, ond ma' fe wedi bod yn cerdded ffyrdd y wlad 'ma ers dros chwarter canrif erbyn hyn. Dyn gonest. Mi ro'dd pawb ffor' hyn yn hoffi gwneud busnes ag e—meistri a chwbwl.'

'Mae gen i gof cwrdd ag e lawr yn y farchnad yn y dre efo Dada pan own i tua deg neu un ar ddeg oed. Syniad o ddyn bach crwn sydd gen i â boche cochion crwn a hat fach ddu.'

''Na Oliver i ti, reit i wala.'

Wedi ysbaid hir, gofynnodd Leisa,

'Pryd fydd cinio?'

'Mewn rhyw awr.'

Ar hyn daeth Siôn i'r gegin.

'A! Miss, wyddech chi fod Seren braidd yn gloff?'

'Yw hi?'

'Odi, Miss, y gôs dde flân.'

'Sylwes i ddim.'

'Wna'th hi faglu neu gwmpo 'da chi'r bore 'ma?'

'Wel do . . . mi wna'th 'y nhaflu i ar gwr Coed Caradog.'

'Do fe? Weles i eriôd moni hi'n 'neud peth fel'na.'

'Naddo, na fi, ond falle 'i bod hi wedi glanio'n gam ar un troed.'

71

'Digon posib. Ond pam yn y byd mawr wna'th hi'ch taflu chi?'
Nid atebodd Leisa am rai eiliadau, yna meddai,
'Rwy'n credu i fi weld rhywun yn y coed, trwy gornel fy llygad,
ond dwy i ddim yn siŵr. Dim ond cip ges i. Mae'n ddigon posib
fod hynny wedi bod yn ddigon i godi ofn ar Seren.'
'Falle mai un o'r dynion laddodd Oliver o'dd e,' meddai Elin, yn
cyfrannu at y sgwrs am y tro cyntaf ers amser.
'Gad dy ddwli, ferch,' ebe Mrs Puw, gan edrych yn ffyrnig arni
ar yr un pryd.
'Ma'n ddigon posib, Mrs Puw,' ebe Siôn.
'Wyt ti'n meddwl hynna mewn gwirionedd, Siôn?' gofynnodd
Leisa, wedi dychryn drwyddi. Roedd y posibilrwydd ei bod wedi
gweld llofrudd Oliver y Porthmon â'i llygaid ei hun o fewn oriau i'r
llofruddiaeth bron yn ormod iddi ei amgyffred.
'Be sy'n mater arnoch chi i gyd, fel plant ar hyd y lle 'ma? Mâs â
chi, 'nôl at ych gwaith. Os yw'r gaseg mor gloff â hynny, cer â hi'n
syth at of y Rhyd neu'r Penrhyn.'
Gadawodd Siôn, â'i gynffon rhwng ei goesau braidd, a throdd
Elin yn ôl at y fowlen o'i blaen ar y bwrdd. Daeth Lisi, y forwyn
ganol, i mewn â llond ei breichiau o ddillad budr. Llusgai dau grys,
a oedd ganddi gerfydd eu llewys, ar hyd y llawr.
''Ma ni,' ebe Mrs Puw, 'llwyth dyn diog, fel arfer. Cwyd y cryse
'na a diolcha na wnest ti ddamsgen arnyn nhw a baglu.'
Cododd Leisa a throdd tua'r tŷ, gan weld y got lwyd y tu ôl i'r
dderwen yn llygad ei meddwl mor glir â'r bysedd ar ei dwylo ei
hun.

★   ★   ★   ★

'Ffordd hyn, Leisa,' ebe Henry dros ei ysgwydd tra carlamai ei
geffyl gwinau ar ôl y cŵn.
Dilynodd Leisa, Huw, a Philip a Richard Nantcoed ef, gan adael
i'r gweddill farchogaeth ar draws y caeau tua'r afon. Bwriad
Henry oedd eu harwain ar hyd llwybr llygad hyd odre Coed
Caradog, ar hyd ei dir ei hun ac ymuno â'r cŵn o flaen gweddill y
parti, nid nepell o bentre'r Groes. Pe bai'r llwynog wedi croesi'r
afon, gallent ei ddilyn yno. Carlamai'r pum ceffyl yn eu blaenau
hyd gwr y coed a gallent weld y gweddill yn gwau eu ffordd yn
arafach drwy'r caeau. Clustfeiniai'r marchogion am sŵn achlys-

urol y corn, i sicrhau eu bod yn dal ar y trywydd cywir. Wrth iddynt ddynesu at y Groes, gwaeddodd Henry a chyfeirio at y pentre. Yno, gallent weld y cŵn a'r llwynog o fewn dau gae i'w gilydd. Yr oedd y llwynog wedi croesi'r afon ond heb gael gwared â'r cŵn. Sbardunwyd y ceffylau i fynd ynghynt, yn y gobaith o gyrraedd y lladdfa cyn i'r llwynog ddiflannu i Goed Rhos Fach.

Carlamodd y fintai drwy'r pentre ac i dir Nantfawr, gan ddilyn y llwynog a'i erlidwyr i fyny'r cwm tua'r coed. Yr oeddent o fewn lled cae i'r cŵn. Cael a chael fyddai hi.

Yna arafodd Henry, a oedd ar flaen y gad, a dilynodd y gweddill ei esiampl. Wrth i sŵn y carnau ddistewi, gallent glywed cyfarth cyffrous y cŵn. Roedd yr helfa drosodd.

Er gwaethaf yr holl rasio gwyllt, nid oedd awydd mawr ar yr un ohonynt i weld y lladdfa ei hun, felly arafodd y ceffylau hyd at gerdded. Clywent y garfan arall yn dynesu o'r tu ôl iddynt, ond hwy oedd biau'r clod heddiw. Cyn pen munud yr oedd y fintai o helwyr i gyd gyda'i gilydd o gwmpas y cŵn a oedd yn dal i gyfarth. Gyda hwy yr oedd y sgweier, yn chwilio am gynffon y llwynog. Dechreuodd pawb siarad ymysg ei gilydd.

'Wnaethoch chi fwynhau'r helfa, Leisa?'

Trodd Leisa a'i chael ei hun wyneb yn wyneb â George Pugh unwaith eto.

'O . . . do, diolch.'

'Diwrnod hyfryd, on'd yw hi?'

'Am yr adeg yma o'r flwyddyn.'

'Ddim wedi'ch gweld chi allan efo'r helfa ers oes.'

'Fydda i ddim yn dod yn aml iawn.'

'Teulu yn mynd i fyny i Lunden ar ôl y Nadolig?'

'Dim ond Rhys, a falle Huw.'

'Mi gyfarfûm i â Rhys yno ryw fis yn ôl.'

'Do?'

'Gwneud tipyn o enw iddo'i hun yn y tai gamblo, yn ôl be glywa i.'

Erbyn hyn roedd Leisa yn teimlo'n anesmwyth iawn. Roedd y dyn yn troi arni fwyfwy bob tro y cyfarfyddai ag ef.

'Fydda i ddim yn gwrando ar straeon fel'na.'

'Hen bryd i chi neu'ch tad ddechrau gwrando arnyn nhw . . . Aros yma dros y Nadolig felly?'

'Siŵr o fod.'

'Ydech chi'n arfer gwneud hynny?'

'Ydyn.'

Tawodd yr holwr oherwydd y diffyg ymateb. Teimlai ei fod yn aredig cae â'i lond o gerrig, ond nid oedd wedi digalonni; câi gyfle eto yn y ddawns heno. Trodd ei geffyl i'r chwith a mynd i chwilio am rywun arall i siarad ag ef. O'r cyfeiriad arall, daeth y sgweier i gael gair â'i ferch.

'A sut oedd mab Nantcoed?'

'Iawn, cyn belled ag y gwn i.'

'Dere 'nawr, fe fuoch chi'n siarad am dipyn.'

Nid atebodd Leisa ei thad.

'Reit, rwy'n deall . . . Wel, bobol, rwy'n credu 'i bod hi'n bryd i ni fynd am adre. Mae croeso i ni i gyd ym mhlas yr Hendre gyda'm chwaer. Dewch.'

Bob yn un ac un, trodd y cwmni tua'r Hendre, oedd yr ochr arall i'r cwm. Gadawyd y cŵn yng ngofal y gweision. Tua chefn y fintai yr oedd Rhys a Henry yn cyd-farchogaeth. Nid oedd pethau wedi bod yn rhy dda rhyngddynt ers rhai wythnosau.

'Wyt ti'n mynd lan i Lunden ar ôl y Nadolig?' gofynnodd Henry.

'Ydw. Wyt ti?'

'Ydw. Beth am fynd 'nôl i'r Square and Compass tra byddwn ni yno?'

'Iawn.'

Tawelwch.

'Wyt ti'n gobeithio cael gweld y ferch 'na o Forgannwg tra byddi di yno?' gofynnodd Henry.

'Mwy na thebyg.'

'Mae honna'n dipyn o beth, fachgen. Os llwyddi di i gael dy grafange arni, mi rwyt ti'n well dyn nag o'n i'n feddwl o't ti.'

'Mi faset ti'n synnu be alla i 'i wneud, yn enwedig pan fo digon o arian i bara am oes yn y fantol.'

'Fydd hyd yn oed 'i ffortiwn hi ddim yn ddigon i ti, y ffordd rwyt ti'n gwastraffu d'arian.'

'Os felly, mi allwn gael gwared arni a ffindio un arall a digon o arian ganddi hi. A phwy wyt ti i siarad, 'ta beth? Weles i neb ar dy fachyn di'n ddiweddar.'

'Mae gen i'n llygad ar un neu ddwy,' atebodd Henry'n amddi-ffynnol.

74

'Sgwn i pwy fydde eisie dod i'r Hendre i fyw?' ebe Rhys yn wawdlyd.

'Oes gan Gynfelin rywbeth gwell i'w gynnig i dy wraig di?' atebodd Henry.

'Pan ddaw Cynfelin i 'nwylo i, mi ro i feili o Sais yn y lle i gadw trefn ar y tenantied gythrel yna, ac mi alla i dreulio'r flwyddyn naill ai yng nghartre'r wraig neu yn Llunden. Does gen i fawr i'w ddweud wrth y wlad, yn enwedig y gwehilion sy'n byw yn y cyffinie hyn. Does 'na ddim byd i'w wneud 'ma a phrin iawn yw'r bobol gwerth siarad â nhw.'

'Ydw i'n ddigon ffodus i fod ar y rhestr fer honno?' ebe Henry yn wawdlyd.

'Wyt,' oedd yr ateb swta.

'Rwyt ti'n fy synnu i.'

Carlamodd Henry ymaith i edrych am rywun mwy hynaws i siarad ag ef.

★   ★   ★   ★

Helpodd Leisa ei thad i ddringo o'r cerbyd. Roeddent wedi gadael dawns yr helfa yn yr Hendre yn gynnar, gan nad oedd ef yn teimlo'n dda, a chymerodd Leisa ei chyfle i ddianc o grafangau George Pugh a oedd wedi bod yn ei dilyn drwy'r nos. Roedd Rhys a Huw wedi aros, y naill yn feddw, a'r llall yn treulio'r rhan fwyaf o'i amser yng nghwmni Catrin Gelli'r Eos.

Dilynodd Leisa ei thad i'r cyntedd ac wedi i Huws dderbyn eu cotiau, aeth y ddau i'r parlwr bach.

'Ydech chi'n siŵr na fedra i estyn rwbeth i chi?'

'Ydw, 'merch i. Dim ond diffyg traul yw e. Os na fydd e wedi clirio erbyn y bore, fe gaiff Mrs Puw baratoi rhwbeth i fi. Rwy'n teimlo'n well yn barod o gael eiste'n dawel fan hyn.'

Ni wyddai Leisa a ddylai aros gydag ef yn awr neu a allai hi fynd i'w gwely. Yna cofiodd am y newydd a glywsai gan Mrs Ifans Gelli'r Eos yn ystod y ddawns:

'Mi glywes heno 'u bod nhw wedi dal un o'r dynion laddodd Oliver y Porthmon, a'i fod e yn y carchar yn y dre. Roedd e'n dwyn dillad yn y Sarne.'

'Oedd e wir,' ebe'r sgweier ag ochenaid isel wrth ymestyn yn ei gadair, a chau ei lygaid.

75

Edrychodd Leisa arno'n fanwl o'i chadair gyferbyn. Sylwodd am y tro cyntaf gymaint yr oedd wedi heneiddio'n ddiweddar, a chododd hynny ofn arni. Ceisiodd ddychmygu sut un ydoedd pan oedd yn ifanc. Beth a ddenodd ei mam ato? Gwyddai, o'r hyn a ddwedodd ei thad wrthi, a Mrs Puw, fod y ddau wedi bod yn hapus iawn ac na fu iddo edrych ar unrhyw ddynes arall ar ôl ei marw hi. Gobeithiai Leisa yn fwy na dim y câi hi briodas felly, pan ddeuai'r amser, ond ar y llaw arall, gobeithiai am briodas hirach nag un ei rhieni. Wyth mlynedd a gawsent; bu rhoi genedigaeth i Gruffydd a Gwilym yn ormod iddi. Dim ond pedair blynedd ar ddeg oedd hi'n hŷn nag yr oedd Leisa'n awr pan fu hi farw. Ni fedrai ddychmygu sut fywyd a gawsai'r ddau efo'i gilydd. Teimlai ysfa i ofyn i'w thad . . . ond gwell fyddai gadael iddo heno. Edrychai mor heddychlon yn hepian yno yn ei gadair.

Cododd a cherddodd ar flaenau'i thraed at y drws, ac allan i'r cyntedd, gan gau'r drws yn ofalus a di-stŵr ar ei hôl. Dringodd y grisiau tua'i gwely yn flinedig.

PENNOD 6

'Dyrchefwch eich calonnau.'
  'Yr ydym yn eu dyrchafael i'r Arglwydd.'
  'Diolchwn i'n Harglwydd Dduw.'
  'Mae yn addas ac yn gyfiawn gwneuthur hynny.'
  'Y mae yn gwbl addas, yn gyfiawn, a'n rhwymedig ddyled, yw bob amser ac ym mhob lle, ddiolch . . .'

Crynodd Rhys drwyddo. Roedd yr eglwys fawr yn dywyll ac oer, heblaw am y goleuadau bychain o'r canhwyllau. Prin iawn oedd y golau a ddeuai drwy'r ffenestri culion, ac ni threiddiai ond cwta ddwylath i gorff yr eglwys. Ni fyddai neb yn gallu gweld y ficer oni bai ei fod yn gwisgo'i wenwisg, gan ei fod, erbyn hyn, wedi esgyn at yr allor.

'Am i ti roddi Iesu Grist, dy un Mab, i'w eni ar gyfenw i'r amser yma drosom . . .'

Dechreuodd meddwl Rhys grwydro eto. Nid oedd wedi bod yn yr eglwys ers misoedd, ond gan ei bod hi'n fore dydd Nadolig,

76

roedd wedi cytuno i ddod efo gweddill y teulu. Eisteddai yn awr ar y dde i'w dad, a Huw ar y dde iddo yntau. Eisteddai Gruffydd, Gwilym a Leisa rhwng Huw a'r wal. Yr oedd y teulu yn ei sedd arferol, dwy o'r tu blaen. Yr ochr arall i'r eil, eisteddai teulu Nantcoed.

'Nid ydym ni yn rhyfygu dyfod i'th Fwrdd di yma, drugarog Arglwydd . . .'

Penliniodd Rhys chwe eiliad ar ôl pawb arall. Trodd ei feddwl eto at deulu Nantcoed. Gobeithiai gael gair â George ar ôl y gwasanaeth ynglŷn â'r gobaith o ailagor rhai o'r gweithfeydd mwyn lleol. Bwriadai ddefnyddio peth o'r arian yr oedd wedi'i etifeddu'n ddiweddar ar gyfer hynny. Roedd ei dad wedi cau'r gweithfeydd bymtheng mlynedd ynghynt gan fod pris mwyn wedi syrthio mor isel. Ond yr oedd Rhys wedi sylwi fod y pris wedi ailddechrau codi'n araf yn ddiweddar. Petai'r duedd yma'n parhau, byddai'r gweithfeydd yn broffidiol eto cyn pen blwyddyn neu ddwy.

Gobaith Rhys oedd ennyn diddordeb George Pugh ac ambell un arall yn ei syniadau ac yna, pan fyddai arian wedi ei addo, gallai fynd ati i berswadio'i dad i adael iddo ddechrau cloddio, fel menter bersonol, heb unrhyw gysylltiad â'r stad yn gyffredinol. Po fwyaf y meddyliai Rhys am ei fenter, mwyaf cyffrous y teimlai. Prin y medrai ddioddef disgwyl deunaw mis neu fwy cyn dechrau cloddio. Fe'i câi ei hunan yn meddwl am y peth bob dydd ac yr oedd yn amau ei fod hyd yn oed yn dechrau breuddwydio amdano erbyn hyn.

'. . . yr hwn ar y nos honno y bradychwyd, a gymerth fara, ac wedi iddo ddiolch, efe a'i torrodd, ac a'i rhoddes i'w . . .'

Gwyddai Rhys y gallai llwyddiant y fenter fod yn dra deniadol i rieni Elizabeth, y ferch o Forgannwg y bu'n ei llygadu a'i 'chwrso' ers deufis, gan gynyddu ei obeithion o'i phriodi. Ar y llaw arall, ni feiddiai aros am flwyddyn cyn gofyn iddi ei briodi; byddai rhywun arall yn siŵr o fod wedi achub y blaen arno. Rhaid oedd darganfod ffordd i ddenu ei diddordeb hi a'i rhieni ynddo ef. Ar hyn o bryd, doedd e'n ddim mwy nag un o haid a oedd yn ei dilyn hi i bob man; o Lundain i Forgannwg ac yn ôl. Credai Rhys, er hynny, ei bod hi'n cadw llygad arno, ymysg y dyrfa, yn enwedig pan fyddai ef yng nghwmni merched eraill.

Roedd hi'n ferch ariannog iawn, neu o leiaf mi fyddai ar ôl i'w thad farw, ac yn ddeniadol iawn yn ogystal. Beth arall oedd ei eisiau ar ddyn o safle a diddordebau Rhys?

Daeth symudiad ei dad â Rhys yn ôl i'r presennol. Roedd pawb yn codi i fynd at yr allor ar gyfer y Cymundeb. Dilynodd Rhys ei dad, gan gerdded yn araf drwy'r côr i'r gangell. Penliniodd yno, yn ymyl ei dad. Daeth y ficer a'r ciwrat tuag atynt.

'Corff ein Harglwydd Iesu Grist, yr hwn a roddwyd . . .'

Rhoddodd y ficer ddarn bychan o fara ar law ei dad cyn dod ato yntau. Derbyniodd y bara ar ei ddwylo a'i roi yn ei geg. Yna, daeth y ciwrat o'i flaen a throsglwyddo'r cwpan arian i'w ddwylo.

'Gwaed ein Harglwydd Iesu Grist yr hwn a dywalltwyd drosot, a gadwo dy gorff a'th enaid i fywyd tragwyddol.'

Arhosodd Rhys rai eiliadau ar ôl rhoi'r cwpan yn ôl cyn codi a dilyn ei dad yn ôl i sedd y teulu. Wedi iddynt eistedd, ac i'r bechgyn eraill, Leisa a theulu Nantcoed ddod yn eu holau, dechreuodd y bobl gyffredin fynd at yr allor.

'Beth sydd i ginio?' gofynnodd Rhys drwy ei ddannedd i Huw.

'Gŵydd a chig eidon, fel arfer,' oedd yr ateb distaw.

'Ydi teulu'r Hendre yn dod aton ni i ginio?'

'Ddim hyd y gwn i. Mi soniodd Henry rywbeth ond rwy'n credu mai ar ôl te ddwedodd e.'

'O!'

Sylweddolodd Rhys fod yr eglwys wedi goleuo tipyn. Rhaid fod yr haul wedi dod allan, gan y deuai pelydrau o olau gwan i mewn drwy bob un o ffenestri deheuol yr adeilad. Gellid gweld y dyrfa ddi-lun, ddi-liw a safai wrth yr allor yn weddol glir yn awr, yn ogystal â seddau'r côr a'r pulpud ar y chwith. Ond yr oedd prennau cerfiedig y to yn dal yn guddiedig yn nhywyllwch y nenfwd. Yr ochr chwith i'r allor, gallai weld cof-garreg wen ar y mur. Gwyddai amdani'n dda, a gallai adrodd y geiriau arni o hyd—'Er cof annwyl am Georgina, gwraig annwyl John Richards, a hunodd nos Iau, Chwefror, 17, 1819.' Prin oedd ei atgofion am ei fam . . . yr oedd y dyrfa wrth yr allor wedi lleihau ac yn llifo'n ôl yn araf i gorff yr eglwys. Aent heibio i'r meinciau blaen â'u pennau wedi'u crymu tua'r llawr, fel pe'n gwylio'u traed yn symud ar hyd y llawr pridd.

'Ein Tad . . .'

'Ein Tad, yr hwn wyt . . .' ebe'r gynulleidfa gyfan, gan lafarganu'r weddi gyfan, yn aflafar braidd.

78

'Hollalluog a thragwyddol Dduw, yr ydym yn ddirfawr ddiolch i ti . . .'

Dechreuodd pawb ar y meinciau blaen anesmwytho, gan wisgo'u menig a phlygu'r carthenni a oedd dros eu coesau, a hyd yn oed sibrwd ymysg ei gilydd, gan ddisgwyl diwedd y gwasanaeth.

Trodd y ficer i wynebu'r gynulleidfa, a chan godi ei law dde, adroddodd y fendith.

'Amen,' unsain oedd ateb y gynulleidfa.

Cododd pawb, ac wedi disgwyl i'r ficer a'i giwrat ddiflannu i'r festri troesant tua'r drws, gan fân siarad ymysg ei gilydd. Gwthiodd Rhys ei ffordd at ochr George Pugh a sibrwd yn ei glust,

'Ga i air 'da ti tu allan?'

Cododd George Pugh ei law i ddynodi y byddai hyn yn iawn a dilynodd Rhys ef allan i'r porth. Yno, safai teuluoedd y tai mawr yng nghysgod y porth yn siarad â'i gilydd tra heidiai'r bobl gyffredin ar y llwybr rhwng y beddau yn y fynwent. Yr oedd tipyn o haul gwan Rhagfyr i'w weld wrth i'r cymylau gilio tua'r dwyrain.

'A! George, dere draw i'r gornel 'ma . . . Wyt ti wedi bod yn cadw llygad ar brisie mwyn yn ddiweddar?'

'Nac ydw i. Pam? Ydyn nhw wedi bod yn codi? Oes posibilrwydd y gallen ni ailagor pylle?'

Moesymgrymodd George Pugh wrth i Leisa basio, wedi gwenu arni yn gyntaf. Prin y gallai hithau ei gorfodi ei hun i'w gydnabod cyn troi i siarad â Gwilym.

'Wna i sôn dim rhagor am y peth, os nad oes gen ti ddiddordeb,' ebe Rhys, braidd yn siomedig o weld na fedrai George ganolbwyntio ar eu sgwrs.

'Wrth gwrs fod gen i ddiddordeb, os oes arian i'w wneud,' ebe hwnnw gan droi'n ôl at Rhys.

'Wel meddylia di am y peth, beth bynnag, i weld pa bosibiliade sydd yna yn eich gweithfeydd chi, a falle cawn ni air eto.'

'Reit, fe wna i.'

'Beth am gael gair o fewn pythefnos 'te?'

'Ardderchog.'

Yr oedd Rhys wedi sylwi fod gweddill y teulu wedi diflannu tua'r cerbyd. Gan nad oedd am i neb ofyn iddo beth oedd byrdwn ei sgwrs â George Pugh, prysurodd ar eu hôl a'u dal o fewn ychydig lathenni i glwyd y fynwent.

★   ★   ★   ★

79

Safodd y cerbyd o flaen drws y tŷ, a disgynnodd y chwech ohono a mynd i mewn i'r plas. Aeth Rhys, Gruffydd a'u tad i'r llyfrgell, Gwilym i'r ystafell gerdd, Leisa i fyny'r grisiau i dynnu ei chôt a Huw yn ei dilyn ar ei ffordd i'w ystafell ei hun.

'Beth wyt ti'n mynd i'w wneud bore 'ma?' gofynnodd Leisa.

'Mynd allan ar Seren, rwy'n meddwl. A tithe?'

'Mi faswn i'n hoffi dod gen ti, ond mae'n well i fi beidio . . . Rwy'n credu y gwna i orffen darllen un o'r llyfre 'na r'est ti i fi ar ôl dod adre. Mi dries i 'i orffen e neith'wr—ro'n i'n effro tan 'mhell wedi hanner nos.'

Gwahanodd y ddau wrth ddrws ystafell Huw ac aeth Leisa tua'i hystafell hithau ym mhen pella'r tŷ, uwchben y gegin. Cyn agor y drws, gallai synhwyro'r tân a gynheuwyd tra oeddent yn yr eglwys. Tynnodd ei chôt a'i hongian yn y cwpwrdd. Cododd ei llyfr oddi ar y bwrdd yn ymyl y gwely a mynd i eistedd yn y gadair esmwyth ger y tân. Estynnodd ei thraed tua'r gwres, a throdd at y llyfr. Gallai glywed sŵn piano yn dod i fyny drwy'r tŷ a rhywfaint o brysurdeb y gegin islaw.

Darllenodd am dipyn, gan droi'r tudalennau'n frysiog er mwyn cael bwrw ymlaen â'r stori, ond rywsut, arafodd ei llaw a phylodd ei diddordeb. Aeth ei meddwl ar grwydr. Llithrai'r hen deimlad a ddeuai bob Nadolig drosti. Teimlai fod rhywbeth ar goll. Wedi aros gyda'i modryb dros yr Ŵyl dair neu bedair blynedd ynghynt, a'u gweld hwy fel teulu yn cael cymaint o bleser a mwynhad ar y diwrnod hwn, teimlai golli ei mam yn fwy ar ddydd Nadolig nag ar unrhyw ddiwrnod arall. Pe bai hi yno, byddai'n siŵr o glymu'r teulu at ei gilydd a byddai'n ddolen gyswllt rhyngddi hi a'i thad . . . Credai weithiau ei bod yn dod i nabod ei thad yn well ac yn dod yn nes ato, fel ar noson yr helfa, ond yna diflannai o'i gafael, a'i gadael, yn ei thyb hi, ar ei phen ei hun unwaith eto. Heblaw am Huw, a Gwilym pan fyddai gartref, a'r plas ei hun byddai bywyd yn anodd a diflas iawn. Ac yr oedd Ann yn pellhau fwyfwy. Teimlai fel pe bai blanced fawr ddu o dywyllwch yn dod i lawr o'r nenfwd ac yn syrthio drosti'n daclus. Eisteddodd fel delw yn ei chadair, yn gwylio'r fflamau'n llyfu'r coed.

Cododd yn sydyn a mynd at y ffenestr. Rhaid oedd gwneud rhywbeth cadarnhaol. Yr oedd y gerddi yn edrych gystal ag y gallent ar ddiwrnod o Ragfyr. Ni welai arwydd o neb, gan ei bod yn ddiwrnod gŵyl. Roedd y gweithwyr i gyd yn eu cartrefi. Ysai am gael mynd i lawr i'r gegin, ond gwyddai na fyddai croeso yno, yng nghanol prysurdeb paratoi'r cinio, a dechrau paratoi ar gyfer swper heno. Yna, daeth y syniad iddi fel fflach. Fe âi i lawr i'r *lodge* am dro i weld Ann. Gallai alw yn y gegin efo Mrs Puw i wneud yn siŵr y byddai Ann yno.

Pan gurodd hi ddrws y *lodge*, ni bu'n rhaid iddi aros yn hir cyn i Ann ddod i'w agor a'i chroesawu i mewn.

'Ma' croeso i ti aros,' meddai wedi i Leisa dynnu ei chot ac eistedd, 'cyn belled â bod dim ots gen ti os gwna i fynd mlân â'r cwco. Ma' John wedi mynd mâs i weld rhywun ond mi fydd 'nôl yn y man. Ry'n ni'n disgwl Mam 'nôl tua dau i ni gâl cino, wedyn mi fyddwn ni'n dwy'n dod lan i baratoi erbyn heno, gan fod pawb ond Elin wedi derbyn y cynnig o hanner dwrnod o wylie.'

'Beth y'ch chi'n 'i gael i ginio?'

'Hwyaden 'leni—am newid. Ma' dy dad bob amser yn rhoi dewis i Mam, a mi fydd hi, fel arfer, yn cymryd gŵydd, ond 'leni, am ryw reswm, fe benderfynodd gâl rhywbeth gwahanol.'

'A dyna beth yw'r gwynt ffein sydd 'ma?'

'Ie.'

Edrychodd Leisa ar y gegin gymen o'i hamgylch.

'Oes unrhyw newyddion 'te?'

'Na, dim byd o bwys.'

Yr oedd Ann wrthi'n crafu moron ar y pryd, yn barod i'w rhoi i ferwi. Yr oedd y tatws yn rhostio'n barod yn y crochan a grogai uwchben y tân. Symudai Ann yn ôl a blaen rhwng y bwrdd a'r tân, yn cadw llygad arnynt a'r hwyaden oedd yn troi ar gigwain y tu ôl i'r crochan. Wedi gorffen paratoi'r moron a'u rhoi mewn crochan bach wedi ei hanner lenwi â dŵr a'i roi i sefyll ger y tân, eisteddodd Ann gyferbyn â Leisa, ar y fainc wrth y bwrdd.

'A beth amdanat ti?' gofynnodd Ann.

''Sdim byd diddorol wedi digwydd i fi'n 'weddar.'

'O dere, paid â bod mor ddigalon. Ma' raid i ti chwilio am bethe. Wyt ti wedi cael gafel ar ŵr eto?' meddai gan wenu.

'Beth sy'n hela i ti feddwl 'mod i'n chwilio am un?' atebodd hithau braidd yn swta.

'Wel, meddwl o'n i bydde câl gŵr yn setlo dy broblem di o fod â dim byd i 'neud.'

Chwarddodd y ddwy o'r diwedd.

★   ★   ★   ★

81

'Oho! mae ei mawrhydi wedi penderfynu dod i gael cinio,' ebe Rhys wrth i Leisa ruthro i mewn i'r ystafell fwyta, yn hwyr ac wedi colli ei gwynt, ar ôl rhuthro'n ôl o'r *lodge*.

'Lle rwyt ti wedi bod?' gofynnodd ei thad.

Atebodd Leisa ef, ac eistedd yn ei chadair arferol, gyferbyn â'i thad.

'Dwy i ddim yn deall pam rwyt ti'n dal i gyfathrachu â phobol is-raddol,' ebe Rhys.

'Fedra i feddwl am neb mwy israddol na thi.'

'Reit, dyna ddigon. Caewch eich cege, y ddau ohonoch chi. Rwy am gael heddwch am un pryd y flwyddyn, beth bynnag,' ebe'u tad.

Tawelodd y ddau a daeth Evans ac Elin â'r bwyd i mewn.

Wedi gorffen y pryd, symudodd pawb i'r parlwr mawr—ystafell eang yng nghornel ddwyreiniol y tŷ, ger y prif risiau. Anaml y defnyddid hi, heblaw pan oedd pawb gartre. Nid oedd wedi newid dim ers dros bymtheng mlynedd. Ystafell gyfforddus oedd hi yn hytrach na rhwysgfawr.

Eisteddodd Gwilym a Leisa yn y ffenestr hanner crwn, Huw wrth y ddesg gyferbyn â'r tân i ddarllen, a'r sgweier yn ei gadair ei hun yr ochr dde i'r tân. Gorweddian ar y soffa a wnâi Rhys tra eisteddai Gruffydd fel pe ar bigau'r drain gyferbyn â'i dad.

'Beth oedd gen ti i'w ddweud wrth George Pugh heddiw, 'te?' gofynnodd y sgweier maes o law.

'Dim byd o bwys,' oedd yr ateb.

'Rhyw gynllwyn neu'i gilydd, m'wn,' ebe Leisa.

'Rwy'n synnu dy glywed di'n siarad fel'na am dy gariad,' atebodd Rhys.

'Paid bod yn ddwl! Dyw George Pugh'n ddim mwy o gariad i fi nag wyt ti.'

'Dweud mawr . . . ond mae'n rhaid i fi ddweud mai nid dyna'r argraff rydw i wedi'i gael yn ddiweddar.'

'Beth am yr helfa?' ategodd Gruffydd, wrth synhwyro fod pethau'n dechrau poethi.

'Wel, Leisa?' ebe'r sgweier.

'Ffwlbri noeth! Does gen i ddim diddordeb ynddo fe o gwbwl, na fynte yno' inne, am a wela i.'

'Dwyt ti ddim yn gweld yn bellach 'na dy drwyn 'te, a pam o't ti'n cochi y bore 'ma felly?'

'O'n i ddim.'

'O! Oe't, oe't,' ebe Rhys mewn llais plentynnaidd.

'Gad lonydd iddi, er mwyn popeth,' ebe Huw, gan godi ei ben o'i lyfr.

'Y brawd da i'r adwy,' ebe Rhys, yn ymgrymu i gyfeiriad Huw. 'Ond dyna ni, ro'n i'n anghofio fod pobol gomon yn fwy at dy ddant di, Leisa. Beth am Daniel Tomos y teiliwr neu Dafydd Thomas yn swyddfa Lloyd cyfreithiwr? Mae'n siŵr y bydden nhw'n falch iawn o gael cynnig merch y plas yn wraig.'

Ymsythodd Leisa, a chochi at fôn ei gwallt wrth glywed Rhys yn crybwyll enw Dafydd Thomas, ond ni fedrai ei ateb.

'A beth sy'n bod ar Dafydd Thomas a'i debyg?' gofynnodd Huw.

'O! Dim, dim, ond 'i fod e a Daniel Tomos yn byw fel moch ac yn drewi'n waeth.'

Llwyddodd Leisa, â pheth ymdrech, i beidio ymateb i hyn, gan adael i Huw wneud drosti.

'Paid siarad drwy dy hat.'

Ymhen ychydig, ychwanegodd Leisa,

'Maen nhw'n bobol lawer mwy dymunol i siarad â nhw na thi.'

'Cyn belled â bod ti'n dal dy drwyn i wneud hynny,' ebe Gruffydd yn pwffian chwerthin.

'Gruffydd, paid â siarad am bobol nad wyt ti'n 'u nabod,' ebe'i dad yn chwyrn.

Pwdodd Gruffydd.

'A sôn am gyfathrachu â phobol gomon, sut mae'r Puwiaid erbyn hyn? Mae'n dda gen i ddweud nad ydw i wedi'u gweld nhw ers oes,' ebe Rhys.

'Felly, Rhys, fydde gen ti ddim diddordeb yn f'ateb.'

'Wrth gwrs fod gen i. Mae ganddyn nhw gymaint o ddylanwad ar y lle 'ma â fi.'

'Pwy ddiawl wyt ti i siarad?' ebe Leisa, wedi colli ei thymer yn llwyr. 'Dwyt ti byth yma . . . Maen nhw'n weithwyr caled a gonest ac yn byw'n ofalus—dim 'run fath â ti'n gamblo a gwario arian pobol eraill, a heb godi bys bach i'w ennill e.'

'Cau dy geg, y bitsh!'

'Rhys!' gwaeddodd ei dad, 'paid byth â gadel i fi dy glywed di'n defnyddio'r gair 'na 'to am dy chwaer nag am unrhyw ddynes arall.'

'Pam lai? Hen sgubell fach slei yw hi.'

'Mae'n gwneud mwy er lles y stad 'ma na thi. A beth yw hyn am gamblo?'

'Dim ond 'nawr ac yn y man . . . o fewn rheswm.'

Pesychodd Huw yn swnllyd iawn.

'Cymer di ofal, 'machgen i. Dyna'r gors hawdda i ti suddo iddi.'

'Mae e lan at 'i glustie'n barod,' ebe Leisa, yn synhwyro buddugoliaeth o fewn ei gafael.

'Yr hen gelwyddgast! Pam na dynni di dy gyllell mâs o 'nghefen i?'

'Mi wna i pan wnei di ddechre edrych ar ôl d'arian a pharchu gweision a morynion fel pobol ac nid fel llwch y llawr, neu ffynhonnell pleser i ti!'

'Y bitsh!' ebe Rhys dan ei wynt.

'Rhys!' ebe Huw mewn llais isel.

''Na ni! Rwy wedi câl digon ar y ddau ohonoch chi,' ebe'r sgweier. 'Dwy i ddim yn mynd i eistedd fan hyn yn gwrando ar ragor. Rwy'n mynd mâs am dro ar Champion, gan obeithio y byddwch chi'ch dau mewn gwell hwylie erbyn do' i'n ôl.'

Cododd a brasgamu o'r ystafell.

'Mi a' inne o glyw dy enllib parhaus di hefyd,' ebe Rhys.

'Dim ond am fod lot o'r mwd yn glynu,' ebe Leisa wrth i'w brawd ddilyn ei dad o'r ystafell.

'Dyna ti wedi llwyddo i chwalu'r teulu'n eitha da,' meddai Gwilym mewn llais tawel.

'Ar Rhys roedd y bai am ddechre'r cwbwl.'

'Ddylet ti ddim llyncu'r abwyd mor hawdd,' atebodd Huw. 'Paid cymryd unrhyw sylw ohono fe. Allith e ddim rhedeg 'i fywyd 'i hunan heb sôn am ddechre beirniadu pobol eraill.'

'Mae tipyn mwy o steil 'dag e na'r un ohonoch chi,' ebe Gruffydd, yn cefnogi ei arwr fel arfer.

'Dim steil yw popeth, Gruff,' meddai Huw, 'ac fe ddylet ti, Leisa, ddysgu gwrando ar farn pobol eraill weithie—mae'n rhaid i ti gael dy ffordd dy hunan, neu'r gair ola bob tro.'

'Ac o ble mae'r doethinebe 'ma i gyd yn dod?'

'Mae synnwyr cyffredin yn dweud dy fod ti'n anghywir weithe,' ebe Gwilym.

'Pam y'ch chi i gyd yn troi arna i?' gofynnodd Leisa, â dagrau yn cronni yn ei llygaid.

'Dyden ni ddim,' ebe Gwilym. 'Dere, pam na ddoi di mâs am dro efo fi?'

'Mi ddo' i gyda chi,' ebe Huw, gan gau ei lyfr a chodi.

Aeth y tri i chwilio am eu cotiau, gan adael Gruffydd i bendwmpian o flaen y tân, wedi bwyta gormod fel arfer.

O fewn pum munud, roeddent allan yn y gerddi, wedi eu lapio mewn haenau o ddillad rhag y gwynt main. Cerddai Leisa rhwng ei dau frawd, fraich ym mraich â hwy.

'Chi'n gwbod,' meddai, 'oni bai am y bobol sy'n gweithio yma, ac Ann, mi fyddwn i wedi bod yn unig iawn 'ma ar hyd y blynydde. Dyna pam rwy'n gwneud cymaint â nhw. Be arall sydd i'w wneud heblaw reidio, darllen, chware piano a helpu Mrs Puw efo'r fwydlen unwaith yr wythnos?'

'Pam na ofynni di i Dada a gei di roi cynnig ar redeg y tŷ i gyd?' ebe Huw. 'Mae Mrs Puw yn mynd yn hŷn, ac rwy'n siŵr y bydde hi'n falch o adael i ti wneud mwy.'

'Dwy i ddim yn gwbod a fydde hynna'n ddigon . . .'

'Wel, beth am fynd ati i foderneiddio'r lle? Mi allai Ann dy helpu —rhoi cyngor i ti ac yn y blaen. Meddylia, dyw'r lle 'ma ddim wedi newid dim ers pymtheng mlynedd a mwy. Dwed wrth Dada fod angen adnewyddu rhai pethe . . . Beth wyt ti'n feddwl?'

'Mae'n well na dim byd arall rwy wedi'i glywed yn ddiweddar.'

'Dere 'nawr. Ti'n gwbod yn iawn y gallet ti wneud y gwaith.'

'Mm, ond o ble cawn ni syniade?'

'Mae'n siŵr fod gan Ann ddigon.'

'Wel, mae'n rhaid i fi gyfaddef fod y cwbwl yn dechre apelio ata i.'

''Na fe, ro'wn i'n dweud wrthat ti.'

'Ie, ond beth os priodith Rhys y ferch 'na o Forgannwg roedd Cecilia'n sôn amdani, mi aiff y cyfan yn ofer wedyn.'

'Gwranda 'ma, os wyt ti'n gofyn i fi, dyw'r gwynt ddim yn chwythu i'r cyfeiriad 'na o gwbl. Ond hyd yn oed pe bai e, mi fyddai Rhys yn byw yn Llunden am y rhan fwya o'r flwyddyn, o hynny 'mlân, ac ar stad 'i wraig,' ebe Huw.

'Wyt ti'n meddwl hynna?' gofynnodd Gwilym.

'Rwy'n gwbod, 'machgen i. Fe ddo'th y geiriau o geg yr oracl 'i hunan.'

Chwarddodd y tri.

'Helô,' ebe llais tu ôl iddynt. Trodd y tri a gweld dyn ar ffyn bag-
lau, a rhyw hanner dwsin o blant o'i gwmpas.

'Helô,' ebe Huw, braidd yn ansicr, 'a phwy y'ch chi 'te? Wel,
wrth gwrs, Evan Jones, Ty'n Cwm. Mae'n dda ych gweld chi ar
ych trâd . . . ar ych bagle ddylen i ddweud, a shwt y'ch chi a
gweddill y teulu?'

'Lled dda, diolch, Syr. Ma' pethe braidd yn dynn arnon ni ond
ma' arian ych tad yn help mawr.'

'Mae'n dda 'da fi glywed.'

'Odi wir, Syr . . . Y! Y'ch chi gwbod o's 'na waith ysgon i gâl tua'r
plas ar hyn o bryd, Syr? O'n i'n meddwl falle . . .'

'Bydde'n well i chi gâl gair â 'Nhad neu Lloyd Beili am hynna. Mi
wna i sôn wrtho fe amdanoch chi.'

'Mawr ddiolch i chi, Syr; ie, wir, mawr ddiolch i chi.'

'Popeth yn iawn, Evan Jones. Nadolig Llawen i chi a'r teulu, a
Blwyddyn Newydd Dda.'

'Ac i chithe, Syr; ie, wir.'

Cododd Evan Jones ei gap i ffarwelio â'r tri wrth iddynt droi yn
ôl i gyfeiriad y plas. Roedd hi'n oeri, a'r haul eisoes wedi diflannu y
tu ôl i Fryn Ffynnon. Casglodd ei giwed at ei gilydd a'u gyrru tuag
adre.

★   ★   ★   ★

Eisteddai pawb o gwmpas y bwrdd hirgrwn yn y stafell fwyta
fechan; y teulu Richards ar hyd un ochr a'r Preisiaid ar hyd yr ochr
arall. Yr oedd pob arlliw o ddadlau'r diwrnod wedi mynd wrth
iddynt bwyso a mesur trafferthion a helyntion teuluoedd eraill yr
ardal. Annabelle Preis oedd storfa'r holl wybodaeth. Ni ddig-
wyddai dim o fewn dalgylch o hanner can milltir i'r cwm heb iddi
hi ddod i wybod amdano. Er hynny, ni wasgarai'r wybodaeth yma
i bedwar ban byd. Yn wir, ni fyddai byth yn ailadrodd y straeon a'r
helyntion heblaw wrth y cwmni dethol o'i hamgylch yn awr.

'Phyllis Vaughan, y Wern, oedd yn dweud wrtha i.'

'Wyt ti'n siŵr dy fod ti'n iawn?'

'Cyn wired â bod ti'n eistedd fan'co, John.'

'O ble mae e'n cael yr arian i brynu'r fath diroedd 'te? Rwy'n
gwbod mai Plas Newydd yw'r stad fwya yn y cyffinie 'ma ond dyw
'u tir nhw fawr gwell na thir neb arall,' ebe Rhys.

'Maen nhw'n dweud fod John y mab wedi bod yn betio tipyn ar y ceffyle yn ddiweddar,' ebe Gruffydd.

'Ond Gruff bach, fydde hynna ddim yn rhoi digon o arian i neb brynu mil o gyfeiri dros y ffin yn Lloegr,' meddai ei fodryb.

'Mae 'na sôn fod y tad wedi gwerthu tai yn Llunden, ac wedi benthyca oddi wrth 'i ffrindie yn y senedd,' ebe llais tawel, anghyfarwydd. Edrychodd Annabelle Preis ar ei gŵr mewn syndod.

'Wil bach, lle daethoch chi i'r afel â gwybodaeth fel'na?'

'Chi ddwedodd wrtha i, Annabelle.'

Chwarddodd pawb, heblaw'r siaradwr.

'Mae digon o dai 'da nhw i'w gwerthu. Mi gododd hen daid mam John Burroughs rai cannoedd o dai yno, ar dir roedd 'i dad ynte wedi'i brynu. Mae gyda nhw ffortiwn, os y'ch chi'n gofyn i fi,' meddai'r sgweier.

'Ie, wel, i'r pant y rhed y dŵr,' ebe Rhys yn genfigennus.

Daeth Evans i mewn i glirio'r platiau.

'Pa fath o dir mae e wedi'i brynu 'te?' gofynnodd y sgweier.

'Tir llawr gwlad i gyd, medden nhw. Tir tyfu grawn, debyg iawn.'

'Am ehangu mae e, mae'n siŵr gen i. Fel'na buodd y Burroughs erioed—hanner dwsin o heyrn yn y tân bob amser.'

Bu distawrwydd am ychydig tra gorffennai Evans glirio, a thra bu pawb yn penderfynu beth i'w gael i bwdin. Gofynnodd Evans i bob un yn ei dro beth a fynnai i'w fwyta, cyn rhoi plât llwythog arall o'i flaen. Wedi iddo orffen llwythodd Evans gymaint ag y medrai ar hambwrdd i'w gario'n ôl i'r gegin. Cododd Gwilym i agor y drws iddo fynd allan.

'Diolch, Syr,' ebe Evans, a dychwelodd Gwilym i'w sedd ac at ei bwdin.

'Oes unrhyw un wedi gweld Ifansiaid Gelli'r Eos yn ddiweddar?' gofynnodd Annabelle Preis. Gwyddai pawb fod hwn yn gwestiwn a arweiniai at stori arall.

'Gofynnwch i Huw,' ebe Leisa a chwarddodd pawb. 'Fe yw'r awdurdod lleol ar deulu Gelli'r Eos, yn enwedig y genhedlaeth iau.'

'Wel, wrth gwrs,' ebe Annabelle Preis, 'roeddwn i wedi anghofio amdanat ti, Huw. Falle y gwyddost ti fwy na fi.'

'Am beth?'

'Mae'n debyg nad yw pethe'n rhy dda 'co—hwch ar fin mynd drwy'r siop, medden nhw.'

'Dwy i wedi clywed dim,' ebe Huw gan anesmwytho ychydig, a chochi, 'ond wedi meddwl, falle bod 'na rywfaint o wir yn y peth.'

'Pwy yw'r nhw 'ma sydd gen ti, Annie?' gofynnodd ei brawd yn chwareus.

'Yn y cyswllt yma John, Celia Phillips Llwyn Bedw . . . 'Ta beth, mae'n debyg fod Ifans wedi colli lot fawr ar gynllun cloddio yn yr America'n ddiweddar, a'i fod wedi mynd i fetio'n drwm i drio'i ennill e 'nôl ac wedi colli mwy fyth.'

'Druan ag e,' ebe'r sgweier. 'Hen foi iawn fuodd Ifans erioed—ychydig bach yn dwp ar adege falle, ond un iawn yw e yn y bôn.'

'Ac wrth gwrs, fe gollodd e'r arian 'na pan laddwyd Oliver y Porthmon,' ebe Cecilia.

'Doedd Oliver ddim yn cario'r un ddime goch o eiddo'r Gelli. Roedd e wedi rhoi'r cwbwl mewn banc yn Llunden i dalu rhai o ddyledion Ifans. Maen nhw'n meddwl mai dyna pam y lladdwyd Oliver. Petai ganddo fe arian mi fasen wedi gadael iddo fyw, ond fe wylltion o'i weld e'n waglaw,' ebe'i mam.

'Oedd mwy nag un yn gyfrifol am y gyflafan 'te?' gofynnodd y sgweier.

'Mi ddalion nhw un bythefnos yn ôl. Mae'n debyg fod hwnnw wedi enwi'r llall oedd gydag e ac mae'r ddau yng ngharchar y dre bellach,' ebe Cecilia.

'Pryd bydd yr achos?' gofynnodd Gruffydd, yn awchu am gael manylion y llofruddiaeth.

'Ddim tan Chwefror, Gruff, pan fyddi di wedi hen fynd 'nôl i'r ysgol.'

Diflannodd y wên oddi ar wyneb Gruffydd ac i leddfu peth ar ei siom, trodd at Evans am ragor o fwyd. Yn anffodus, wrth iddo droi, daliodd gornel ei lawes yn ei wydr gwin a gwagiwyd cynnwys hwnnw ar hyd y bwrdd. Chwarddodd pawb, wedi hen arfer â lletchwithdod Gruffydd.

Brysiodd Evans i glirio'r annibendod.

'Wel, wel, Annie fach,' ebe'r sgweier wrth ei chwaer, maes o law, 'dwy i ddim yn credu i ti gâl noson gystal eriôd. Dwy stori fawr gyda'i gilydd. Rwyt ti gystal â phapur newydd unrhyw ddydd.'

'Ie, ond meddylia John, beth alle gwerthu'r Gelli ei olygu i ni.

Mae'n bosib mai'r unig bobol alle fforddio ei phrynu fydde Plas Newydd. Meddylia, mi fydde'u tir nhw'n ffinio â ni wedyn.'

'Dyw hynna ddim yn fanwl gywir,' ebe Rhys. 'Mi fyddai tri lled cae rhyngon ni. Ond ddigwyddith hynna byth, tra bydda i byw.'

'A sut wyt ti'n bwriadu sicrhau hynny, Rhys?' gofynnodd ei dad.

'Mae'n rhaid bod rhyw ffordd. Beth am Llwyn Bedw? Allan' nhw fforddio prynu'r lle?'

'A sôn am Lwyn Bedw, wyddech chi fod Phillips yn priodi'r Pasg yma?' ebe Cecilia.

'Mae pawb yn gwbod hynna,' ebe Henry, braidd yn wawdlyd.

'Ie, ond wyddet ti ei bod hi'n eitha ariannog? Unig ferch rhyw ddyn busnes yw hi, ac mae ganddi domenni o arian yn ôl pob sôn.'

'Y! Pwy sydd eisie arian y bobol busnes 'ma,' ebe Henry.

'Os bydd e'n fodd i Lwyn Bedw brynu Gelli'r Eos, does gen i fawr o ots o ble y daw e,' ebe Rhys.

'Dyw hyn ddim mwy na siarad yn y gwynt,' ebe'r sgweier. 'Dyw'r Gelli ddim ar werth eto, a falle daw 'i brawd hi yn America i'r adwy cyn hynny.'

'Mater o amser yn unig fydd hi, mae'n debyg. Mi alle effeithio llawer ar eu safle yn y gymdeithas. Cofia di am hynna Huw, cyn i ti gael dy sgubo oddi ar dy draed yn llwyr,' ebe Annabelle Preis.

Tawelodd y sgwrs unwaith eto nes i Henry gofio hanesyn diddorol a glywsai mewn tafarn yn y dref echnos.

'Glywsoch chi am Percy Burroughs?' meddai.

'Beth wyddost ti am y llipryn 'na?' gofynnodd ei fam yn eithaf pigog, gan amau unrhyw beth na wyddai hi amdano.

'Un neu ddau o bethe bach eitha diddorol . . . Mae'n debyg fod yr hen Percy wedi'i weld tua Llunden pan oedd 'i wraig adre ym Mryneithin yn cael y babi 'na a fuodd farw tua mis neu ddau'n ôl.'

'Beth yw arwyddocâd hynny?' gofynnodd Huw.

'. . . heblaw'r ffaith 'i fod e'n esgeuluso'i wraig,' ategodd Leisa.

'Wel, gwrcatha rownd Llunden ro'dd e, yn ôl pob sôn. Yn y theatr bob nos gyda merch ifanc wahanol, ac yn ymddwyn yn gariadus at bob un.'

'Mi wyddwn i eriôd mai hen gachgi bach oedd hwnna,' ebe'r sgweier, ''run fath â gweddill yr haid. 'Na'r tebyca i'w fam o'r giwed gyfan.'

'Mm!' ebe'i chwaer, 'rwy'n cytuno . . . Mi glywes i stori arall, waeth o'r hanner, ond ddwedes i ddim wrth neb tan hyn, gan nad oedd gen i dystiolaeth . . . ond pan es i i weld Lydia, ar ôl iddi golli'r plentyn, fe ddwedwyd wrtha i am aros mewn stafell fechan. Roedd y drws oddi yno i gefn y tŷ yn gilagored ac fe allen i glywed lleisie dwy o'r morynion yn glir . . . o'r hyn glywes i, fedrwn i lai na chasglu fod y meistr wedi curo'i wraig yn ddidrugaredd ddeuddydd ynghynt. Roedd e wedi meddwi'n gaib ac wedi rhoi'r bai arni hi am farwolaeth y plentyn . . . er bod y doctor wedi dweud wrtha i wedyn y byddai'r plentyn wedi marw beth bynnag am 'i fod e wedi'i eni'n rhy gynnar . . . 'Ta beth, pan ddaeth Lydia i mewn i 'ngweld i, roedd hi'n gwisgo fêl drom iawn, fel na allen i weld 'i hwyneb hi o gwbwl, ac yn 'y marn i, roedd hi'n hercian.'

Distawrwydd llethol.

'Fel rwy'n dweud, does gen i ddim tystiolaeth; a fel arfer, fydda i byth yn gwrando ar siarad cegin, ond roedd y lleisiau mor ddidwyll —heb wybod fod neb yn gwrando arnyn nhw . . .'

'Dyw hynna'n synnu dim arna i,' ebe Henry. 'Bully Burroughs o'n nhw'n 'i alw fe yn yr ysgol, yn ôl be glywes i.'

'Mae'n beth od i chi sôn,' ebe'r sgweier, 'ond mae gen i gof am rywbeth tebyg efo'i dad, ryw chwarter canrif yn ôl bellach. Ddaeth neb i wbod yr hanes yn iawn ond . . . dyna'r cyfnod y taflodd e hanner 'i denantiaid mâs mewn ffit o fedd-dod ac fe losgwyd un adain o'r plas . . . mi fuodd pethe'n ofnadw am gyfnod o ryw bum mlynedd.'

'Rwy'n cofio, wedi i ti 'weud,' ebe'i chwaer, 'ond paid codi hen grachod heno.'

Tawelodd pawb eto am ychydig. Roedd y ffrae rhwng Plas Newydd a Chynfelin yn un hen a chwerw iawn. Eginasai yn ne'r sir pan oedd John Richards ac Elizabeth Burroughs yn ifanc ac yn sengl. Rhedai hi ar ei ôl i bob man ac yn y diwedd, cytunwyd i briodi. Yna, o fewn tri mis i'r briodas, cyfarfu hi â John Burroughs, Plas Newydd, dyn canwaith mwy ariannog na'i dyweddi ar y pryd. Yn ddisymwth hollol, rhoddodd hi ei fodrwy yn ôl i John Richards a phriododd John Burroughs o fewn y mis.

Ni welodd y ddau ei gilydd eto nes i John Richards gyfarfod â, a phriodi, aeres stad Cynfelin, oedd o fewn deng milltir i Blas Newydd. Cyn pen blwyddyn, ac Elizabeth yn diflannu am oriau bwy 'i gilydd, dechreuodd John Burroughs amau fod yr hen fflam wedi ailgynnau, er nad oedd dim ymhellach o'r gwir. Ymhêl â Vaughan, y Wern a wnâi ei wraig.

Cyhuddodd Burroughs John Richards o dwyll ariannol fel esgus i gael *duel* ag ef. Cynhaliwyd hwnnw rywle yn y mynyddoedd, rhwng y ddau blas, tua deufis cyn geni Rhys. Dyna pryd y collodd y sgweier ddau fys ar ei law dde a'r rheswm pam y cerddai John Burroughs mor herciog. Ni fu gair o Gymraeg rhwng y ddau deulu oddi ar y diwrnod hwnnw.

'Ydych chi i gyd wedi gorffen?' gofynnodd Leisa o'r diwedd. 'Os ydych chi, fe awn ni draw i'r llyfrgell, ac fe gaiff Evans ddod â'r diodydd yno. A! Evans wnewch chi ddod â'r brandi i'r llyfrgell . . . Dewch!'

'Iawn, Miss,' ebe Evans.

Symudodd y cwmni tua'r llyfrgell, ond cyn eu dilyn, aeth Leisa draw i'r gegin. Nid oedd olwg o unrhyw un yno ond gallai glywed sŵn llestri yn y gegin fach. Brysiodd yno a chael Ann at ei pheneliniau mewn dŵr a llestri budron a Mrs Puw wrthi'n sychu'r rhai glân.

'Dim ond dod i ddiolch i chi am y pryd bendigedig—yn enwedig y porc,' meddai.

'Popeth yn iawn, 'merch i,' ebe Mrs Puw, 'ond gwell i ti fynd o' 'ma cyn i ti ddwyno'r ffrog 'na yng nghanol yr holl sâm a dŵr fan hyn.'

'Diolch yn fawr beth bynnag,' ebe Leisa, cyn troi yn ôl tua'r tŷ.

PENNOD 7

Eisteddai Rhys yn stafell y beili ymysg pentwr o bapurau a llyfrau, yn esgus dod i ddeall rhywfaint am weithgareddau'r stad. Gobeithiai hefyd ddarganfod mwy am yr hen weithfeydd a dod o hyd i ffordd o gael mwy o arian parod i'w ddefnydd ei hun. Cymerai arno ei fod wedi troi dalen newydd a'i fod yn cymryd diddordeb yn yr etifeddiaeth.

Daeth y beili i mewn a sefyll yn stond wrth weld pwy oedd yn eistedd wrth ei ddesg. Wedi dod dros y sioc, dywedodd,

'Ma'ch tad yn 'whilo amdanoch chi, Mistyr Rhys.'

'Ddwedoch chi wrtho fe 'mod i yma?'

91

'Naddo, wrth gwrs. Wyddwn i ddim lle oe'ch chi . . . ond ma' fe ar i ffor' 'ma.'

'Iawn . . . roeddwn i eisie gofyn un peth i chi, ynglŷn â'r rhenti 'ma. Mae sawl un ymhell ar 'i hôl hi. Mae chwech heb dalu'r ddau daliad dwetha a dau heb dalu ers dros flwyddyn. A beth am hwn, Pentalcen, heb dalu'r swm iawn ers dros ddwy flynedd. Pam nad yden nhw wedi cael 'u taflu mâs?'

'Fydd ych tad byth yn 'neud 'ny pan ma' pethe'n galed iawn ar bobol.'

'Hy! A sut mae disgwyl i ni fyw yn y cyfamser? Yden nhw wedi cael llythyron i'w rhybuddio?'

'Do, un.'

'Mae'n hen bryd i chi ddanfon un arall i bob un ohonyn nhw.'

'Ond . . .'

'Does dim ond amdani, danfonwch nhw heddiw. Mae pethe i'w gweld wedi llacio gormod yma yn y ddwy flynedd ddiwetha. Er enghraifft, edrychwch ar y llyfr cownt yma, does dim byd wedi'i gofnodi ynddo fe oddi ar diwedd Tachwedd.'

Cyn i'r beili gael cyfle i ateb, agorodd y drws a cherddodd y sgweier i mewn. Synnwyd hwnnw'n fwy na'r beili o weld ei fab yno. Pan ddaeth ato'i hun, dywedodd,

'Fan hyn rwyt ti! . . . Mae'n dda dy weld yn gwneud rhywfaint o waith. Wyt ti wedi câl gafel ar rywbeth diddorol?'

'Mae llawer iawn o denantied ag arnyn nhw symie sylweddol o rent i chi.'

'Dim ond Pentalcen sydd mewn dyled wirioneddol, ond gan fod y tad wedi marw a'r mab yn shapo i fod yn ffarmwr bach eitha da, mae'n werth rhoi rhywfaint o amser iddo fe i gâl 'i drâd dano. Mae'r gweddill ar 'i hôl hi oherwydd y gaea caled dair blynedd 'nôl. Maen nhw'n talu'n brydlon fel rheol.'

'A pryd y'ch chi'n disgwyl cael y taliade eraill 'te?'

'Mi fydda i'n eu hatgoffa nhw bob chwe mis. Mae 'u hanner nhw wedi talu, ac mae chwech arall ar ôl heb wneud.'

'Rwy'n credu y dylech chi daflu un ohonyn nhw allan o'i ffarm, fel esiampl.'

'Mae hynna fel mynd â morthwyl i hollti cneuen, fachgen. Fe ddaw'r arian i ti 'leni; mae hi wedi bod yn aea bach go lew ac fe ddaw'r ŵyn yn iawn. Fe gawson nhw gynhaea eitha 'leni hefyd . . . Wyt ti wedi darganfod unrhyw beth arall?'

'Wel . . . rwy'n cael yr argraff . . . fod pethe wedi llacio yma'n ddiweddar.'

'Sut hynny?'

'Y dyledion rhenti yna yn un peth. Fyddech chi ddim wedi gadael i'r math yna o beth ddigwydd bum mlynedd 'nôl.'

''Na ddangos faint wyt ti'n fy nabod i . . . ond mae croeso i ti dynhau rhywfaint ar bethe—heblaw'r rhenti—o dan gyfarwyddyd Lloyd.'

'Mi wna i â chroeso, ond cofiwch, mi fydda i i ffwrdd am ddeufis neu fwy 'nawr.'

'O ie? . . . Rwy eisie gair â'r mab. Fyddech chi mor garedig â'n gadel ni, Lloyd?'

'Wrth gwrs, Syr.'

Aeth y beili allan i'r iard i chwilio am Siôn neu Phillips er mwyn cael clonc.

''Nawr 'te, beth yn union wyt ti'n bwriadu 'i 'neud yn y misoedd nesa 'ma, Rhys?'

'Prynhawn 'ma, rwy'n bwriadu cychwyn ar fy nhaith lawr i'r de. Mi fydda i'n aros yno efo perthnase i Phillips Llwyn Bedw. Maen nhw'n byw chwe milltir o stad a chartref Elizabeth Ashton. Mae'r Ashtons yn cynnal gwledd a dawns yno cyn bo hir. Fe fydd cyfle i fynd i'w gweld cyn hynny.'

'Wyt ti'n meddwl dy fod yn 'neud peth call, yn trio uno dwy stad mor bell oddi wrth ei gilydd?'

'Fedra i ddim gweld beth sy'n annoeth yn hynna. Fe allwn i adael beili yma neu rywbeth . . . y . . . wrth gwrs, mae'n ddigon posib y byddai'n well ganddon ni fod yma. Fe allai Leisa a Huw symud i rywle llai, os na fyddan nhw wedi priodi.'

'O ie! Rwy'n gweld dy fod wedi cynllunio popeth yn fanwl iawn. A lle rydw i yn ffitio yn yr holl gynllunie hyn?'

'Sôn am y . . . dyfodol . . . pell oeddwn i, wrth gwrs.'

Trodd y sgweier tua'r ffenestr, heb ddweud dim, ac edrych allan.

'Gyda llaw, roeddwn i'n bwriadu sôn wrthoch chi o'r blaen am yr hen weithfeydd sydd ganddon ni ar dir y stad. Rwy'n gweld yma mai chi pia nhw i gyd heblaw am Goed y Pant, a dau neu dri arall oedd yn enw Mam. Beth yw sefyllfa'r rheini erbyn hyn?'

'Ti pia Coed y Pant a Thŷ Hen. Leisa a Huw bia'r lleill,' ebe'r sgweier gan ddal i edrych allan drwy'r ffenestr.

'Roeddwn i'n meddwl mynd ati i godi arian i agor fy rhan i, mewn rhyw flwyddyn neu ddwy . . . Fyddech chi'n fodlon rhoi caniatâd i mi ailagor rhai o'ch rhai chi hefyd?'

'Sgen i ddim gwrthwynebiad, os wyt ti'n gwbod beth wyt ti'n 'i 'neud, ond paid â thrafferthu agor mwy na'r tri gore i ddechre— sef y tri yn y Cwm.'

'Dyna oedd gen i mewn golwg. Mae George Nantcoed rhwng dau feddwl p'run ai i ymuno â fi.'

'O ie?'

'Wrth gwrs, mae'r cyfan yn dal yn y gwynt ar hyn o bryd.'

'Wrth gwrs . . . Wel . . . pryd fyddi di'n gadel prynhawn 'ma?'

''Run pryd â Gruff a Gwilym, efo'r goets am dri. Fe alla i gadw llygad ar y ddau am beth o'r ffordd.'

'Mae'n dda hynny—a phryd fyddi di 'nôl?'

'Dwy i ddim yn hollol siŵr. Mi allwn i fod fyny yn Llunden am dipyn, gan 'mod i eisie codi'r arian 'ma, a mwynhau'r *season* a thalu tipyn o sylw i Miss Ashton. Mi wna i ddanfon llythyr i ddweud.'

'Dyna ni 'te. Rwy'n mynd i'r dre 'nawr . . . Siwrne dda i ti, gan na fydda i 'nôl cyn i chi fynd.'

'Hwyl!'

Gadawodd y sgweier yr ystafell heb droi unwaith i edrych ar ei fab, ond ni sylwodd Rhys gan ei fod wrthi'n barod yn gwthio'i syn- iadau ymhellach, wedi cael caniatâd ei dad i fwrw ymlaen â'i gyn- lluniau, yn ôl a welai ef. Cododd a cherdded o gwmpas yr ystafell, gan adael i'w feddwl ei gludo ymlaen i ddyfodol disglair a llewyr- chus.

★　　★　　★　　★

'Beth am goch?' ebe Ann.

'Ie, wel . . . dwn i ddim. Mae gormod o ddewis 'ma os wyt ti'n gofyn i fi.'

Cododd Leisa oddi wrth y bwrdd, ymestyn a cherdded o gwmpas yr ystafell.

'Beth am i ni fynd draw i'r llyfrgell i weld?'

'Syniad da, Ann. Dere!'

Aeth y ddwy o'r parlwr i'r llyfrgell.

'Nawr 'te, pa liwie sy fwya amlwg 'ma'n barod, ac na fedri di mo'u newid?'

'Hm . . . brown, du . . . rhywfaint o frown gole . . .'

'Reit 'te, beth fydde'n mynd ore efo hynna? Mi allet gâl llenni, soffa a chadeirie yn y lliw hwnnw wedyn.'

'Gallwn. Wyt ti'n meddwl y bydde'n werth goleuo peth ar y stafell, gan 'i bod hi braidd yn hir, a dim ond dwy ffenest gul yn 'i goleuo?'

Clywodd y ddwy sŵn olwynion ar y gro y tu allan, ac aethant at y ffenestri i weld pwy oedd yn cyrraedd. Siomwyd hwy o weld Phillips yn gyrru cerbyd gwag tua'r drws a chlywed Huws yn llusgo rhywbeth ar draws y cyntedd.

'Wrth gwrs,' ebe Leisa, 'Rhys sy'n mynd i garu tua'r de. Elizabeth Ashburn, neu rywbeth tebyg, yw enw'r ferch hynod ffodus mae fy annwyl frawd am ei phriodi—unig ferch, wrth gwrs—a'i thad yn berchen ar stad sylweddol yn ôl pob sôn. Mae'n siŵr 'i bod hi'n edrych fel cefen cart—yr arian sy'n denu Rhys. Cofia di, o'm rhan i, mi fydd yn dda gen i ei weld e'n mynd. Mae Huw yn dweud mai byw yn 'i chartre hi mae e am 'neud.'

'Pwy fydd i helpu dy dad wedyn?'

'Mae Huw a Dada yn dod 'mlân yn iawn—dipyn gwell na Rhys a Dada.'

'O!'

''Nawr 'te, beth wnawn ni efo'r lliwie 'ma? Rhwng y coch a'r gwyrdd mae hi—ma'r glas 'na'n rhy ddrud.'

'Y peth gore i ti'i 'neud yw gadel y penderfyniad terfynol nes 'n bod ni wedi dewis lliw i bob un o'r stafelloedd lawr stâr rhag ofan y bydde'n well gen ti ddefnyddio'r lliw yn un o'r lleill.'

'Reit, fe awn ni o gwmpas y lleill 'te.'

Cododd Ann ei phapur a'i sgrifbin a'r inc oddi ar y bwrdd ac aeth y ddwy allan eto i'r cyntedd. Roeddent wedi bod yn y pedair prif ystafell, sef y ddau barlwr, y stafell fwyta fawr a'r llyfrgell. Felly, eu bwriad oedd mynd yn ôl ar hyd y cyntedd hir i ben arall y tŷ. Ond wrth iddynt groesi'r cyntedd, clywodd y ddwy lais yn eu cyfarch o ben y grisiau.

'Peidiwch gwneud y lle 'ma i edrych fel bwthyn tyddynnwr, wnewch chi?'

Rhys oedd yno, a Gruffydd a Gwilym y tu ôl iddo.

'Fyddi di ddim yn deilwng i roi dy draed i mewn drwy'r dryse pan fydda i wedi gorffen â'r lle 'ma, ti na dy wedjen.'

'Paid siarad fel'na am unrhyw ddarpar feistres i'r tŷ hwn.'

'Pam? Sawl un wyt ti'n fwriadu'i chael?'

Chwarddodd yr efeilliaid nes i Rhys droi pâr o lygaid milain arnynt.

'Dim ond un, wrth gwrs . . .'

'Ond dy fod ti heb benderfynu pa un sy'n mynd i gael yr anrhydedd, rwy'n gwbod. Dere, Ann, fe awn ni draw fan hyn.'

'On'd yw hi'n braf gallu dweud wrth y werin beth i'w wneud?' ebe Rhys wrth gyrraedd gwaelod y grisiau.

'Hwyl i chi fechgyn,' ebe Leisa, gan anwybyddu Rhys, 'a chofiwch weithio'n galed, a sgrifennu adre.'

'Hwyl, Leisa,' ebe'r ddau cyn dilyn eu brawd allan at y cerbyd.

Brysiodd Leisa yn ei blaen at ddrws ystafell ei thad. Dilynodd Ann hi, wedi cochi a'i chythruddo drwyddi.

Cnociodd Leisa ar y drws yn reddfol, er y gwyddai fod ei thad yn y dre, a cherddodd i mewn. Yr oedd y lle'n llawn annibendod fel arfer, pentyrrau o lyfrau ym mhob man, yn llyfrau, llythyron a llyfrau cownt, ambell un ar agor ar ben pentwr o bapurau. Yr oedd y lle'n gymysgfa o lwch a lliwiau brown difywyd. Ni wyddai Leisa sut y llwyddai'r stad i ffynnu o ganol y fath gawdel, ond roedd hi'n amlwg y gwyddai ei thad lle roedd popeth. Trodd at Ann.

'Dwy i ddim yn gweld llawer o bwynt mewn trio dechre gwneud dim fan hyn. Mae'n annhebyg iawn y cawn ni ganiatâd, beth bynnag. Er, 'falle gallen ni roi llenni newydd i fyny.'

Camodd Leisa tua'r ffenestr i edrych ar gyflwr y llenni presennol mewn pryd i weld Phillips yn gyrru'r cerbyd heibio.

'Mae'n dda gen i weld cefen y bwbach brawd 'na sydd gen i. Nefi blw! mae angen newid y llenni 'ma, edrych! Mae hwn yn llawn tylle pryfed.'

Camodd Ann hithau tua'r ffenestr i edrych ond 'Hm' oedd ei hunig ymateb. Anesmwythodd Leisa.

'Beth am roi rhai gwyrdd fan hyn?'

'Mm.'

'Gwranda Ann, mae'n rhaid i ti anwybyddu Rhys, a phopeth mae e'n 'i ddweud.'

'Dwyt ti ddim yn llwyddo i wneud hynny, felly shwt ma' disgwl i fi 'neud?'

'Dyw e ddim yn meddwl beth mae e'n 'i ddweud. Dim ond er mwyn fy hela i'n grac mae e'n 'u dweud nhw. Anghofia amdano fe, 'ta beth. Ti a fi'n ffrindie, wedi bod eriôd, a dyna fyddwn ni byth . . . Beth am ddod drws nesa? Mae gen i rywbeth i'w ddangos i ti.'

'Dwy i eriôd wedi bod miwn yn stafell dy fam.'

'Sneb yn mynd 'na. Mae Elin yn trio cadw'r llwch lawr, dyna i gyd . . . Mi fydda i yn mynd mewn 'na weithie.'

Arweiniodd Leisa'r ffordd allan i'r cyntedd cul ac i mewn i stafell ei mam. Roedd yno naws cyfnod a oedd wedi hen fynd heibio bellach. Yr oedd arogl diffyg defnydd ar yr ystafell. Anaml iawn yr agorid y ffenestr. Yn ei hymyl safai desg fawr dderw ac arni nifer o 'sgrifbinnau a phapur ysgrifennu a llyfrau. Rhwng y ffenestr a'r lle tân, roedd silffoedd yn orlawn o lyfrau ar bob testun dan haul ac yr oedd Leisa wedi darllen nifer helaeth ohonynt. Y tu draw i'r tân, tua'r drws, yr oedd cypyrddau a chadeiriau. Yn y cypyrddau hyn yr oedd pob math o ddefnyddiau ac edafedd ar gyfer gwnïo. Yr oedd eu perchennog wedi bod yn wniadwraig o fri a chofiai Leisa yn arbennig am ddwy ffrog goch â bratiau gwynion a wnaed iddi gan ei mam pan oedd yn fach. Yr oeddent wedi eu cadw mewn cwpwrdd yn ei hystafell.

'Gaf i weld?' gofynnodd Ann yn betrusgar, wedi i Leisa egluro beth oedd yn y cypyrddau.

'Wrth gwrs.'

Dechreuodd Ann eu hagor a mynd trwy'r cynnwys yn ofalus. Roedd yno bob math o drugareddau. Aeth Leisa i eistedd wrth y ddesg ac edrych allan ar y lawnt ac o gwmpas yr ystafell am yn ail. Wedi meddwl am dipyn gofynnodd,

'Wyt ti'n meddwl y byddai Dada'n fodlon i mi altro'r ystafell 'ma, a'i defnyddio wedyn?'

'Shwt wyt ti'n disgwl i fi ateb cwestiwn fel'na? . . . Falle . . . petaet ti'n addo peidio newid dim yn sylfaenol, y bydde fe'n fodlon.'

'Wel, rwy'n credu y gwna i ofyn iddo fe, heno falle, os bydd e mewn hwyl go lew. Os caf i ganiatâd i fynd trwy'r pethe, mi fydd rhaid i ti fod efo fi. Mi allet ti gael y defnyddie i gyd. Gwranda, mae'n well i ni roi popeth 'nôl 'nawr, nes 'mod i wedi gofyn. Fe gei di ddod draw wedyn i helpu i fynd drwy'r cyfan.'

Caewyd drysau'r cypyrddau'n barchus, wedi rhoi popeth yn ôl yn ei le. Penderfynwyd ar lenni glas yno, a chadeiriau o'r un lliw, os caent ganiatâd.

★　　★　　★　　★

Eisteddai Huw a Leisa ar y soffa yn chwarae cardiau. Hepian yn ei gadair freichiau ger y tân yr oedd y sgweier. Roeddent wedi gorffen swper ers awr neu fwy, ac wedi dod i'r parlwr bach oherwydd yr oerfel. Bob hyn a hyn byddai Huw yn codi i edrych allan drwy'r ffenestr, i weld a oedd hi wedi dechrau bwrw eira. Roedd gwynt a chymylau'r prynhawn wedi argoeli ei fod ar ddod. Y tro hwn, cododd Leisa, ond siomwyd hithau o weld gwyrddni'r lawnt yng ngolau gwan y ffenestri. Wrth ddod yn ôl at y soffa, gofynnodd,

'Wyt ti'n meddwl y bydd hi'n bwrw eira mewn gwirionedd?'

'Mae'r arwyddion i gyd 'na.'

'Mi fydd hi'n amhosib i ti fynd i'r Gelli wedyn,' ebe Leisa'n bigog. Nid oedd yn fodlon ar y modd yr oedd Huw yn treulio'r rhan fwyaf o'i amser hamdden yno.

'Mae'n dibynnu faint o eira fydd 'na.'

Dechreuodd y sgweier 'stwyrian o glywed sŵn cyson, ond deffrôdd yn sydyn pan gleciodd un o'r prennau yn y tân a thaflu darn eiriasgoch ar lawr yr ystafell. Neidiodd Huw am raw a'i daflu'n syth yn ôl i'r tân.

'D'ych chi'ch dau ddim yn dal i chware cardie?'

'Ydyn, ond does dim llawer o hwyl 'ma erbyn hyn, gan fod Leisa ymhell ar y blaen . . . Welsoch chi Ifans, Gelli'r Eos, yn swyddfa Lloyd Cyfreithiwr heddi?'

'Mi weles 'i drap e yn y dre, ond weles i mono fe'i hunan.'

'Roedd e yno'r prynhawn 'ma—gyda Mr Evans oedd e—maen nhw'n perthyn o bell.'

'Cyfyrdyr,' ebe'i dad.

'. . . ac yn ôl beth awgrymodd Catrin prynhawn 'ma, maen nhw ar fin gwerthu.'

'Ydyn nhw wir?'

'Dy'n nhw ddim am werthu'r tŷ—dim ond y tir.'

'O ie! Oes sôn pwy yw'r prynwr?'

'Dwy i ddim yn hollol siŵr ond mi ges yr argraff 'i fod e wedi dod i gytundeb efo rhyw gymydog i brynu'r tir, oedd am adael iddyn nhw gadw'r tŷ a'r coed a rhyw gyfer neu ddwy arall.'

'Yr unig gymdogion fydde'n debyg o 'neud peth fel'na yw Llwyn Bedw.'

'Gobeithio wir.'

'Mi fydd yn ddiddorol gweld beth ddigwyddith. Gobeithio'r nefoedd y gwneith fuddsoddi'r arian 'na'n gall a thorri'i got yn ôl y brethyn o hyn ymlaen. Tueddu i fynd dros ben llestri mae e bob amser. Wyt ti'n gwbod a yw e'n gwerthu'r tir i gyd i'r un person, neu a yw'r stad yn mynd i gael 'i rhannu.'

'Rwy'n credu fod y cyfan yn mynd gyda'i gilydd—hyd yn oed rhai o'r tai allan.'

'Dim ond Llwyn Bedw fyddai'n rhoi cystal telere â hynna iddo fe.'

'Mae'n debyg.'

Estynnodd y sgweier ei law am y gloch i alw Evans.

'Beth y'ch chi'n feddwl fydd adwaith Plas Newydd i hyn, Dada?' gofynnodd Leisa.

'Mi fydd yr hen Burroughs yn gandryll. Mi fyddai prynu'r Gelli yn siŵr o fod yn gaffaeliad i'w stad e—ond cofia, mae'n bosib nad yw'r arian gydag e ar hyn o bryd, ar ôl prynu'r tir 'na dros y ffin.'

'Rwy'n amau a gafodd e gynnig Gelli'r Eos.'

'A finne! Fuodd Ifans ac ynte 'rioed yn ffrindie mynwesol.'

Daeth Evans i mewn.

'A! Evans, ga i ddiferyn o frandi? Rwy am fynd i'r gwely'n weddol gynnar, felly mi gym'ra i e 'nawr. Diolch.'

Diflannodd Evans ond roedd yn ei ôl mewn dim â *decanter* yn llawn brandi a dau wydr.

'Diolch, Evans.'

Cododd Huw i roi'r cardiau i gadw ac i gymryd cip olaf allan drwy'r llenni.

'Hei Leisa, mae hi'n bwrw eira.'

Neidiodd Leisa ar ei thraed a brysio ato. Oedd yn wir, roedd hi'n bwrw eira'n dawel a chyson y tu allan. Yr oedd y plu i'w gweld yn aros ar y glaswellt, ac ambell un ar y gro, hyd yn oed.

'O! gwych,' meddai Leisa, 'mi allwn ni fynd allan i sledio fory. Mi ges i afel ar yr hen sled y bore 'ma ac mi wnaeth Evan Jones, Ty'n Cwm, drwsio'r ochr chwith i mi. Oho! rwy'n edrych 'mlân at fore fory.'

'Hy! Be sy'n mater arnat ti, ferch? Carchar yw eira,' ebe'i thad yn sarrug.

'O! na, Dada,' ebe Leisa gan droi at ei thad, ond nid aeth ymhellach, o weld yr olwg yn ei lygaid. Tawelodd pawb a diflannodd y brwdfrydedd. Aeth Huw i'r llyfrgell i chwilio am rywbeth i'w ddarllen tra gwyliai Leisa a'i thad y fflamau'n llyfu'r blociau yn y tân, ac felly y bu hi nes i Huw ddychwelyd, ac eistedd ar y soffa.

'Beth fuest ti ac Ann yn 'i wneud y prynhawn 'ma?' gofynnodd ei thad i Leisa.

'Mynd o amgylch y tŷ, wel, y llawr 'ma beth bynnag, yn gweld beth oedd eisie'i adnewyddu, a phenderfynu ar y lliwie.'

'Peidiwch gwastraffu arian, cofiwch.'

'Fasen i byth! A 'ta beth, mae Ann yn dda iawn fel'na; mae'n gwbod sut i arbed arian gystal â neb. Ond mae'n rhaid i fi ddweud fod y rhan fwya o'r pethe 'ma yn bump ar hugain oed neu fwy.'

'Mm.'

Distawrwydd.

'Fe fuon ni i mewn yn stafell Mam . . . mae angen bywiocáu a goleuo arni . . . Ga i wneud hynny? . . . Rwy'n addo peidio newid dim sylfaenol ynglŷn â'r lle . . . ond mi fydde'n ddefnyddiol i fi wneud y cownts a'r math 'na o beth . . . siarad ag Ann . . . yn lle gorfod gwneud y cwbwl lan stâr neu yn y gegin . . . Dada?'

'Ie?'

'Ga i?'

'Gei di beth?'

'Ga i fynd ati i gym'ennu ac adnewyddu stafell Mam, i mi gâl gweithio fan'ny, a chwrdd â ffrindie.'

Distawrwydd, ac yna:

'Alla i ddim gweld pam lai, ond paid newid gormod ar y lle . . . Rwy'n hoff iawn o fynd mewn 'na o hyd . . . mae'n dod â llawer o atgofion 'nôl.'

'Rwy'n addo peidio'i newid.'

'Rwy'n cofio unwaith eistedd fan'na 'da dy fam . . . noson fel hon oedd hi, er bod yr eira wedi bod ar lawr ers wythnos. Neb yn 'neud dim ond eistedd o gwmpas y tân, o fore gwyn tan nos, ac yn dweud dim; dim ond eistedd yn hollol ddedwydd—eich mam yn gwnïo fel arfer a finne'n synfyfyrio . . . Fe gawson ni Mr a Mrs Puw i mewn atom am swper rywbryd pryd 'ny, i ddathlu geni Ann. Dy fam goginiodd y bwyd y noseth honno . . .'

Gwrandawai Leisa a Huw yn astud ar yr atgofion hyn. Agorodd Huw ei geg i ofyn cwestiwn, ond caeodd hi drachefn wedi sylwi ar yr olwg fygythiol ar wyneb Leisa. Gwyddai Leisa mai gwell oedd gadael iddo ymgolli yn ei atgofion ei hun yn hytrach na'i holi. Roedd adain cof wedi ei gludo'n ôl i gyfnod hapusach yn ei hanes.

'I Lunden aethon ni ar ôl priodi, i siopa a chwmnïa. Roedd pen

100

pawb yn troi wrth 'i gweld hi, lle bynnag yr aen ni . . . Lady Fitz-simons hyd yn oed yn cydnabod ei harddwch . . .'

Tipiai'r cloc yn swnllyd wrth i'r siarad dewi. Sylwodd Leisa ei bod yn hanner awr wedi deg o'r gloch. Cododd yn araf rhag tarfu ar ei thad, a oedd yn amlwg wedi suddo i ddyfnder ei atgofion. Sib-rydodd wrth ei brawd ei bod am fynd i'w gwely ac yr âi gydag ef i sglefrio yn y bore. Cerddodd yn araf a di-sŵn o'r ystafell a brysiodd i fyny'r grisiau wrth iddi ddechrau teimlo'r oerfel.

★   ★   ★   ★

Eisteddai Ann a Leisa yn ystafell ei mam. Roeddent wedi treulio'r prynhawn yn gwneud amcangyfrif o gost eu cynlluniau adnewyddu. Roedd hi wedi nosi erbyn hyn a disgwylient glywed Huw yn cyr-raedd adre unrhyw funud. Roedd e wedi mynnu mynd i'r dre y prynhawn hwnnw er ei fod hi wedi bod yn bwrw eira'n gyson am bum awr y diwrnod blaenorol gan adael dwy droedfedd o eira ar lawr gwlad. Ond wedi i'r gwynt godi yn ystod y nos, roedd lluwch-feydd llawer mwy o gwmpas y stad a'r adeiladau.

Cododd Ann i roi dau flocyn arall ar y tân, a oedd wedi cynnau'n dda o ystyried nad oedd tân wedi bod yn y grât ers blynyddoedd maith. Ar yr un pryd, taclusodd yr aelwyd gan frwsio'r llwch a'r cols yn ôl i'r tân. Yna aeth ati i gynnau lamp arall a safai ar fwrdd bychan yr ochr dde i'r tân. Cododd Leisa o'i chadair wrth y ddesg a chan ddod ag un o'r lampau efo hi a'i gosod ar y silff ben tân, eis-teddodd y ddwy yn y cadeiriau breichiau y naill ochr i'r tân.

'O't ti'n gwbod fod y Gelli ar fynd i ddwylo Llwyn Bedw?' gof-ynnodd Ann.

'O'n. Mae sôn fod Burroughs Plas Newydd yn gandryll na chafodd e gynnig y lle. Roedd Huw yn dweud bore 'ma fod y ddau wedi cyfarfod yn y dre'r wythnos ddwetha a bod Burroughs wedi anwybyddu Ifans yn llwyr. Maen nhw'n dweud fod llythyre cyf-reithwyr yn pasio 'nôl a blân.'

Ma' ddrwg gen i dros Catrin. Mae'n siŵr 'i bod hi'n beth anodd i arfer â thlodi ar ôl byw'n fras. Ma'n wahanol i rai sydd eriôd wedi gweld dim byd gwahanol.'

'Mi fyddan nhw'n iawn am dipyn ar yr arian gân nhw am y tir, ac fe fydd Catrin oddi ar eu dwylo nhw, ac ar ein dwylo ni cyn hir, o beth wela i.'

101

'Fe gewn ni weld . . . Maen nhw'n gweud fod Mr Ifans yn methu'n lân â stopo betio—ar geffyle, ceiliogod, unrhyw beth—er bod 'i wraig yn erfyn arno i stopo.'

'Arno fe fydd y bai wedyn 'te.'

Penderfynodd Ann beidio ymateb i hyn, o ystyried cysylltiadau Huw â'r teulu.

Yn ystod y prynhawn, roeddent wedi trin pob mater o ddiddordeb i'r ddwy gan gynnwys straeon pellach am ddulliau gŵr Bryneithin o drin ei wraig a'i blant. Yn awr, meddyliai'r ddwy am eu sylwadau—caredig, bachog a chiaidd. O fewn dim roeddent yn hepian yng ngwres y tân ac yna'n cysgu wrth i'r gwres eu llethu.

Deffrowyd hwy'n ddisymwth, beth amser yn ddiweddarach, pan ddaeth Evans i mewn i'r ystafell yn frysiog.

''Ma lle ry'ch chi'ch dwy! Ro'n i'n meddwl am funud eich bod chithe ar goll.'

'Pam? Pwy sy ar goll?' gofynnodd Leisa gan rwbio'r cwsg o'i llygaid ac eistedd i fyny'n syth yn ei chadair.

'Wel, ma' hi wedi saith a dyw'ch brawd byth wedi dod adre a ma'ch tad yn poeni. Ma' fe, Phillips a Siôn a John Puw wedi mynd mâs i whilo amdano fe.'

'Yw hi'n bwrw eira?'

'Ddim ar hyn o bryd, ond ma'n dechre lluwcho 'to ac ma' hi fel bola buwch tu fâs.'

'Pa ffordd aethon nhw, Evans?'

'Ar hyd y briffordd, Miss.'

'Dim ffordd 'na mae Huw yn dod adre ond heibio i'r Lluest a thrwy Bant y Blawd. Mae'n well i fi fynd y ffordd hynny.'

'Na wir, Miss, neu falle ewch chithe ar goll.'

'Mi af i â Wil Lloyd neu'r Beili 'da fi.'

Erbyn hyn roedd Leisa ar ei ffordd allan o'r ystafell, yn anfodlon gwrando ar unrhyw brotestiadau eraill gan Evans. Aeth draw i'r gegin fach lle roedd ei dillad sledio, wedi sychu. Tynnodd amdani a'u gwisgo. Daeth Ann i mewn wrth iddi gau botymau y siaced.

'Hwde! Gwisga hon hefyd ar ben y siaced 'na, a 'ma fenig a chap i ti, a lamp,' meddai.

Gwisgodd Leisa'r dillad yn frysiog.

'Wel 'na beth yw golwg,' ebe Ann eto, 'ond cyn belled â dy fod ti'n gynnes. Ma' Mam wedi câl gafel ar Wil a Dai Shanco i ti. Ro'n nhw'n torri côd tân yn yr ydlan fach. Maen nhw wrthi'n cyfrwyo'r ceffyle 'nawr.'

'Diolch, Ann,' ebe Leisa, gan wasgu llaw ei ffrind yn ddiolchgar cyn mynd allan o'r gegin gyda'i lamp i'r eira.

Plygodd ymlaen i'r gwynt, gan gadw ei phen i lawr. Suddai ei thraed rai modfeddi i'r eira ac arafai hyn ei cherddediad er gwaethaf ei brys. Croesodd y bont, a dim ond rhyw fodfedd neu ddwy o'i chanllawiau i'w gweld, ac aeth tua'r iard, gan gyfarfod â Wil Lloyd a Dai Shanco yn arwain y ceffylau ac yn cario lampau. Neidiodd y tri i'r cyfrwy ac i ffwrdd â hwy allan i'r ffordd ac i lawr at y groesffordd, gan gadw hyd ochr dde'r ffordd, yn glir o'r lluwchfeydd.

Ar y groesffordd, croesodd y tri'r briffordd, a chan gadw gyda'r clawdd bwriodd y ceffylau ymlaen yn llafurus drwy'r eira. Nid oedd hi'n bwrw eira, ond codai'r gwynt yr hyn a orweddai'n ysgafn ar ben y cloddiau ac ar y lluwchfeydd, a'i chwyrlïo'n gylch-oedd yn yr awyr o'u cwmpas. Galwai'r ddau ddyn enw Huw yn achlysurol yn y gobaith o gael ateb.

Wedi mynd heibio'r Weirglodd, culhâi'r llwybr rhwng y lluwch-feydd a'r clawdd, a gadawodd y dynion i Leisa fynd gyntaf ar hyd y dyffryn bychan a oedd wedi ffurfio yno. Cadwai'r tri yn eu cwman, a'u pennau i lawr tua'r gwynt. Codai Wil ei ben i weiddi 'Huw!' o dro i dro, a thynnai ei gap dros ei lygaid i wneud hynny. Sylweddolodd yn araf fod yr eira yma'n ddyfnach—yn rhai troed-feddi a dweud y gwir, a bod y ceffylau yn cael anhawster mawr i godi eu carnau o'r trwch gwyn dan draed.

'Miss! Wy'n credu bod well i ni droi'n ôl. Ma'n mynd yn rhy drwchus i'r ceffyle.'

'Fe gerddwn ni 'te.'

Safodd y ceffylau a dringodd y tri o'r cyfrwyau a chan gadw'r ceffylau rhyngddynt a'r gwynt, aethant yn eu blaenau'n araf. Roedd Leisa erbyn hyn yn cael trafferth fawr gan ei bod yn suddo i'r eira bob cam.

'Hei, Miss! 'Drychwch!' ebe Wil, pan ddaeth y lleuad allan am ennyd wedi iddynt fynd hanner milltir arall.

Cododd Leisa ei phen a gweld cysgod du yn gorwedd yn hollol lonydd ar yr eira, tua chanllath i fyny'r rhiw o'u blaenau. Safodd Leisa'n stond ac amneidio ar Wil Lloyd i ddod ati.

'Wnewch chi fynd i edrych, Wil?' meddai mewn llais mor dawel fel mai prin y gallai Wil Lloyd ei glywed uwchlaw cwyn y gwynt.

'Iawn, Miss,' atebodd yntau, a throsglwyddo ffrwyn ei geffyl i Dai Shanco a cherdded yn ei flaen gan gario'i lamp o'i flaen. Roedd hi'n amlwg wedi cyrraedd at y ceffyl a orweddai yno ei fod yn farw, a hynny ers peth amser. Adwaenai ef fel un o geffylau'r stad hefyd.

'Mistyr Huw!' gwaeddodd Wil. 'Mistyr Huw! Lle ry'ch chi? Y'ch chi'n 'y nghlywed i?'

Safodd i wrando. Cwyn y gwynt yn unig a atebai.

'Mistyr Huw! Lle y'ch chi, w?'

Clywodd sŵn fel petai o bell. Ni wyddai beth oedd, ond gwyddai y deuai o rywle heb fod ymhell iawn.

'Mistyr Huw! Wil Lloyd sy 'ma. Lle ry'ch chi?'

'Fan hyn,' ebe llais gwan i'r chwith i Wil.

O'r lle y safai, ni welai hwnnw ddim mwy na lluwch anferth o eira a guddiai'r clawdd yn llwyr.

'Wy'n dod, Syr,' meddai Wil gan grafangu ar ei bedwar i gyfeiriad y llais a chael fod twll yn yr eira, tua deg troedfedd o ddyfnder, yr ochr arall i'r clawdd. Goleddai'r tir yma i lawr tua'r dyffryn. Eisteddai Huw, yn ei gwrcwd, yn methu â symud, ar waelod y twll.

'O! Amen!' meddai o weld y lamp a chysgod pen Wil. 'Ro'n i'n dechre meddwl 'i bod hi ar ben arna i.'

'Fe'ch cawn ni chi o 'na mewn dim, Syr. Ma' Miss Leisa 'ma efo fi, a Dai Shanco . . . Miss Leisa! ma' fe 'ma—yn fyw ac yn iach. Dere â'r ceffyle 'ma, Dai.'

Gloywodd Leisa drwyddi; rhuthrodd a baglodd ei ffordd drwy'r eira tuag at Wil, gan adael i Dai arwain y ceffylau. Tynnodd Wil y rhaff a ddaethai gydag ef am ei ganol, a mynd yn ei ôl i fyny'r lluwch. Taflodd un pen iddi i lawr i Huw, a gosododd ei lamp ar ymyl y twll fel y gallai Huw weld beth yr oedd yn ei wneud.

''Nawr, clymwch honna'n dynn rownd ych canol.'

Tynnodd Huw ei ddwylo allan o geseiliau ei got a cheisiodd ei orau glas i glymu'r rhaff.

''Nwylo i'n rhy oer,' meddai mewn tipyn.

'Ara deg 'nawr, Syr. Triwch 'to.'

Ond doedd dim yn tycio.

104

'Reit, triwch roi'r rhaff dan ych ceseilie a rownd ych cefen, a wedyn taflwch y gweddill 'nôl i fi.'

Gollyngodd Wil ragor o raff i'r twll. Gwnaeth Huw yn ôl y gorchymyn ond methai'n glir â chael y rhaff yn ôl i afael Wil. Dechreuodd hwnnw regi'r rhaff.

'Reit, unweth 'to, Wil,' ebe Huw. 'Barod?'

'Reit.'

Cododd y rhaff i'r awyr eto. Ymbalfalodd dwylo Wil yn yr awyr a phlygodd ymlaen yr un pryd. Bu bron iddo fwrw'r lamp i lawr i'r twll. Syrthiodd y rhaff i'w law chwith a gafaelodd ynddi. Ond teimlai ei hunan a'r lamp yn llithro i gyfeiriad y twll. Gwaeddodd ar Dai a oedd ryw lathen y tu ôl iddo. Neidiodd hwnnw ar y lamp a'i tharo o'r ffordd a glaniodd ar ben coesau Wil a'i gadw rhag llithro ymhellach tua'r twll.

Straffaglodd Dai i godi ar ei benliniau a thynnodd Wil gerfydd ei draed yn ôl i lawr y llethr tua'r ffordd.

Safai Leisa yn is i lawr yn gafael yn ffrwynau'r ceffylau ac yn ysu am gael helpu, ond gwyddai y byddai'n fwy o rwystr nag o help mewn lle mor ofnadwy.

Gorweddodd Wil a Dai ar yr eira am funud.

'Diolch i'r nefoedd bod ti 'na,' ebe Wil o'r diwedd. 'Iawn, 'te . . . Cydia di ynda i ac mi gydia inne yn y rhaff, i ni gâl 'i dynnu e mâs o'r twll . . . Barod, Mistyr Huw?'

'Barod.'

'Tynna 'te.'

Safai Wil a Dai at eu penliniau yn yr eira ac wrth dynnu cament yn ôl i lawr y llethr. Gyda thynnu cyson, daeth pen Huw i'r golwg uwchlaw'r eira.

'Un arall, Wil,' ebe Dai Shanco, ac o fewn dim, gorweddai Huw ar yr eira.

Brysiodd y tri ato. Tynnodd Wil ddwy o'r tair llywanen a oedd ganddo dros ei wegil a'u rhoi dros ysgwyddau Huw, a oedd wedi dechrau crynu gan oerni'r gwynt, ar ôl dod o gynhesrwydd cymharol a chysgod ei dwll eira.

'Ma' well i chi fynd yn syth 'nôl i'r plas efo Miss Leisa a Dai. Mi arhosa i 'ma i guddio'r ceffyl yn yr eira. Mi alla i ddod â rhywun mâs fory i'w gladdu fe'n iawn.'

'Dal 'i droed ar dop postyn clwyd Pant y Blawd wna'th e. Do'n i ddim yn gwbod lle ro'n i ar y pryd.'

'Dere 'nawr, fe awn ni adre,' meddai Leisa.

Arweiniodd Leisa ei cheffyl mor agos ag y gallai at Huw. Ni fedrai ef gerdded gan ei fod wedi sigo ei goes chwith wrth syrthio i'r twll. Helpodd Wil a Dai ef i ymlwybro at y ceffyl, a'i godi i'r cyfrwy, cyn helpu Leisa i gyfrwy ceffyl Dai Shanco. Gafaelodd Dai yn ffrwyn ceffyl Huw a dechrau ei arwain tuag adre.

'Diolch o galon i chi, Wil,' ebe Huw.

'Popeth yn iawn, Syr. Wy'n gwbod 'wnaethech chi'r un peth i fi,' gwaeddodd Wil ar ei ôl.

Cychwynnodd y ddau geffyl a Dai ymlwybro i lawr y rhiw, ond roedd hi'n daith hir yn ôl i'r plas.

'Torri'i wddwg wnaeth e . . . Pam na wnes i sylwi nad o'n i ddim ar y llwybr? . . . Fedra i ddim teimlo 'nhraed . . .'

'Isht,' ebe Leisa, 'cadw dy egni a phaid siarad.'

Bwriodd y tri ymlaen. Credodd Leisa unwaith iddi glywed sŵn ceffylau a phobl. Stopiodd, ond ni chlywai ddim ond y gwynt didrugaredd. Yna stopiodd unwaith eto. Oedd, roedd rhywun yn dod. Gallai weld golau rhyw hanner dwsin o lampau ymhellach ar hyd y ffordd.

Cyn hir, roedd ei thad, Phillips, Siôn, John a dau arall wedi dod o fewn clyw. Gwaeddodd arnynt.

'Mae Huw yn iawn—y ceffyl yn farw . . . Wil wedi aros i'w gladdu yn yr eira.'

Daeth y lleill atynt.

'Diolch byth,' ebe'r sgweier mewn llais tawel, o weld ei ddau blentyn. 'Ro'n i'n dechre meddwl 'mod i wedi colli'r ddau ohonoch chi . . . Beth ddiawl wna'th i ti Leisa ddod allan i'r fath dywydd? . . . Mi gaf i air â thi ar ôl mynd 'nôl i'r tŷ . . . Dewch Dai, dringwch ar gefen Champion y tu ôl i fi. John, cymer ffrwyn ceffyl Huw . . . Dewch, bobol, adre â ni.'

Safai Huw wrth ffenestr y parlwr bach yn edrych allan ar draws y darn glaswellt o flaen y tŷ. Roedd y gwynt wedi bod yn chwythu'n ddidrugaredd o'r môr ers deuddydd. Gwyrai'r coed o gwmpas y tŷ i gyfeiriad y dwyrain dan ei bwysau. Yr oedd canghennau wedi syrthio ar y glaswellt ger y ffenestr, wedi eu rhwygo o'r coed yn ystod y nos. Gellid clywed sŵn y gwynt ym mhob un o simneiau'r tŷ a thynnai pob tân yn chwyrn yn y grât.

Eisteddai Leisa wrth fwrdd bychan ger y wal yn ysgrifennu llythyr at Gwilym tra eisteddai Catrin yng nghadair y sgweier: rhywbeth nad oedd wedi plesio Leisa o gwbl. Roedd Catrin wedi bod yn ymwelydd cyson â'r teulu oddi ar i Huw fynd ar goll yn yr eira a sigo ei goes.

Merch fer, yn tueddu at fod yn dew, oedd Catrin. Gallai Leisa ei gweld yn ddynes hanner cant oed, fel pêl fach gron. Roedd ei gwallt brown tywyll bob amser mewn cyflwr da, yn fframio wyneb crwn, deniadol. Rhyfeddai pawb a'i cyfarfyddai am y tro cyntaf at wyrddni perffaith ei llygaid. Ond credai Leisa mai'r llygaid hyn a fradychai ei bwriad.

Daeth Evans i mewn yn cario hambwrdd ac arno debot, cwpanau a soseri, a bwyd. Gosododd hwy ar y bwrdd bychan o flaen y tân ac er mawr syndod iddo ef a Leisa, plygodd Catrin ymlaen a dechrau arllwys te i un gwpan. Trodd y bwtler at Leisa a gweld nad oedd yn fodlon o gwbwl ar hyn. Cododd Catrin er mwyn mynd â chwpaned o de i Huw. Penderfynodd Evans adael ar frys cyn i'r storm dorri.

Cerddodd Leisa heibio iddo wrth iddo adael yr ystafell a mynd i eistedd yng nghadair ei thad. Arllwysodd ddwy gwpaned arall o de cyn eistedd yn ôl a dechrau yfed un ohonynt.

'Dyna biti ein bod ni i gyd wedi methu mynd i'r *season*,' ebe Catrin, wedi sylwi ar symudiad Leisa.

'Peidio mynd o ddewis wnes i,' ebe Leisa'n finiog.

'A ninne hefyd,' ebe Huw yn amddiffynnol. 'Mae Catrin wedi bod yn garedig iawn yn aros yma a chadw cwmni i mi.'

Pesychodd Leisa'n swnllyd.

Roedd Catrin wedi aros yn ymyl Huw, wrth y ffenestr, yn hytrach na dychwelyd at y tân.

'Mae'ch te chi'n mynd yn oer,' ebe Leisa, a'i llais yn torri fel cyllell.

'O! ydi.'

Brysiodd Catrin yn ffwdanus at ei chwpaned te ac yna, wedi ennyd o sefyllian, eisteddodd yn y gadair gyferbyn â Leisa.

'Ydych chi wedi clywed gan Rhys?' gofynnodd ar ôl rhai eiliadau o dawelwch, gan gyfeirio'i chwestiwn at Huw.

'Do,' atebodd Leisa.

'Mae'n debyg 'i fod e wedi gwneud argraff fawr ar y ferch 'ma o Forgannwg, a'i thad,' ebe Huw, yn camu i'r adwy, ac yn dechrau gwgu ar ei chwaer.

'Mae'r peth yn bla,' ebe honno, dan ei hanadl.

'Os nad oes gen ti rywbeth gwell i'w ddweud, falle mai gwell fyddai i ti'n gadael ni,' ebe Huw, wrth hercio ar draws yr ystafell tua'i chwaer.

'Ti'n gwbod yn iawn na alla i byth â'ch gadael chi'ch dau yma ar eich penne'ch hunain,' meddai hithau, gan edrych â syndod ffug ar Huw.

'Mae popeth yn iawn, mae'n rhaid i fi fynd beth bynnag. Mae ganddon ni wahoddiad i swpera yn Nantcoed heno,' ebe Catrin.

Estynnodd braich Leisa am gortyn y gloch fel tafod neidr.

Ni ddywedodd yr un ohonynt air hyd nes i Evans ddod i'r ystafell.

'Mae Miss Ifans yn gadael, Evans,' ebe Leisa mewn llais ac ynddo awgrym buddugoliaeth.

Cododd Catrin, ond wrth weld Huw yn paratoi i'w dilyn allan, dywedodd,

'Na, aros di wrth y tân. Fe helpith Evans fi at y drws . . . dydd da.'

'Hwyl! . . . cofia alw eto,' atebodd Huw, yn dal i sefyll ar ganol y llawr.

Gadawodd Miss Ifans yr ystafell ac Evans yn ei dilyn. Ni ddywedodd y brawd a'r chwaer ddim am beth amser. Eisteddent bellach yn wynebu ei gilydd. Roedd Catrin wedi llwyddo, mewn ychydig fisoedd, i lacio'r cwlwm clòs a fuasai rhwng y ddau erioed. Gwelai Leisa hi fel bygythiad—i'w pherthynas hi â'i brawd ac i ddedwyddwch ei chartref. Credai mai cael dod i fyw yno, fel meistres y tŷ, oedd uchelgais Catrin, a thrwy hynny, ei gwthio hi i'r ymylon, neu allan yn gyfan gwbl. Er iddi amau hyn ers misoedd, yr oedd ymddygiad Catrin yng Nghynfelin a chyda'r teulu a'r gweision yn ystod y tair wythnos diwethaf wedi mynd yn fwyfwy eofn, a hynny oddi ar ddamwain Huw; roedd hyn wedi cryfhau'r amheuon yn farn bendant.

'Beth sy gen ti yn erbyn Catrin?' gofynnodd Huw o'r diwedd.

'Dim.'

'Sut wyt ti'n gallu dweud y fath bethe wrthi 'te? . . . Wyt ti'n genfigennus ohoni?'

Chwarddodd Leisa dros bob man cyn gofyn: 'Pam ddylwn i fod?'

'Dwn i ddim . . . dwy i ddim yn eich deall chi ferched o gwbwl.'

'Mae hynny'n berffeth amlwg.'

'A beth mae hynna'i fod i feddwl?'

Agorodd y drws mewn pryd i achub Leisa rhag gorfod ateb y cwestiwn hwn. Y sgweier oedd yno ag Evans yn ei ddilyn.

'Nefoedd, mae'n chwythu mâs 'na. Dwy i ddim yn cofio storom cynddrwg â hon yn para mor hir er pan oeddet ti Leisa'n fach. Roedd honno tua diwedd Chwefror hefyd. Ddewch chi â rhagor o de i ni, Evans?'

Cododd hwnnw y tebot ac un plat a throi ar ei sawdl am y gegin.

Aeth y sgweier i sefyll â'i gefn at y tân er mwyn cynhesu. Nid oedd wedi sylwi ar yr awyrgylch oeraidd yn y stafell, er gwaetha'r tân.

'Lle rydech chi wedi bod, Dada?' gofynnodd Huw maes o law, gan godi o'r gadair a hercian draw at y soffa.

'Mi fues yn pendwmpian ger y tân yn fy stafell tan chwarter awr yn ôl, ac fe es i mâs am dro, gan 'i bod hi'n sych. Wedi bod wrthi'n trio gwneud cownts ro'n i cyn hynny, ond mi a'th gwres y tân yn drech na fi.'

Daeth Evans yn ei ôl a gadael llond tebot o de ffres a rhagor o deisennau ar y bwrdd yn ymyl Leisa.

'Wyt ti wedi gweld y doctor yr wthnos 'ma?' gofynnodd ei dad wrth Huw, wedi derbyn cwpaned o de gan Leisa.

'Naddo. Mae e fod i ddod fory. Rwy'n gobeithio y gadewith e i fi farchogaeth 'to. Mae'n niwsans gorfod cael Phillips neu Siôn i fynd â fi i bob man.'

'Dyna pam rwy'n 'u talu nhw.'

Daeth Evans i mewn eto, wedi iddo guro'r drws.

'Syr,' meddai, gan sefyll wrth y drws agored a gollwng drafft i'r ystafell a oerodd y tri o gwmpas y tân. 'Ma' Jâms Nantfawr newydd ddod i'r gegin â'r newydd fod llong mewn trafferthion yn y bae. Maen nhw'n ofan y ceith 'i chwythu ar y creigie ar ben isa'r trâth. Ma' fe'n gofyn allwch chi ddod â rhai pobol, rhaffe a cheffyle lawr, rhag ofan gallan nhw'i chadw hi oddi ar y creigie.'

'Wrth gwrs. Dwedwch wrtho fe y byddwn ni lawr 'co o fewn hanner awr a galwch ar Wil Lloyd a phump neu chwech o ddynion, a'u cael nhw i'r iard mewn pum munud. Beth wyt ti am wneud, Huw?'

'Fe ddof i ag e lawr yn y trap,' ebe Leisa. 'Falle bydd angen dod â rhywun neu rywbeth 'nôl efo ni.'

'Iawn.'

Gwasgarodd pawb, a'r tyndra rhwng Huw a Leisa wedi cilio peth. Roedd y tŷ'n llawn sŵn a hyd yn oed Mrs Puw a'r morynion yn paratoi i ddod i'r traeth. Prin iawn oedd digwyddiadau fel hyn yn y cyffiniau. Mynnai Mrs Puw mai yn 1826 y bu'r llongddrylliad diwethaf tra haerai Evans mai 1827 oedd y dyddiad. Ta waeth, nid oedd unrhyw un am golli'r cyfle i fod yn llygad-dyst y tro hwn.

Ymhen deng munud, gwelwyd Phillips a Leisa yn gyrru cert a thrap yn llawn pobl i lawr tua'r traeth. Roedd y bobl wedi eu gwisgo rhag y tywydd ac yn tasgu i fyny ac i lawr yn y cerbydau, gan mor arw oedd y ffordd. Roedd y sgweier, Lloyd Beili, Siôn, Wil Lloyd, Dai Shanco a hanner dwsin o weision wedi mynd yno eisoes ar geffylau.

Roedd y gwynt yn chwythu mor fileinig ag erioed a phlygai'r ceffylau eu pennau iddo, fel y gwnâi'r teithwyr yn y ddau gerbyd. Aeth dau neu dri o wŷr ar geffylau heibio iddynt, gan gynnwys William Preis yr Hendre. Wrth iddynt ddynesu at y traeth, roedd yn rhaid i'r cerbydau arafu a gwau eu ffordd rhwng y degau o bobl o bentre'r Rhyd ac o'r ffermydd cyfagos oedd wedi dod i weld beth oedd yn digwydd.

Gweai pobl a cheffylau drwy'i gilydd ar y traeth hefyd. Gwagiodd y ddau gerbyd o Gynfelin mewn chwinciad. Neidiodd Leisa o'i sedd a chlymu'r ceffyl wrth bostyn clwyd, gan adael i Mrs Puw helpu Huw i ddringo o'r trap. Rhoddodd ei fraich dros ei hysgwyddau wedyn ac i ffwrdd â hwy, ychydig lathenni y tu ôl i Leisa, i gyfeiriad y cyffro mawr.

110

Sylwodd Leisa fod y llanw'n uchel iawn, ac eglurai hyn pam yr oedd y traeth yn edrych mor llawn. Roedd y tonnau'n torri'n ffyrnig a swnllyd ar y traeth cerrig. Chwyrlïai'r ewyn drwy'r awyr ar gefn y gwynt, a theimlai pawb y lleithder ar eu gruddiau. Tua chwarter milltir allan yn y môr, roedd y tonnau cyn uched â phum troedfedd ar hugain.

Roedd gwrthrych yr holl ddiddordeb yn troi fel chwyrligwgan direol, tua hanner milltir o'r lan, yn cael ei luchio, yn ôl mympwy'r gwynt, y llanw a'r tonnau. Gellid gweld aelodau'r criw yn symud yn ôl a blaen ar y dec, gyda symudiadau ansad y llong tri mast. Roedd yr hwyliau blaen ac ôl i lawr ond roedd gweddillion y mensel yn chwythu'n rhacs o ben y mast. Nid oedd unrhyw ddifrod amlwg arall i'w weld arni.

Rhuthrai pobl yn ôl a blaen, yn ceisio penderfynu a fyddai hi'n bosibl, ac os felly sut, cael lein ar fwrdd y llong i gael y llongwyr oddi arni, ac i gadw'r llong oddi ar y creigiau. Y sgweier a William Preis oedd wrthi'n cyfarwyddo'r criw o ddynion a oedd yn crynhoi ar y lan gyferbyn â'r llong. Symudodd Huw, Mrs Puw a Leisa i lawr y traeth nes eu bod hwythau gyferbyn â'r llong a'r clwstwr dynion. Codai'r gwynt yr heli i'w ffroenau.

Yr oedd y criw ar y lan wrthi'n clymu rhaffau ac yn gweiddi cyfarwyddiadau i'r criw ar y llong. Symudai eraill yn ôl a blaen ar y traeth yn cludo offer o bob math, yn flancedi, darnau o bren ac ati. Gwyliai'r gweddill mewn criwiau clòs, gyda phawb yn ceisio sefyll yng nghysgod ei gilydd.

Wedi peth amser, a'r llong yn awr gan llath neu fwy yn nes at y creigiau, cafwyd yr ymgais gyntaf i gael rhaff arni. Danfonwyd nofiwr i ganol y dŵr, a berwai hwnnw'n wyn o'i gwmpas. Roedd rhaff wedi'i chlymu am ei ganol. Brigodd ddwy o'r tonnau mawr, ac yna diflannodd i'r cafn rhwng y ddwy nesaf. Dechreuodd y bobl ar ben ucha'r traeth weiddi ar y criw ar y lan i'w dynnu'n ôl ac wedi craffu'n fanwl ar y môr o'i flaen, rhoddodd y sgweier orchymyn iddynt dynnu'r rhaff yn ôl cyn gynted ag y gallent. Ymladdai pobl am le ar y rhaff i'w thynnu, a da oedd gan bawb weld y nofiwr yn ailymddangos. Rhuthrodd dau ddyn i ganol yr ewyn ffyrnig, llusgo'r nofiwr yn glir o'r dŵr, a'i roi i orwedd ar y tywod.

Galwyd yn syth ar i rywun arall ei gynnig ei hun. Ni ddaeth neb ymlaen. Dechreuodd y dyn ar y traeth ddod ato'i hun a llongyfarchwyd ef ar ei ymgais ddewr. Gwaeddodd William Preis yn awr i gyfeiriad y dyrfa i ofyn a fedrai unrhyw un nofio. Camodd Dai Shanco, a oedd wedi bod yn siarad â chriw o ferched, ymlaen. Cerddodd i lawr y traeth yn hamddenol at y criw ar y lan. Clymwyd y rhaff am ei ganol ac i mewn ag ef i'r dŵr. Sylwyd bod y llong yn awr yn nes fyth at y creigiau. Brigodd Dai Shanco dair ton cyn diflannu. Dechreuodd y bobl ar y traeth weiddi eto. Ymddangosai fel oriau i'r dorf heb allu gweld Dai, ond roedd y rhaff yn dal i symud trwy eu dwylo droedfedd wrth droedfedd, ac yna gwelsant y criw ar y llong i gyd yn rhuthro i'r ochr ac yn taflu ysgol raff i'r dŵr. Cododd bloedd o gymeradwyaeth o'r traeth. Roedd Dai Shanco wedi ei gwneud hi.

Gyda chymorth y rhaff gyntaf llwyddwyd i gael tair rhaff trwy'r dŵr i'r llong ac amryw o ddynion mwyaf cyhyrog yr ardal a nifer o geffylau wedi eu clymu wrth y rhaffau er mwyn eu hangori ar y lan. Er gwaethaf hyn symudai'r llong fel pe bai'n anochel at y creigiau.

'Does ganddi ddim gobaith,' ebe Mrs Puw. 'Mae'r holl elfenne yn 'i chyfeirio hi at y creigie 'co.'

Safai pawb fel pe wedi eu hypnoteiddio gan sŵn y môr a'r gwynt a symudiad cyson y dŵr a'r tonnau. Er gwaethaf y pwysau ar y rhaffau, llithrai'r llong yn nes at ei thynged bob eiliad.

'Edrychwch,' ebe Leisa gan godi ei bys tua'r môr. Tua chan llath y tu hwnt i'r llong, codai ton anferth ei phen. Sylwodd eraill arni a dechrau gweiddi ar y criw ar y llong i neidio i'r dŵr a nofio ar hyd y rhaffau. Gwnaeth ambell un hynny ond yr oedd eraill fel pe baent wedi eu gludio ar y bwrdd. Dynesodd y don ac yna, yn hollol ddiseremoni, cododd y llong i'w brig a'i lluchio'n deilchion ar y creigiau. Dechreuodd pawb ar y lan redeg tua'r rhan honno o'r traeth yn y gobaith o fedru helpu rhywun i gyrraedd glan. Roedd y dynion a afaelai wrth y rhaffau yn prysur symud i fyny'r traeth o afael y don gan fynd â'u rhaffau efo nhw. Yna safodd pob un, a thynnu ar y rhaffau eilwaith.

Cyrhaeddodd y don y lan a chwalu'r bobl a'r taclau ar y traeth. Rhuthrodd pobl ymlaen at y morwyr i'w llusgo a'u cario o afael y dŵr. Ym mhen isa'r traeth, roedd pob math o bethau'n cael eu cludo i'r lan gan y dŵr ac ymladdai pawb ymysg ei gilydd i'w meddiannu.

Daeth y sgweier yno, braidd yn fyr ei wynt, a dweud y gallai pawb gadw beth bynnag a achubai o'r môr ond y dylid helpu'r morwyr o'r dŵr yn gyntaf.

112

Rhwng y creigiau, berwai'r dŵr, gan chwydu pobl, cyrff a chocd i'r lan. Mewn dŵr dyfnach, gorweddai gweddillion y llong, yn cael eu pwnio gan don ar ôl ton yn erbyn y creigiau. Clywai pawb sŵn styllod yn hollti a rhwygo uwchlaw rhu'r gwynt a sŵn y tonnau'n torri.

Tynnwyd chwe morwr byw a phedwar corff i'r lan ar y creigiau ac roedd pedwar byw ar y traeth, gan gynnwys Dai Shanco.

Yna'n araf, ymysg y prennau hollt, dechreuodd peth o gargo'r llong ymddangos yn y dŵr. Bu bron i rai ar y lan fynd yn wallgo. Nofiai poteli o wirodydd o bob math yn y dŵr. Rhuthrodd pobl i ganol bwrlwm y môr i gael gafael arnynt. Ni phoenai neb am wlychu erbyn hyn, ond syrthiodd sawl un i ddŵr dwfn yn ei ymdrech, a chael a chael fu hi i gael ambell un yn ôl ar dir sych, gan gymaint ei wanc.

Gadawodd William Preis a'r sgweier hwy i ymladd ymysg ei gilydd. Ni ddisgwylient i lawer o boteli gyrraedd y lan yn gyfan. Cerddodd y ddau yn ôl ar hyd y traeth at y morwyr. Cynigiwyd llety iddynt yng Nghynfelin a'r Hendre tan y caent gyfle i ddal llong arall o borthladd y dre yn ôl i'w cartrefi yn Lerpwl. Derbyniwyd y cynnig gyda diolch gan y capten ar ran y dynion.

'Wel, dyna hynna drosodd,' ebe Leisa. 'Mae'n well i ni fynd 'nôl tua'r trap. Mae hi'n dechre tywyllu, beth bynnag.'

Trodd hi, Mrs Puw a'i brawd i ddannedd y gwynt a cherdded, yn eu cwman bron, at y trap a'r ceffyl. Galwodd y sgweier ar y morynion ond aeth ei lais ar goll yn y gwynt. Ond fe ddaethant ohonynt eu hunain cyn hir. Llwythwyd Mrs Puw a'r morynion yn y trap a phawb arall, gan gynnwys rhai o'r morwyr, yn y cert a chychwynnodd y ddau gerbyd a'r naw ceffyl tuag adre.

Safai pedwar o bobl ifainc ar lawnt o flaen un o blasau amlycaf sir Forgannwg. Rhai degau o lathenni oddi wrthynt yr oedd targed bwa saeth ond nid edrychai'r un ohonynt tuag ato ar y pryd. Gwylient yn hytrach un a fu'n sefyll yn eu plith rai eiliadau ynghynt yn cerdded i fyny'r grisiau cerrig llydan at y teras. Yr oedd Mrs Ashton newydd alw ei merch, Elizabeth, i ddod ati ac yr oedd hithau wedi ufuddhau ar unwaith. Wedi cyrraedd pen y grisiau, a chofleidio'i mam, eisteddodd y ddwy ddynes wrth fwrdd bychan, yng nghysgod eu parasoliau, a dechrau siarad.

Penderfynodd y pedwar ar y lawnt na fedrent barhau i sefyll yn eu hunfan yn edrych ar y ddwy, felly troesant yn ôl at y targed, gan benderfynu parhau â'u gornest. Ond yr oedd Rhys wedi colli pob diddordeb yn y chwarae yn awr, gan fod gwrthrych ei feddyliau ac unrhyw serch oedd ganddo, wedi eu gadael. Gadawodd y lleill a mynd i eistedd wrth fwrdd bychan nid nepell oddi wrthynt. Trodd ei gadair fel y gallai weld, trwy gornel ei lygad a heb droi ei ben, y ddwy ddynes ar y teras.

Bu'n aros yn y cyffiniau yn awr ers mis a mwy. Yn ystod y cyfnod hwnnw, cafodd wahoddiadau cyson iawn i'r tŷ hwn gydag Ann Phillips, perthynas i deulu Llwyn Bedw y bu Rhys yn lletya â'i rhieni. Gwelodd ddegau o wŷr ifanc yn dod i aros yn y tŷ am ychydig ddyddiau ar y tro, gan gynnwys John Burroughs Plas Newydd, ond nid ymddangosai fod Elizabeth yn rhoi sylw arbennig i'r un ohonynt.

Yr oedd dau brif reswm pam yr oedd y ferch yma yn denu cymaint o sylw oddi ar iddi fynd i'r sesyn yn Llundain am y tro cyntaf, flwyddyn ynghynt. Yn gyntaf, yr oedd yn ferch ifanc bryd golau, arbennig o hardd. Yn ail, hi oedd unig ferch perchennog y stad anferth yr oedd y tŷ hwn yn ganolbwynt iddi.

Credai Rhys ei fod ar fin symud i flaen rhestr y dynion a oedd am ei phriodi, os nad oedd wedi cyrraedd y brig yn barod. Treuliai'r ddau o leiaf awr y dydd yng nghwmni ei gilydd bellach, er bod yna rywun o fewn hyd braich iddynt bob amser. Ac eto, roedd yna ambell beth yn ei boeni. Nid oedd wedi bod yn ei chanlyn yn selog am fwy na thri mis. A allai hi fod wedi ei haddo ei hun i rywun cyn hynny, heb yn wybod iddo ef, a hwnnw wedi gorfod mynd i ffwrdd am y tri mis diwethaf? Er gwaethaf ei chyfeillgarwch amlwg, teimlai rywsut na adawai iddi ei hun fynd tu hwnt i ryw ffin anweledig wrth ymdrin ag ef. Gwelai yn ei llygaid, er enghraifft, mai peth annoeth iawn fyddai iddo ei chyffwrdd. Dro arall byddai'n gadael brawddegau ar eu hanner ac yna'n troi testun y sgwrs yn gyfan gwbl. Echnos, cofiai'n glir iddi ddweud na fyddai'n byw yn y tŷ hwn lawer yn hwy ac yna troi'n syth i ofyn a oedd ef wedi clywed gan ei deulu'n ddiweddar. Yn wir, teimlai weithiau fod yr amheuon hyn yn ddigon i'w lethu.

Trodd ac edrych ar y ddwy ar y teras. Doedd dim amdani ond achub ar y cyfle cyntaf a ddôi i'w ran i ofyn iddi ei briodi. Câi wybod wedyn a oedd ef ar ben y rhestr ai peidio.

114

'Dere 'mlân, Rhys,' ebe Ann Phillips o blith y tri arall, 'peth lleia alli di 'neud yw cadw'r sgôr i ni, hyd yn oed os yw dy feddwl di ar y teras 'co.'

Chwarddodd pawb ond Rhys, a throdd yntau at y bwrdd a'r papurau oedd arno.

★　　　★　　　★　　　★

Roedd Leisa yn y gegin efo Mrs Puw, yn ceisio cael trefn ar fwydlen yr wythnos oedd i ddod. Roedd dieithryn yn y gegin y bore hwnnw, sef Robin y Gof, o'r Rhyd. Bu'n pedoli ceffylau'r stad drwy'r bore ac yr oedd wrthi'n bwyta'i ginio ym mhen arall y bwrdd. Y llongddrylliad fu testun y sgwrs achlysurol rhwng y tri, fel pob un arall ers deuddydd. Yn hwyr y diwrnod cynt roedd Robin wedi bod yn yr eglwys yn angladd y morwyr a foddwyd.

'Hen beth reit drist yw marw fel'na—yn ych preim. Dim ond pymtheg ac un ar bymtheg oedd dau ohonyn nhw—ar 'u mordaith gynta, medde'r capten,' ebe Robin.

'Shwt gwyddet ti beth ddwedodd e a tithe ddim yn deall gair o Sisneg?' gofynnodd Mrs Puw. 'Y cwbwl ddweda i yw fod 'i griw e, neu'r giwed sydd 'da ni, yn 'i gneud hi'n iawn 'ma. Prin y galla i gâl digon o fwyd i ddanfon mâs iddyn nhw i'r ydlan 'co a sdim byd byth yn dod 'nôl . . .'

Trodd yn ôl at ei phapurau cyn ychwanegu:

'Maen nhw'n gweud, sach 'ny, fod sawl un wedi câl tipyn o les o foddi'r llong.'

'Do, wir, Mrs Puw. O'dd tri neu bedwar yn feddw dwll yn y pentre neith'wr ac echnos.'

'Gas gen i bobol sy ddim yn gwbod shwt ma' dala'u cwrw.'

'Eitha gwir, Mrs Puw, ond o'dd John chi ddim mewn stad fawr gwell neith'wr.'

'Nago'dd e wir, y diawl bach dieneid. Mi ga i afel arno fe heno.'

'Maen nhw'n gweud fod Evan Jones, Ty'n Cwm wedi câl gafel ar dair sofren ar y trâth,' ebe Robin, wrth synhwyro ei fod ar fin mynd i ddyfroedd dyfnion.

'Fase neb yn gwarafun hynny,' ebe Mrs Puw, 'ma' fe rownd ffor' hyn yn trio helpu Shami Shafins, ond Duw a ŵyr be ma' fe'n 'neud mewn gwirionedd.'

Rhoddodd Robin ei gyllell i lawr o'r diwedd a chyda darn o fara, sychodd ei blât yn lân.

115

'Wel, Mrs Puw, mi fydda i bob amser yn mwynhau dod 'ma. Ma'r bwyd ar ôl y gwaith mor dda.'

'Gad dy wenieth, Robin William.'

Gwthiodd Robin ei blât i ganol y bwrdd ac eistedd yn ôl yn ei gadair, fel pe bai am aros yno drwy'r prynhawn.

'Paid dechre 'neud dy hunan yn gyfforddus fan hyn. Ma' 'da ni'n dwy ormod i 'neud i allu treulio amser yn cloncan efo ti . . . a sych dy swch, er mwyn dyn, ma' dy ên di'n refi i gyd. Cwyd a cer i 'neud rhwbeth defnyddiol. A phaid pecial fan hyn o flaen pobol barchus,' meddai wrth i Robin dorri gwynt.

Cododd hwnnw o'i gadair a gwisgo'i got a oedd yn gorwedd ar fainc gerllaw. Rhoddodd ei gap am ei ben a brasgamodd tua'r drws. Yr oedd yn enwog am bwdu. Rhuthrodd Elin i mewn heibio iddo, â llond ei breichiau o ddillad.

'Y!' meddai, gan ysgwyd y diferion glaw o'i gwallt. 'Ma'n i har-llwys hi mâs 'na.'

'Odi'r rheina wedi glwchu?' gofynnodd Jên gan roi ei phig allan o ddrws y golchdy.

'A lle o't ti na faset ti'n gweld 'i bod hi wedi dechre bwrw?' gofynnodd Mrs Puw iddi.

'Y . . . fi o'dd ar y ffor' mâs a wedes i bydden i'n dod â nhw miwn,' ebe Elin.

Edrychodd Mrs Puw yn graff ar y ddwy.

'Jên, dere 'ma,' meddai.

Daeth y ferch i mewn i'r gegin yn araf. Edrychai'n welw iawn a braidd yn ddiysbryd.

'Wyt ti wedi bod yn sâl 'to, bore 'ma?' gofynnodd Mrs Puw.

Ni ddaeth ateb.

'Elin! Yw hi?'

Ni ddaeth ateb oddi yno 'chwaith.

'Wel? dewch, rwy'n disgwl ateb . . .'

Tawelwch eto.

Edrychai Mrs Puw a Leisa o'r naill i'r llall. O'r diwedd, cymerodd Jên anadl ddofn a dweud:

'Do.'

'O'n i'n meddwl . . . Ers faint wyt ti'n feichiog?'

Tawelwch eto.

'Wel, dere 'mlân . . .'

'Deufis?'

116

'Wyt ti ddim yn siŵr 'te?'

'Na, ddim yn hollol.'

'Wyt ti'n gwbod pwy yw'r tad 'te?'

Distawrwydd eto.

'Mi ga i air â thi am hynna 'to. Fe fydd rhaid câl gair â'r mistir am hyn, ti'n deall. Alli di ddim aros 'ma os na alli di 'neud dy waith. Gweddïa y bydd e'n ddigon caredig i adel i ti aros 'ma am dipyn 'to . . . Reit, 'nôl â chi at ych gwaith ac ewch â'r pentwr dillad 'na o 'nghegin i.'

Diflannodd y ddwy.

'Ers faint y'ch chi'n 'i hame hi?' gofynnodd Leisa mewn llais tawel.

'Ers rhyw bythefnos, falle. Allen i byth â chael gafel arni, ac ma' 'i wedi bod yn edrych yn sâl fel ci.'

'Beth ddigwyddith iddi 'nawr?'

'O's 'na neb heblaw dy dad allith gymryd trueni drosti. Ma' 'i mam yn dal yn sâl, 'i thad wedi dianc o' 'na ers blynydde i'r môr a thri o blant ar ôl heb adel cartre. Cyflog Jên sy'n 'u cadw nhw oddi ar y plwyf.'

'Tase hi'n un o'r merched eraill, mi fydde ddrwg gen i drosti, ond mae arna i ofan 'i bod hi'n haeddu popeth mae'n 'i gâl.'

'Cofia, falle gallith dy dad 'i pherswadio i enwi'r tad a châl hwnnw i'w phriodi—os gŵyr hi pwy yw e, wrth gwrs. Gobeitho'r nefodd mai dim un o weithwyr y stad 'ma yw e, ddweda i.'

Trodd Leisa yn ôl at ei phapurau a gofyn:

'Yw popeth ganddoch chi 'nawr?'

'Mm . . . ydi,' atebodd Mrs Puw, gan edrych ar ei rhestr a thynnu ei bys ar hyd-ddi'n araf.

Ar hyn, daeth Ann i mewn o'r tŷ, ei llewys wedi eu torchi uwch ei pheneliniau a'i gwallt braidd yn anniben.

'O's 'ma de i gâl?' gofynnodd, 'ma'r gwnïo 'ma'n waith sychedig.'

'Lle wyt ti arni?' gofynnodd Leisa.

'Ar y gorchudd cader ola i'r parlwr mawr.'

'Mi orffenna i dacluso'r llenni 'na i ti ar ôl i ni gael y te 'ma.'

Eisteddodd Ann ar y fainc wrth y bwrdd tra aeth ei mam i mofyn dŵr i wneud te.

'Wyt ti am fynd i'r crogi fory?' gofynnodd Ann.

117

Cyfeirio yr oedd at grogi dau lofrudd Oliver y Porthmon, a ddedfrydwyd i'w crogi rai dyddiau ynghynt. Roedd Huw wedi mynychu'r achos yn y dre am y deuddydd y bu'r barnwr yn gwrando ar y dystiolaeth. Nid oedd Leisa wedi mynd gydag ef, er iddi gael cynnig, gan nad oedd am glywed y manylion nac ychwaith am eistedd mewn lle yn llawn pobl ac aroglau annifyr.

'Dwy i ddim yn siŵr.'

'Ma' Dafydd a finne'n mynd. Ma' Huw wedi cynnig mynd a fi i'r dre yn y trap.'

'Fe ga i weld . . .' medde Leisa yn ei llais arferol cyn sibrwd, 'rwy i am gael gair â thi ynglŷn â Huw . . . a Catrin.'

'Pam?'

'Rwy'n poeni . . .'

Daeth Mrs Puw yn ei hôl a thawodd y siarad.

★   ★   ★   ★

Roedd y ddawns ben-blwydd yn ei hanterth ac Elizabeth yn parhau i roi'r un faint o sylw i bob un o'r gwŷr ieuainc oedd wedi dod yno er mwyn cael y cyfle i ddawnsio â hi. Disgwyl yr oedd Rhys am y ddawns nesaf, pan fyddai'n dawnsio am yr ail waith y noson honno ag Elizabeth. Yr oedd ganddo un ddawns arall â hi tua diwedd y noson.

Tawodd y gerddorfa a diolchodd Rhys i Ann am ei chwmni cyn troi i chwilio am Elizabeth. Roedd hi newydd orffen dawns ym mreichiau John Burroughs. Cerddodd Rhys ati drwy'r dyrfa oedd yn dal i sefyllian ar ganol y llawr. Wedi'r amnaid lleiaf ar John Burroughs, cynigiodd ei fraich i Elizabeth. Fe'i cymerodd yn llawen ac arweiniodd ef hi i ganol y llawr, i ddisgwyl i'r gerddoriaeth ddechrau.

'Ydych chi wedi mwynhau heno, Rhys?'

'Do, diolch. Nosweth ore 'mywyd i, dybiwn i.'

'O dewch 'nawr, rwy'n siŵr fod 'na ddawnsfeydd llawn cystal ganddoch chi gartre.'

'Ond nid cystal merched, neu ferch ddylwn i ddweud.'

'Rwy'n cael hynna'n anodd i'w gredu.'

'Fe fydd yn rhaid i chi ddod i fyny i weld drosoch eich hun, felly.'

'Falle'ch bod chi'n iawn. Dyna i chi ran o Gymru na fûm i erioed ynddi, wyddoch chi.'

'Fûm innau eriôd yma, hyd nes i mi gwrdd â chi, Elizabeth.'

Tarwyd nodyn neu ddau i baratoi'r dawnswyr. Trodd y ddau i wynebu ei gilydd, a rhoddodd Rhys ei fraich amdani, a gafael yn ei llaw, yn barod i ddechrau dawnsio. Edrychodd Rhys ar ei hwyneb yn y gobaith o weld gwên arbennig iddo ef, ac fe'i cafodd. Roedd rhywbeth hollol unigryw ynglŷn â'r ferch hon. Heno, roedd yn amlwg ei bod yn eithriadol hapus a dangosai hynny i bawb. A oedd hi wedi penderfynu o'r diwedd? Gwyddai Rhys fel mater o ffaith ei fod yn un o chwech, o leiaf, oedd wedi gofyn i'w thad yn ystod y deuddydd diwethaf am ganiatâd i'w phriodi. Yr un fu ei ateb ef i bob cais, sef mai ei ferch oedd i ddewis ei gŵr ei hunan a bod ganddo ddigon o ffydd ynddi i gredu y gwnâi'r dewis cywir. Nid oedd Rhys wedi cael cyfle i ofyn yr un cwestiwn i Elizabeth.

'Pam na ddewch chi lan i aros aton ni ar ôl y Pasg? Mae fy nghyfnither yn priodi adeg y Pasg ac mi fydd ganddon ni lond tŷ, ond ar ôl hynny . . . Fe gewch groeso mawr gan bawb, rwy'n siŵr,' ebe Rhys wrth ddawnsio.

'Mm, mae'ch cynnig yn apelio'n fawr, ond rydyn ni'n mynd i fyny i Lundain am weddill y sesyn ymhen rhyw bythefnos, ac felly, fydden ni ddim yn ôl mewn pryd.'

'Mi fyddaf inne yn Llundain hefyd, tua'r un pryd—a 'mrawd hefyd y tro yma, mae'n siwr.'

'Ie, wrth gwrs, sut mae'ch brawd? Ydi e'n well?'

'Ydi diolch, ond fydd e ddim yn gallu dawnsio rhyw lawer yn Llundain. Mae ei ben-glin yn dal yn eitha tost.'

'Druan ag e.'

Parhaodd y ddau i ddawnsio am ychydig heb ddweud dim. Yna gofynnodd Rhys,

'Wnewch chi ddod i fyny 'te,' Elizabeth?'

'Fe gawn ni weld. Mae cynllunie wedi'u paratoi ar fy nghyfer i o 'nawr tan ganol yr haf.'

Daeth y ddawns i ben ond cadwodd Rhys ei afael yn ei llaw. Gwyddai y byddai ysbaid yn awr cyn y ddawns nesaf ac roedd am fynd â hi allan am dro ar y teras tu allan, a gofyn y cwestiwn tyngedfennol iddi.

'Mae'n ddrwg gen i Rhys, ond mae'n rhaid i fi fynd. Rwy i wedi addo treulio'r egwyl efo Mama a Papa,' meddai Elizabeth, gan geisio rhyddhau ei llaw.

Rhyddhaodd Rhys hi yn groes i'w ewyllys a diolchodd iddi am y ddawns. Aeth hithau ar draws yr ystafell at ei mam a'i thad. Camodd ei thad ymlaen ac ymddangosodd John Burroughs, fel petai o dwll cwningen, yn ymyl Mrs Ashton.

'Hm,' pesychodd Mr Ashton, i geisio tawelu'r dyrfa. 'Gyfeillion,' meddai wedyn, dipyn yn uwch, gan lwyddo o'r diwedd i gael tawelwch. 'Fe wyddoch fod hon yn noson bwysig i ni fel teulu, wrth i ni ddathlu pen-blwydd Elizabeth yn ugain oed. Ond mae'n dda iawn gen i ddweud ein bod yn dathlu achlysur pwysicach fyth, sef dyweddïad ein hannwyl ferch.'

Dechreuodd rhai guro dwylo a sibrwd ymysg ei gilydd. Galwodd Mr Ashton ar ei ferch ato a gafael yn ei llaw.

'Gyfeillion, pleser o'r mwyaf i mi yw cyhoeddi dyweddïad fy merch â John Burroughs, mab hynaf yr Aelod Seneddol o Geredigion.'

Rhuthrodd y gwesteion ymlaen i longyfarch y pâr ifanc ond nid cyn i John a Rhys edrych yn syth i fyw llygaid ei gilydd. Gwenodd John Burroughs yn faleisus ar Rhys. Trodd hwnnw a dilyn dau neu dri gŵr ifanc arall allan i'r teras.

★   ★   ★   ★

Safodd cerbyd y plas ar waelod y rhiw. Dringodd Huw, Leisa ac Ann ohono, ac wedi trefnu i gwrdd â Phillips wrth dafarn y Castell ymhen yr awr, cerddodd y tri gydag eraill i fyny'r rhiw i'r sgwâr. Yr oedd hi'n prysur lenwi o flaen y 'Kings Head'.

Codwyd y ddau grocbren ar lwyfan bychan yng nghanol y sgwâr, a chwyddai'r dyrfa o'u cwmpas.

Arweiniodd Huw y merched at ddrws y 'King's Head' lle roedd wedi llogi ystafell a edrychai allan dros y sgwâr. Safai Dafydd yn y cyntedd a dilynodd yntau'r tri wrth iddynt ddringo'r grisiau. Yr oedd wedi sylwi fod Leisa wedi ei anwybyddu'n llwyr. Cafodd fod diodydd meddwol a the wedi eu gosod allan yn barod ar eu cyfer. Cymerodd Dafydd gip allan drwy'r ffenestr i lawr ar hyd Stryd y Porth a chael nad oedd unrhyw symudiad wrth borth y carchar. Penderfynodd y pedwar eistedd, felly, a chael rhywfaint o de a blasu'r bisgedi oedd yno hefyd. Eisteddodd Leisa mewn sedd yn ymyl Dafydd, fel na fyddai'n rhaid iddi edrych arno.

Y tu allan, yn y sgwâr, roedd y dorf yn dal i gynyddu nes bod y lle bellach yn llawn pobl a bwrlwm siarad. Roedd yno amryw yn cyf-

120

arfod â hen ffrindiau na welsent ers cyn y gaeaf. Safai eraill yn dawel a disgwylgar, yn gwylio'r dorf o'u cwmpas.

Cyn pen chwarter awr, aeth si ar led fod pethau'n dechrau symud tua'r carchar.

Sylwodd pobl Cynfelin fod y sŵn y tu allan wedi cynyddu'n sylweddol a chamodd y pedwar at y ffenestr. Wedi iddynt ei hagor a phwyso allan, gallent weld cart a cheffyl yn dod trwy borth y carchar. Arweinid y ceffyl gan ddau o'r milisia a safai tri arall yn y cart y tu ôl i'r ddau ddihiryn.

Wrth i'r fintai fechan ddynesu at y sgwâr, symudai'n arafach, oherwydd pwysau'r dorf o'r ddwy ochr. Gwaeddai'r dorf ar y ddau a'u galw'n bob enw dan haul. Erbyn iddynt gyrraedd y sgwâr, roedd y gweiddi'n fyddarol.

Arhosodd y cart di-raen yn ymyl yr ychydig risiau i ben y llwyfan- dros-dro a godwyd ar y sgwâr. Ar ben y llwyfan, safai'r crogwr yn ei fwgwd du, ac offeiriad. Llusgodd dynion y milisia'r ddau droseddwr o'r cart. Yr oedd y naill yn ddyn mawr, pryd tywyll, wedi ei wisgo mewn dillad carpiog. Dyn llai pryd golau oedd y llall ond yn gwisgo'r un math o ddillad ac yr un mor fudr yr olwg â'i gydymaith. Yr oedd dwylo'r ddau wedi eu clymu y tu ôl i'w cefnau a phrin fod y crysau a'r legins carpiog a wisgent yn ddigonol ar ddiwrnod mor oer.

Gwthiwyd hwy, dan anogaeth y dorf, i ben y grisiau. Safodd y ddau yno, fel pe baent mewn llesmair, heb fedru amgyffred beth oedd yn digwydd iddynt. Gwaeddai'r dorf yn uwch a dechreuodd rhai daflu llaid atynt.

Yna, yn hollol ddiseremoni, arweiniwyd y ddau ymlaen at y ddau grocbren a gosodwyd hwy i sefyll ar ddau flwch. Camodd y crogwr ymlaen yn araf a gosod y rhaffau am yddfau'r ddau, a'u tynhau.

Tawelodd y dorf. Camodd yr offeiriad ymlaen at y ddau a darllen gweddi mewn llais uchel. Yna, camodd yn ôl i ymyl y llwyfan. Cerddodd y crogwr ac un o'r milisia ymlaen. Chwipiodd y ddau y bocsys oddi tan draed y ddau lofrudd.

Clywyd clec fawr, sgrech ac yna 'Hwrê!' fawr gan y dorf. Yr oedd gwddf y lleiaf wedi ei dorri gan yr hergwd a siglai ei gorff yn ôl a blaen fel pendil cloc. Roedd ei wyneb yn biwsgoch, a'i dafod yn hongian o'i geg.

121

Crogai'r llall yn hollol syth, yn amlwg yn dal yn fyw. Yr oedd ei wyneb yn goch, a'r straen o aros yn llonydd i'w weld ym mhob gewyn o'i gorff.

'Gadwch i'r cythrel ddiodde,' gwaeddodd rhywun yn y dorf.

'Ie!' oedd y floedd o ateb gan yr haid gyfan.

Camodd Leisa yn ôl o'r ffenestr heb fod eisiau gweld rhagor. Eisteddodd ac amneidiodd ar y forwyn a safai wrth y ffenestr arall i arllwys rhagor o de iddi.

'Mi allith fod 'na am orie,' ebe Huw, wrth droi o'r ffenestr ac ymuno â'i chwaer. 'Does fawr o bwynt i ni aros 'ma, bellach.'

'Beth wyt ti am 'i 'neud, Ann?' gofynnodd Leisa.

'Mi arhosa i 'ma am 'chydig. O! na, well i fi beidio. Fydd gen i ddim modd dod adre. Mi ddo' i gyda chi . . . fe allwn ni orffen gorchuddio'r cadeirie wedyn . . . neu mi allen ni fynd i siopa.'

'Mae cwta chwarter awr cyn bod rhaid i ni gwrdd â Phillips. Os wyt ti am siopa, mae'n well i ti fynd 'nawr,' meddai Leisa.

'Does 'na'r un siop yn agored,' ebe Dafydd, 'maen nhw i gyd wedi cau er mwyn cael dŵad i'r sgwâr bore 'ma.'

'O! wel! adre amdani 'te,' ebe Ann, ac arwain y pedwar o'r ystafell, i ben y grisiau.

Agorodd drws y tu ôl iddynt, a throdd pob un i weld pwy oedd yno. Safai Lloyd Burroughs a'i chwaer ieuengaf Georgiana yno. Y tu ôl iddynt safai eu mam.

'Dewch yn ôl i'r ystafell,' meddai honno mewn llais y gallai dyn byddar ei glywed. 'Mi arhoswn ni nes bod y *staff* wedi clirio'r *commoners* allan gynta, cyn i ni fynd am ein *carriage*.' Ac yn ôl â hwy i'w hystafell a chau'r drws yn glep.

PENNOD 9

Roedd y tŷ yn llawn sŵn a chyffro. Rhuthrai pawb o gwmpas yn ceisio paratoi ar gyfer priodas Cecilia Preis, yr Hendre. Roedd Cynfelin yn llawn dieithriaid gan fod teulu'r priodfab yn aros yno am bythefnos. Daethai'r teulu â'u gweision a'u morynion gyda hwy, fel bod pob gwely yn llawn ar bob llawr, a chegin Mrs Puw yn gorlifo o bobl—cyfarwydd a dieithr. Rhoddwyd Saesneg prin pob un dan straen aruthrol ers wythnos ond 'nawr nid oedd neb yn siarad wrth iddynt baratoi. Byddai'r plas yn hollol wag heblaw am John Puw a'r forwyn fach o fewn yr awr, a'r gweddill i gyd naill ai ar eu ffordd i blas yr Hendre, i helpu gyda'r wledd, neu ar eu ffordd tua'r eglwys.

Roedd Mrs Puw yn ei chot ers cryn chwarter awr, yn ceisio cael trefn ar yr haid yn y gegin, a phenderfynu beth i fynd efo hi. Roedd nifer o fasgedi o fwyd wedi'u danfon ymlaen ddoe ac echdoe i'r Hendre, felly offer a phobl fyddai'r llwyth heddiw.

I fyny'r grisiau, ceisiai Huw gael Rhys yn barod. Roedd wedi bod fel iâr dan badell oddi ar iddo ddod adre. Nid oedd neb yn gweld bai arno, gan i John Burroughs, Plas Newydd, ddwyn ei ddewis wraig o dan ei drwyn ond ni welent pam yr oedd yn rhaid iddynt hwy dderbyn ei lid i gyd. Ofnai sawl un beth a ddigwyddai heddiw pe cyfarfyddai'r ddau. Ni welai'r sgweier pam yr oedd rhaid gwahodd teulu Burroughs i briodas ei nith o gwbwl, ond mynnai ei chwaer fod yn rhaid eu gwahodd—gan ddisgwyl, wrth gwrs, y byddent 'yn methu dod'. Yn anffodus i bawb, yr oedd John Burroughs, y mab, wedi penderfynu derbyn y gwahoddiad ar ran ei rieni.

Roedd Huw wedi cael cyfarwyddyd manwl gan ei dad i lynu fel gelain wrth Rhys a'i gadw o drwbwl. Ar ben hyn, roedd awgrymiadau Jên y forwyn am dad honedig ei phlentyn wedi creu cynnwrf. Nid oedd y sgweier wedi cael cyfle i drafod yr honiad yma gyda Rhys oherwydd presenoldeb y Fitzwarrens.

Eisteddai Rhys yn awr ar erchwyn ei wely a golwg sarrug, fileinig ar ei wyneb tra rhoddai Huw ei esgidiau uchel am ei draed.

Roedd Leisa, Catherine a Charlotte Fitzwarren yn cydwisgo yn ystafell Leisa. Nhw fyddai morynion Cecilia ar y diwrnod pwysig hwn yn ei hanes. Prysurai Ann ac un o forynion y Fitzwarrens o gwmpas y tair fel gwenyn am dusw o flodau. Rhoddai Ann bwyth fan yma ac acw i wella golwg ac argraff derfynol y gwisgoedd, ac er gwaethaf eu snobyddiaeth cynhenid, cyfaddefai'r ddwy chwaer fod y gwisgoedd a wnaed gan Ann gyda'r gorau a welwyd ganddynt y tu allan i Lundain.

Roedd Gruffydd a Gwilym yn barod eisoes, y naill yn gorweddian yn y llyfrgell a'r llall yn pori yn un o'r llyfrau yno. Cerddai'r sgweier, gan ogran fel hen iâr, yn ôl a blaen rhwng y drws ffrynt a'r llyfrgell tra disgwyliai i bawb fod yn barod. Byddai'n dda ganddo

123

weld cefn heddiw a'r wythnos nesa, er mwyn cael ei gartref yn ôl o ddwylo'r Fitzwarrens.

Yna, fel petai drwy wyrth, dechreuodd pawb ymgasglu yn y cyntedd. Aeth Evans ati i gyfeirio pawb i'r cerbyd cywir yn y rhes a safai y tu allan i'r drws, ac wrth i'r cyntedd wagio, daeth criw'r gegin i'r golwg rownd cornel y tŷ a dechrau llenwi'r cerbydau yng nghefn y rhes. O'r diwedd, daeth Huw allan trwy'r drws, gyda Rhys dri cham y tu ôl iddo. Camodd y ddau i gerbyd eu tad, a chychwynnodd yr orymdaith o chwech o gerbydau tua phlas yr Hendre.

Wedi cyrraedd, dadlwythwyd y tri cherbyd olaf a martsiodd Mrs Puw ei chiwed tuag ochr y tŷ, ac arweiniwyd y ceffylau a'r cerbydau tua'r stabl. Dringodd Leisa, a'r ddwy chwaer Fitzwarren, yn ofalus o'u cerbyd a cherdded ar draws y gro cyn dringo i gerbyd caeëdig Cecilia. Yna ar amnaid gan Henry, ailgychwynnodd yr orymdaith tua'r llan.

★   ★   ★   ★

Arafodd y chwe cherbyd ger llidiart yr eglwys. Roedd yr esgob yno i'w croesawu ac i ysgwyd llaw â'r teulu dieithr. Dringodd pawb yn ofalus o'r cerbydau dan lygaid eiddgar nifer o drigolion lleol a oedd wedi dod yno i wylio. Safai rhai ger y 'Llew Du' ac eraill yr ochr draw i'r ffordd. Ffurfiwyd y gwesteion yn orymdaith fechan gan y ficer ac yna arweiniwyd hwy gan yr esgob i fyny'r llwybr hir at yr eglwys. Dilynai Leisa ei chyfnither a'i hewythr. Cerddai ei thad a'i brodyr yng nghefn y gynffon pobl, yn siarad yn dawel â'i gilydd.

Gadawodd y fintai y diwrnod braf, heulog, diawel a mynd i mewn i'r eglwys dywyll. Ni fedrai'r canhwyllau oleuo digon arni ar gyfer llygaid a oedd newydd ddod i mewn o'r haul. Cerddodd pawb tua'r côr cyn troi tua'u seddau a gadael Cecilia a'i thad, John Fitzwarren a'i frawd a'r tair morwyn yn yr eil.

Camodd yr esgob o wyll y gangell cyn troi at y gynulleidfa a dweud:

'Fy annwyl garedigion, yr ŷm ni wedi ymgynnull yma yng ngolwg Duw . . .'

Dechreuodd meddwl Leisa grwydro yn ôl ei arfer ac edrychodd yn llechwraidd o'i hamgylch, gan symud ei llygaid ond nid ei

phen. Gallai weld amryw o deulu Fitzwarren ar y dde iddi, a haid
fawr o'i theulu ei hun ar y chwith. Yr oedd rhai wynebau dieithr
ymysg y rhain hyd yn oed. Sylwodd yn arbennig ar ŵr a gwraig
smart iawn yr olwg a eisteddai y tu ôl i'w thad a Huw. Credai fod
rhywun yn eistedd yn eu hymyl hefyd ond ni fedrai ei weld gan fod
pen Rhys yn y ffordd. Hy! meddai wrth ei hun, dyna nodwedd-
iadol.

'A fynni di y ferch hon yn wraig briod i ti, i fyw ynghyd yn ôl
ordinhad Duw . . .'

Wrth edrych arno yn awr o'r ochr penderfynodd Leisa fod rhyw-
beth yn ddeniadol ynghylch John Fitzwarren. Roedd urddas
arbennig yn perthyn iddo, na welsai Leisa gan unrhyw un arall.
Safai yn awr â'i ben yn uchel, yn gwrando ar eiriau'r esgob, gan
ateb mewn llais cryf, 'Gwnaf'. Ni fedrai Leisa lai na chenfigennu
wrth Cecilia, yn priodi'r fath ŵr. Cydnabyddai pawb ei bod wedi
bod yn lwcus iawn yn hyn o beth, o ystyried statws ei theulu a'i sef-
yllfa ariannol. Ond ar y llaw arall, roedd Cecilia'n ferch eithriadol
o hardd ac edrychai gystal ag erioed heddiw. Yr oedd yn addurn
teilwng i fraich unrhyw ddyn—os mai dyna beth oedd hi am fod,
ebe Leisa wrthi ei hun. Gwisgai ffrog las golau heddiw a weddai'n
union i liw ei llygaid, ac edrychai John Fitzwarren arni'n gariadus
wrth iddi hithau ateb yr esgob.

'Pwy sy'n rhoddi'r ferch hon i'w phriodi i'r mab hwn?'

Ni ddaeth ateb. Yna gwelodd Leisa ei Anti Annabelle yn pwnio'i
gŵr yn gelfydd yn ei asennau.

'Y-y-y fi.'

Cododd hyn ysfa enbyd yn Leisa i chwerthin. Cododd ei llygaid i
edrych tua'r nenfwd; ymladdodd i gadw cornel ei cheg rhag dat-
gelu'r wên a oedd y tu mewn iddi. Yn araf, tawelodd yr ysfa, a
gallodd edrych eto ar yr olygfa o'i blaen. Yr oedd John yn awr yn
rhoi ei fodrwy ar fys Cecilia.

'. . . ac â'm holl olud bydol y'th gynysgaeddaf . . .'

Mae mwy nag ychydig o hynna, ebe Leisa wrthi ei hun.

'. . . Amen.'

'Gweddïwn . . . O dragwyddol Dduw, creawdwr a cheidwad
pob rhyw ddyn . . .'

Edrychodd Leisa ar ei modryb a'i chael yn sychu deigryn neu
ddau o'i llygaid. Yr hen dorth, ebe Leisa wrthi ei hun, gan y

gwyddai mor fodlon a hapus yr oedd ei modryb o weld Cecilia'n priodi i deulu mor gefnog, er mai ail fab oedd John wrth gwrs.

'Y rhai a gysylltodd Duw ynghyd, na wahaned dyn.'

★　　★　　★　　★

Sefyllian yn y cyntedd yr oedd pawb, yn disgwyl i gerbyd y pâr ifanc gyrraedd. Safai eu rhieni gerllaw'r drws yn disgwyl, a phawb arall y tu hwnt, yn eistedd ac yn yfed. Yr oedd Huw wedi arwain Rhys yn llwyddiannus iawn i gornel at George Pugh i drafod cloddio a phyllau mwyn. Roedd brwdfrydedd Rhys yn y maes hwn wedi cynyddu llawer yn ystod yr wythnos ddiwethaf, oddi ar iddo sylweddoli y gallai dalu'r pwyth yn ôl i John Burroughs, trwy brynu lês rhai o'i byllau a oedd ar werth ar hyn o bryd trwy brynwr arall. Bu'n chwilio am gefnogwyr i'w fenter, a chredai y gallai George fod o help. Cadwai Huw olwg arno 'nawr, gydag ambell i gip i gyfeiriad John Burroughs a oedd wrthi'n siarad â'r merched Fitzwarren.

O weld fod Rhys yn ddwfn yn ei gynllun gyda George, penderfynodd Huw fynd am eiliad at Leisa, a oedd yn sefyll yn siarad â theulu Llwyn Bedw.

'Ro'n i'n meddwl dy fod di i fod i gadw golwg ar Rhys,' ebe Leisa dan ei hanadl wrtho pan gyrhaeddodd ati drwy'r dyrfa.

'Mi alla i wneud hynny o'r fan hyn. A 'ta beth, mae e'n siarad am fwyne 'da George, felly mi fydd 'na am orie. On'd oes haid o bobol 'ma? Wyt ti'n nabod 'u hanner nhw?'

'Wel, 'u hanner nhw, falle. Ma 'na rai dwy i ddim yn eu nabod o ran golwg hyd yn oed . . . Pwy yw'r rhei 'co fan'co tu ôl i deulu Nantcoed?'

'Mae gen i frith gof i fi weld y rheina yma, yn yr Hendre, tua chwech neu saith mlynedd yn ôl. Perthyn i Wncwl William maen nhw. Ma' hi'n chwaer iddo fe neu rywbeth. Pam? Beth yw dy ddiddordeb di ynddyn nhw?'

'Dim. Dim ond meddwl pwy oedden nhw o'n i . . . a beth am y ddau sy'n siarad efo Dada?' ychwanegodd, braidd yn ddifater.

'A! 'Nawr! Sgen i ddim syniad pwy yw'r rheina.'

Ar hyn, symudodd y rhai oedd wrth y drws allan i gyfarfod â'r pâr ifanc a oedd newydd gyrraedd y tu allan i'r tŷ ar ôl bod ar gylchdaith drwy bentre'r Rhyd i ddiolch am yr anrhegion a dderbyniwyd oddi wrth y trigolion. Cododd lefel y sŵn yn raddol nes bod pobl yn gorfod gweiddi ar ei gilydd neu gadw'n dawel. Symudai'r pâr o gwmpas y dorf yn eu cyflwyno'i gilydd i'r gwesteion ac yn diolch am eu hanrhegion. Ni welai Leisa lawer o bwynt mewn mynd at ei thad i holi mwy am y teulu diddorol, gan gymaint y sŵn. Yn lle hynny, safodd yn ei hunfan gan gymryd sawl cip llechwraidd i gyfeiriad y teulu, a chanolbwyntio ar yr hwn a gredai oedd y mab. Roedd wedi sylwi arno y tu allan i'r eglwys pan oedd pawb yn siarad yno. Yr oedd yn ddyn cymharol dal, rhyw bedair neu bum modfedd yn dalach na hi, efallai, a chanddo wyneb glân hawddgar, a gwallt tywyll. Bob tro yr edrychai Leisa arno, teimlai ryw ddiddordeb dieithr ynddo, a thynfa gref.

Agorodd y drysau dwbl yn ymyl Leisa a daeth bwtler yr Hendre ac Evans i'r golwg. Tarodd Evans gong fechan a gariai yn ei law chwith. Tawelodd y cynulliad yn araf ac wedi iddynt ddistewi'n llwyr, cyhoeddodd y bwtler fod y pryd yn barod.

Arweiniwyd pawb i'r ystafell fwyta gan y pâr priod a'u rhieni. Yr oedd yr ystafell wedi ei hailaddurno'n arbennig ar gyfer yr achlysur, a llongyfarchwyd Annabelle Preis gan sawl un ar olwg wych yr ystafell. Gwenodd hithau'n foddhaus gan geisio anghofio cost y gwaith. Cerddodd pawb o gwmpas y byrddau yn chwilio am eu seddau. Cafodd Leisa ei bod wedi ei gosod gyferbyn â brawd hynaf John Fitzwarren, a'i wraig. Diolchodd ei bod yn eu nabod yn weddol ar ôl yr wythnos ddiwethaf.

Ar yr ochr dde iddi eisteddai George Pugh, o bawb, ac ar y chwith, Mr Ifans, Gelli'r Eos. Trodd i gyfarch Mr Ifans, a chael er mawr syndod fod y gŵr ifanc y bu'n edrych arno yn mynd i eistedd gyferbyn â Catrin Ifans, ac wrth siarad â Mr Ifans y byddai'n siŵr o edrych arno.

Eisteddodd pawb, a daeth mintai gref o forynion i'r golwg yn cario'r cwrs cyntaf ar hambyrddau mawr.

'Sut ydech chi ers llawer dydd?' gofynnodd George Pugh.

'Yn iawn diolch, a chithe?' ebe Leisa'n swta, heb ddangos unrhyw ddiddordeb yn ei ateb.

'A'ch brodyr?'

'Iawn. Mae'r pedwar yn eithriadol brysur ar hyn o bryd.'

'Ydyn nhw wir? A beth sy'n 'u cadw nhw mor brysur?'

'Fe wyddoch chi am ddiddordeb Rhys ac mae Huw wedi cymryd lot o'r baich oddi ar ysgwydde 'Nhad gyda gwaith y stad.'

127

'Leisa, gymerwch chi doc arall o fara?' gofynnodd Mr Ifans, yn dod i'r adwy.

'O! diolch Mr Ifans. Mae'r bwyd yma'n ffein iawn, on'd yw e? Garech chi fwy o lysie?'

'Mm! o'r gore. Beth amdanat ti, Catrin?'

'Mi gymera i foron os oes 'na rai.'

Wrth basio'r moron, tynnwyd llygaid Leisa'n reddfol at y gŵr ifanc gyferbyn; yr oedd yn edrych arni ac edrychodd y ddau yn syth i lygaid ei gilydd. Syrthiodd y ddysgl foron tua'r bwrdd. Ceisiwyd ei hachub rhag dinistr gan Catrin ond methiant fu'r ymgais a throdd i edrych ar Leisa i weld beth oedd yn bod. Trodd Mr Ifans ati hefyd ac amryw o'r gwesteion eraill cyfagos, i weld beth oedd y sŵn, a chamodd Evans ymlaen i glirio'r annibendod.

'Beth sy'n bod, Leisa?' gofynnodd Mr Ifans, mewn llais tawel.

Roedd Leisa wedi cochi.

'Beth sydd, Miss Richards?' gofynnodd George Pugh.

'Rhy boeth . . .' oedd y cyfan y medrai hi'i ddweud.

Derbyniwyd yr eglurhad gan bawb ond Catrin, a oedd wedi gweld yr olwg rhwng Leisa a'r gŵr ifanc a eisteddai gyferbyn â hi. Edrychai'r gŵr i gyfeiriad Leisa o hyd, yn amlwg yn poeni ei bod wedi llosgi ei llaw.

'Ydych chi'n iawn, Miss Richards?' gofynnodd George eto.

'Y . . . ydw diolch.'

'Bydde'n well i chi fynd i roi'ch llaw dan ddŵr oer, Leisa,' ebe Mr Ifans.

'Na, mi fydd e'n iawn yn y funud,' ebe Leisa.

Gafaelodd mewn macyn gwyn o'i bag llaw bychan ac esgus ei glymu am ei llaw, gan obeithio y byddai hynny'n ddigon i gael pobl i'w chredu.

Dychwelodd Evans â phowlen arall o foron a'i rhoi i Catrin. Ar hynny, dyma rywun tua phen y bwrdd yn codi i annerch, a thawelodd y siarad.

Yr oedd y ddawns yn ei hanterth a Leisa wedi blino gan ei bod wedi dawnsio bob tro hyd yma, gyda nifer o berthnasau'r ddau deulu, yn rhannol er mwyn cadw o grafangau George Pugh. Ar ddiwedd ei dawns gyda'r priodfab, sylweddolodd yn ddiolchgar

128

ei bod wedi gorffen y dawnsfeydd angenrheidiol a'i bod yn rhydd am ddwy ddawns o leiaf. Gofynnodd i John ei harwain at deulu Gelli'r Eos a'i thad a eisteddai yn ymyl y gerddorfa fechan. Gwnaeth hynny, ac wedi moesymgrymu iddi, a diolch am y ddawns, aeth yn ôl at ei wraig-ers-pedair-awr.

Eisteddodd Leisa ar y gadair wag yn ymyl ei thad. Safai Huw tu ôl i gadair ei dad. Nid oedd yn cael llawer o hwyl ar bethau gan na fedrai ddawnsio oherwydd ei goes chwith, a oedd yn dal yn bur anesmwyth.

'Ble mae Rhys?' gofynnodd Leisa wrth ei brawd.

'Mwynhau'i hunan ar y llawr mae e . . . Mae e wedi dwyn dwy ddawns dan drwyn John Burroughs yn barod.'

'A'r bechgyn?'

'Gruff yn dal i fwyta yn y gegin a Gwilym yn y llyfrgell, allan o sŵn pawb.'

'Mi fydd rhaid i Rhys fod yn ofalus,' ebe'r sgweier, 'dyw'r Burroughs ddim yn bobol i'w croesi ar chware bach, fel y gwn i'n dda.'

'Wel, mae gan Rhys hawl i dalu'r pwyth yn ôl y tro yma.'

'Dwyt ti ddim yn edrych yn rhy hapus fan'na,' ebe Leisa wrth Huw gan hanner codi. 'Garet ti eistedd?'

'Na, mi goda i,' ebe Catrin, yn torri ar y sgwrs deuluol.

'Rwy i'n iawn diolch, peidiwch â ffysan!'

'Paid â bod yn ddwl, eistedda,' ebe Catrin gan ei arwain a'i orfodi i eistedd.

Gwnaeth Huw yn ôl y gorchymyn, er mawr syndod i Leisa. Ond roedd yn amlwg yn anghyfforddus iawn—yr unig ddyn o'i oed yn yr ystafell ar ei eistedd. Ni ddwedodd neb air nes i un aelod o'r gerddorfa alw dawns araf.

'Rwy'n credu y galla i ddod i ben â hon,' ebe Huw, gan godi a throi at Catrin. 'Catrin?'

'Wyt ti'n siŵr?' gofynnodd gan dderbyn ei law.

'Yn berffeth.' Ac arweiniodd hi'n herciog i ganol y llawr.

Dilynodd llygaid Leisa hwy tua'r dawnswyr. Sylwodd fod y parau ifainc gyda'i gilydd, John Burroughs â Catherine Fitzwarren, Henry â Charlotte a John Phillips â'i chwaer Caroline. Ond er chwilio gweddill y cwmni'n ddyfal, ni welai olwg o'r gŵr ifanc.

129

'Rwy wedi dawnsio pob dawns hyd yn hyn,' ebe'r sgweier wrth ei ferch, 'neu mi fydden i'n dawnsio hon efo ti. Rho fi lawr ar dy garden am y ddawns ola ond un. Fedra i ddim gadel i'r noson basio heb ddawnsio efo'r ferch brydfertha yn y stafell.'

'Peidiwch dweud pethe dwl fel'na.'

'Gwir bob gair, 'merch i.'

Edrychodd Leisa ar ei thad yn amheus.

'Sawl glasied y'ch chi wedi'i gâl heno?'

'Digon, 'merch i, i allu anghofio pethe dwy i ddim eisie'u cofio.'

'Ddylech chi dim. Dyw e'n ddim lles i chi.'

''Nawr paid ti â dechre pregethu,' meddai a gwên ar ei wyneb, 'ma' dy fodryb yn ddigon drwg.'

Gwyliodd y ddau ddechrau'r ddawns, gan gilwenu wrth feddwl am Annabelle Preis.

'Dada, allwch chi ddweud wrtha i pwy yw'r teulu 'na sy'n perthyn i Wncwl William? Maen nhw'n eistedd efo Anti Annabelle fan'co . . . a mae ganddyn nhw fab 'ma'n rhywle hefyd. Dwy i erioed wedi'u gweld nhw o'r blaen.'

'A! 'nawr 'te,—mae hi, Mrs Rhydderch, yn hanner chwaer i dy Wncwl William. Mi briododd hi Phillip Rhydderch a gwneud yn dda iawn iddi'i hunan. Dyn busnes da yw e o'r de—digonedd o arian. Dau fab sydd ganddyn nhw—Richard a Jeffrey. Hwnnw yw'r hynaf. Sa i'n credu mai fe sydd efo nhw heddi. Maen nhw'n gweithio gyda'u tad hefyd, rhywbeth ynglŷn â haearn, roedd dy fodryb yn ddweud wrtha i . . . Wyt ti ddim yn cofio cwrdd â nhw rai blynydde'n ôl?'

Tawodd y gerddoriaeth a daeth y dawnswyr yn ôl i gyrion y stafell. Mynegodd y gerddorfa ei bwriad o gael hoe fach ac aeth pawb i siarad ac i ofyn i'r gwragedd gadw dawnsfeydd iddynt. Daeth Catrin a Huw yn eu hôl ac wedi diolch iddi am y ddawns, aeth Huw i chwilio am Rhys.

Gwrandawai Leisa ar drafodaeth Catrin a'i mam ar wisgoedd y gwahanol wragedd yn yr ystafell, ond heb gyfrannu i'r sgwrs. Par-hâi i edrych o gwmpas yr ystafell o bryd i'w gilydd, i weld a gâi gip arall ar Richard Rhydderch. Roedd yr Ifansiaid wrthi'n trafod rhagoriaethau gwisg Mrs Fitzwarren pan welodd Leisa rywbeth yn symud drwy gornel ei llygad. Trodd a nabod defnydd trowsus Huw. Cododd ei llygaid i edrych arno a gweld fod Richard Rhydd-erch yn sefyll ddau gam y tu ôl i'w brawd.

'Dada,' meddai Huw, 'y'ch chi'n cofio Richard?'

'Wrth gwrs 'mod i. Sut y'ch chi ers blynydde?' meddai gan godi ac ysgwyd llaw.

'Yn dda iawn diolch, Mr Richards. A sut y'ch chi a'r teulu?'

'Yn lled dda, diolch, Richard. Y'ch chi'n cofio'r ferch, Leisa?' meddai gan roi ei law ar ei hysgwydd.

'Na, mae arna i ofn nad wy i eriôd wedi cael y pleser o gyfarfod Miss Richards,' meddai gan estyn ei law iddi.

Gwnaeth hithau'r un fath, ac amgaewyd ei llaw yn ei law yntau wrth iddo ei chodi'n araf at ei wefusau.

'A gaf i'r pleser o gael un ddawns efo chi, Miss Richards, ar ôl y ddwy nesaf?'

Edrychodd Leisa arno heb fedru ateb.

'Galwch chi hi'n Leisa,' meddai Huw. 'Does neb wedi'i galw hi'n Miss Richards o'r blaen. Dyna pam mae'n eistedd fan'na fel llo,' gan gicio ei throed yn gelfydd.

'O! y—mi fyddai'n bleser,' meddai hithau.

'Diolch yn fawr,' meddai yntau, 'fe'ch gwelaf yn nes ymlaen felly. Mr Richards, Huw, esgusodwch fi.' Brasgamodd ymaith i gyfeiriad ei rieni.

Gwyliodd Leisa ef yn croesi'r ystafell. Ni wrandawodd ar y sgwrs a oedd wedi ailgychwyn o'i hamgylch. Prin y teimlai y medrai aros tan y ddawns olaf ond dwy yn awr. O! na byddai Ann yma i siarad â hi, meddai wrthi ei hun.

Ond cyn iddi gael amser i hela gormod o feddyliau daeth George Pugh ati i hawlio dawns. Nid oedd ganddi unrhyw esgus addas, felly rhaid oedd dawnsio gydag ef. Fe'i teimlai ei hun yn dawnsio fel peiriant yn ystod y ddawns. Roedd ei hymwybod i gyd yn canolbwyntio ar y ddawns i ddod.

O'r diwedd, fe ddaeth yr amser, a chamodd Richard Rhydderch ymlaen i'w harwain i'r llawr. Cychwynnodd y miwsig, a dechreuodd y ddau gydsymud â gweddill y dawnswyr. Disgwyliai iddo ddweud rhywbeth wrthi drwy'r amser, ond ni wnaeth. Prin yr edrychai arni, a phryd hynny, ni chafodd fwy na gwên wan ganddo. Teimlodd ei chalon yn suddo i'w hesgidiau. Wedi'r holl edrych ymlaen . . .

Trawyd y cord olaf, moesymgrymodd ef a phlygodd Leisa ei glin cyn iddo ei harwain yn ôl i'w sedd. Yr oeddent o fewn dau gam iddi pan safodd a throi ati:

'Ydych chi'n rhydd ar gyfer y ddawns olaf?'

'Rwy'n dawnsio'r nesa efo 'Nhad. Ond rwy'n rhydd ar gyfer yr olaf.'

'A fyddech chi'n fodlon dawnsio'r ddawns honno eto gyda mi?'

'Byddwn.'

'Diolch. Fe'ch gwelaf toc felly.'

Teimlodd Leisa y gwasgiad lleiaf ar ei llaw wrth iddo grymu ei ben, ac yna cerddodd ymaith. Camodd ei thad at Leisa.

'Fy nhro i yw hi 'nawr?'

'Y? Ie,' atebodd Leisa, gan gynnig ei llaw iddo.

Symudodd y ddau i ganol y llawr. Teimlai Leisa fel petai'n dawnsio ar gwmwl yn hytrach nag ar lawr pren. Llithrai hi a'i thad ar draws y llawr yn rhwydd a gosgeiddig.

Wrth iddynt fynd heibio i'r drws am yr ail waith, arafodd y sgweier, yn amlwg yn gwrando ar rywbeth. Gwnaeth Leisa'r un fath a'i chael ei hun yn gwrando ar lais cyfarwydd iawn yn gweiddi ar draws llais arall yn y cyntedd. Edrychodd y ddau ar ei gilydd. Ond yn hytrach na thynnu sylw atynt eu hunain, parhaodd y ddau i ddawnsio i gyfeiriad y drws ei hun. Agorodd Leisa ef, a llithrodd y ddau'n dawel i'r cyntedd. Synnwyd y ddau gan yr olygfa yno. Yr oedd Rhys a John Burroughs yn ymrafael â'i gilydd, ac nid oedd ond prin chwe modfedd rhwng eu hwynebau. Gwaeddai'r ddau yn yr iaith fwyaf aflednais. Ceisiodd y sgweier eu gwahanu ond llwyddodd hyn i wneud pethau'n waeth, gan iddynt ddechrau bwrw ei gilydd. Danfonodd ei thad Leisa i chwilio am Huw.

Yn ffodus, roedd y ddawns yn gorffen a llwyddodd Leisa i gael gafael ar Huw a George Pugh a'u harwain allan i'r cyntedd, lle roedd Gruffydd a Gwilym newydd gyrraedd o'r llyfrgell, wedi clywed y sŵn. Llwyddodd y pedwar wedi peth ymdrech i wahanu'r ddau. Trodd y sgweier at Leisa a dweud wrthi mewn llais isel:

'Cer at dy fodryb, ac ymddiheura iddi am hyn, a dwed wrthi y gwela i hi eto ynglŷn â'r mater. Mi ryden ni'n mynd adre 'nawr, cyn gynted ag y daw coets at y drws i'n mo'yn ni. Fe all y Fitz-warrens ddod adre ar ddiwedd y ddawns.'

Amneidiodd y sgweier ar Evans, a chyfeiriodd Gruffydd a Gwilym, a oedd yn dal i afael yn Rhys, tua'r drws.

'Cer,' meddai eto.

Gwyddai Leisa o weld yr olwg yn llygaid ei thad nad oedd pwynt iddi brotestio. Trodd a dychwelyd i'r stafell ddawnsio, a mynd yn syth at ei modryb. Siaradodd yn dawel â hi gan egluro beth oedd wedi digwydd yn y cyntedd a rhoddodd y fodryb ei llaw ar fraich ei nith.

'Diolcha i dy dad am bopeth, a diolch i tithe hefyd . . . 'Nawr ffrindie, dyma'r ddawns olaf ond un heno. Fe fydd yna un arbennig ar y diwedd, pan fydda i'n disgwyl gweld pawb ar y llawr.'

Sleifiodd Leisa drwy'r dyrfa at y drws. Edrychodd i bob cyfeiriad am gip ar Richard Rhydderch er mwyn egluro iddo fod yn rhaid iddi fynd. Yna gwelodd ef yn siarad â Cecilia. Ceisiodd ddal ei lygad.

'Leisa,' sibrydodd Huw yn uchel. 'Mae'r goets 'ma. Dere, mae Dada'n disgwl. Mae dy glogyn di gen i.'

'Un eiliad.'

Ceisiodd eto ddal llygad Richard Rhydderch.

'Dere, mae e'n ddigon crac fel mae e heb i ti gorddi rhagor arno fe.'

Tynnodd Huw hi gerfydd ei braich i'r cyntedd.

'Gwisga hwn.'

'Ond Huw . . .'

'Edrych, mi rydw inne wedi gorfod gadael Catrin hefyd.' A gafaelodd eilwaith yn ei braich a'i hanner llusgo tua'r drws.

'Mi fydda i adre yn y funud, Syr, i wneud *nightcap* i chi gyd,' meddai Evans, a oedd yn dal y drws yn agored iddynt.

'Na, well i chi aros tan y diwedd a dod adre efo'r Fitzwarrens,' ebe Huw.

'O'r gore, Syr.'

Camodd y ddau allan i'r tywyllwch ac i'r cerbyd. Ni ddwedwyd gair gan neb ar y daith, ond ni fedrai Leisa beidio â meddwl am y dyn y bu'n rhaid iddi hi ei adael, heb eglurhad.

Wedi cyrraedd drws ffrynt Cynfelin, danfonodd y sgweier yr efeilliaid i'w gwelyau, Huw a Leisa i'r gegin i baratoi rhywbeth ar gyfer dychweliad teulu Fitzwarren, a Rhys i'r llyfrgell er mwyn iddo gael siarad ag ef.

Wrth fynd tua'r gegin, ni ddwedodd Huw na Leisa air wrth ei gilydd. Wedi cyrraedd, danfonodd Leisa ei brawd i mofyn dŵr o'r gegin fach. Pan ddaeth Huw yn ôl i'r gegin, meddai wrthi,

'Dwy i ddim yn bwriadu aros 'ma i fod yn forwyn i ti!'

'Pam? Rwyt ti wedi hen arfer â hynny dros'y misoedd dwetha 'ma.'

'Beth wyt ti'n feddwl?'

'Dwyt ti'n gwneud dim ond rhedeg i Catrin. Mae honna wedi dy lapio di'n dynn o gwmpas ei bys bach a ddoi di byth o 'na.'

'Nac ydi ddim.'

'Wrth gwrs 'i bod hi,' atebodd Leisa'n swta wrth roi'r tecell i grogi uwchben y tân. 'Ti sydd wedi dy ddallu ormod gan 'i gwenieth hi i weld hynny.'

'Paid ti â dweud pethe fel'na am Catrin. Sgen ti ddim hawl. Eiddigedd sy'n dy gnoi di.'

'Mae gen i berffeth hawl i ddweud be fynna i pan wela i 'mrawd yn gwneud ffŵl o'i hunan efo merch methdalwr.'

'Oho! A phwy sydd wedi newid ei thiwn nawr? Chlywes i eriôd mohonat ti'n poeni am etifeddieth neb, a'u haddasrwydd fel cymar priodasol o'r blaen . . . Beth sy wedi newid dy agwedd di? Yr hen George Pugh, mae'n siŵr.'

Aeth Leisa i mofyn bisgedi o ystafell Mrs Puw er mwyn ei rheoli ei hun cyn ateb.

'Y cyfan ddweda i yw fod llygaid Miss Ifans ar unrhyw etifeddiaeth gei di, ac os bydd hynny yn golygu byw yn y tŷ hwn, gore'n y byd.'

'A pham na ddylen ni fyw yn y tŷ hwn?'

'Aha, rwyt ti'n cyfadde felly eich bod chi'ch dau'n cynllwynio i ddwyn etifeddieth Rhys?'

'Ers pryd wyt ti'n brif amddiffynnydd i'r brawd hwnnw?'

'Dwy i ddim, ond mi rown i hwnnw o flaen Miss Ifans unrhyw bryd.'

'Mae Catrin yn werth chwech neu saith ohono fe.' A throdd Huw ar ei sawdl a dychwelyd i'r tŷ.

Syrthiodd Leisa yn swp diymadferth i gadair Evans. Ni wyddai beth oedd wedi gwneud iddi ddweud yr holl bethau a wnaeth. Roedd yn edifarhau'n barod. Ond ar y llaw arall, credai ei bod wedi rhoi ei bys ar fan gwan.

★   ★   ★   ★

Yr oedd pethau yn y llyfrgell wedi bod lawn mor stormus. Safai'r sgweier a'i gefn at y tân. Eisteddai Rhys mewn cadair gyfagos.

'Wel, rwy'n disgwyl eglurhad.'

Nid atebodd Rhys ei dad.

'Dere'n dy flaen. Mae gen ti ddigon i'w egluro. Beth am ddechre efo'r ffrwgwd heno? . . . Mae'n debyg mai'r ferch Ashton 'na oedd gwraidd y peth?'

'Ie.'

'Mi wnes i dy rybuddio di i gadw'n glir. Mi ddylet wbod yn well na chroesi un o'r Burroughs.'

'Fe ddaeth i chwilio amdana i . . . Roedd e wedi cael diferyn yn ormod os y'ch chi'n gofyn i fi.'

'Dwy i ddim yn gofyn,' ebe'r sgweier gan gamu'n ôl a blaen o flaen y lle tân. 'Mi roedd e i'w weld yn iawn i fi . . . Pam fod raid i ti wneud cawl o bopeth? Mi ddifethest ti'r noson i dy fodryb a Cecilia a John. A beth wyt ti'n feddwl ma'r Fitzwarrens yn mynd i'w feddwl ohonon ni os dôn nhw i wbod am hyn? A maen nhw'n siŵr o wneud, cred ti fi . . . Dwy i ddim yn gwbod shwt y galla i eu hwynebu nhw heno, na'u lletya nhw am wythnos arall . . . a thithe'n honni bod yn ddyn mor ddiwylliedig—yn ymladd mewn gwledd briodas!'

Roedd Rhys wedi cael digon erbyn hyn, a gwaeddodd:

'Peidiwch â 'nhrin i fel plentyn. Mi rydech chi bob amser yn fy nhrin i fel plentyn.'

'Mi wna i dy drin di fel plentyn nes i ti ddysgu shwt i fihafio fel dyn,' gwaeddodd y sgweier.

Ni fedrai Rhys ateb, a bu distawrwydd am beth amser tra camai'r sgweier yn ôl a blaen.

'A beth am awgrym Jên Ifans mai ti yw tad 'i phlentyn hi?'

Roedd Rhys yn barod am hyn ac wedi penderfynu'n union beth yr oedd am ei ddweud. Ni fwriadai i'r hen whiret fach 'na o forwyn gael y gorau arno.

'Celwydd noeth.'

'Wyt ti'n siŵr? . . . Pam fyddai hi'n trafferthu dweud y fath beth, oni bai 'i fod e'n wir?'

'Dwn i ddim . . .' ac heb anesmwytho dim, 'fûm i eriôd ar 'i chyfyl hi.'

'Os felly, pam gythrel mae'n dweud y fath beth?'

'Falle 'mod i wedi bod yn llawdrwm arni unweth neu ddwy yn ddiweddar, am nad oedd fy nghryse i'n ffit i fochyn eu gwisgo . . . ac mai ceisio talu'r pwyth yn ôl mae hi.'

'Rwyt ti'n berffaith siŵr . . .?'

'Yn berffaith.'

'Mi geith fynd fory felly.'

Ac felly y bu. Er gwaethaf ei holl brotestiadau, nid oedd gan Jên Ifans unrhyw dystiolaeth i gefnogi ei haeriad a gadael fu'n rhaid, ond nid cyn iddi dyngu y talai'r pwyth yn ôl i Rhys, ryw ddiwrnod.

PENNOD 10

'Dyna'r cyfan, rwy'n credu,' ebe'r dyn bychan crwn, gan godi i'w lawn bum troedfedd.

'Diolch byth,' ebe Rhys, dan ei anadl. 'Iawn, 'te,' meddai'n uwch, 'fe awn ni tua'r awyr iach.'

Teimlai Rhys fel cwlffyn mawr o rew. Roedd wedi oeri trwyddo, a'i draed a'i esgidiau'n domen wlyb ar ôl sefyllian a cherdded drwy chwe modfedd o ddŵr neu ragor am dros ddwy awr. Roedd aroglau drwg i lawr yn nyfnderoedd y gwaith hefyd, a'i tagai bron ac a oedd wedi gwneud iddo deimlo mor sâl â chi. Ar ben hynny, roedd y diferion o'r to wedi gwlychu rhan uchaf ei got ac unwaith neu ddwy wedi rhedeg i lawr rhwng ei grys a'i groen. Danfonai hyn ias rewllyd drwy ei gorff i gyd.

Trodd yn awr i fynd yn ôl i fyny'r wythïen, gan obeithio y dilynai Roberts ef yn ddidrafferth. Daliai ei law i fyny i gysgodi fflam ei gannwyll ond golygai hyn ei bod hi'n dipyn tywyllach yn y twnnel. Clywai sŵn traed Roberts y tu cefn iddo, a chenfigennodd wrtho, yn medru cerdded heb blygu ei ben fel y gwnâi ef, mewn sawl man isel. Hwn oedd y tro cyntaf iddo fod dan ddaear ac ni fyddai wedi dod y tro hwn oni bai ei fod yn teimlo mai peth annoeth fyddai 'prynu cath mewn cwd' wrth agor y gwaith, gan fod cymaint o arian yn y fantol. Daeth â Roberts gydag ef gan fod y dyn bach yn arbenigwr cydnabyddedig ar weithfeydd yr ardal.

Yn sydyn, o fewn canllath i'r ysgol bren gyntaf, baglodd Rhys gan syrthio'n ddiseremoni i'r dŵr du drewllyd.

'Damio,' meddai gan godi ar ei liniau ac ymbalfalu yn y dŵr am ei gannwyll. 'Rhyw garreg gythrel dan y dŵr.'

Ni fedrai gael gafael yn y gannwyll a chynigiodd Roberts arwain gyda'r unig gannwyll a oedd ganddynt ar ôl. Cododd Rhys ar ei draed gan geisio anwybyddu ymgais Roberts i beidio â chwerthin am ei ben wrth iddo fynd heibio. Ymlwybrodd y ddau tua'r ysgol, ac wedi ei chyrraedd, esgynnodd Roberts i'w phen fel gwiwer.

Dilynodd Rhys ef yn araf, gan deimlo'n anghyfforddus tu hwnt wrth i'r dillad oerwlyb gyffwrdd â'i groen â phob symudiad. Bu'n rhaid iddynt ddringo pedair ysgol arall cyn cyrraedd yr wyneb.

Yno, tywynnai haul Mai yn grasboeth. Prin y gallai Rhys gredu'r gwahaniaeth. Arweiniodd Roberts i fan cysgodol, lle gallent eistedd i drafod, a sychu yr un pryd. Yno, tynnodd Rhys ei esgidiau a'i got, a'u gosod i sychu yng ngwres yr haul. Gwnaeth Roberts yr un fath tra gorweddodd Rhys yn ôl ar y borfa am ychydig i gael ei wynt ato. O'r diwedd trodd at Roberts:

'Wel, Mr Roberts, beth yw eich barn chi am y gwaith yma a'r ddau welson ni ddoe? Fe hoffwn i wybod faint o fwyn sydd ar ôl yma, yn eich tyb chi, a'r gost o'i godi a'i gludo lawr i'r porthladd yn y dre.'

'Fedra i ddim dweud beth fydd cost y cludo ond mi fedra i roi amcangyfrifon i chi am y gweddill. Y peth gore i mi 'i 'neud, greda i, yw rhoi'r cwbwl i chi ar bapur cyn gynted ag y galla i, gyda chymaint o fanylion ag sy'n bosib.'

'Ond yw hi ddim yn bosib i chi roi rhyw syniad i fi 'nawr?'

'O! Odi . . . Yn 'y marn i, fe allech chi, rywbryd yn y dyfodol, wneud bywoliaeth eitha da o'r tri pwll 'ma, ond nid ar hyn o bryd. Mi fydde angen pris o wyth i naw punt y dunnell arnoch chi, fasen i'n meddwl, i gael bod yn sâff o'ch buddsoddiad. Ar ben hynny, fe fydd yn rhaid i chi agor o leia bedair lefel ym mhob un sy'n gynhyrchiol i roi cyfle i arbrofi mewn rhyw ddwy neu dair arall, yn ôl y galw. Yn ôl be wela i hefyd, mi fydd 'da chi dipyn o gost i gadw'r dŵr lawr . . . Mi allech chi gloddio trwyddo lawr i'r wyneb a gadel iddo fe redeg lawr y llethr fel'ny.'

'Mae'n werth i fi fwrw 'mlân i godi arian ar gyfer y fenter yma felly?'

'Odi, odi, os parith y pris i godi, wrth gwrs. Faint yw e'n union yr wythnos hon?'

'Chwe phunt a choron oedd e wythnos yn ôl, wedi codi o bedair punt a deuswllt mewn blwyddyn.'

'Mae'n argoeli'n dda, 'wedwn i.'

'Fydde ganddoch chi ddiddordeb mewn cydweithio â fi ar y rhain, os codith y pris?'

'Wrth gwrs, Mr Richards.'

'Da iawn, Roberts. Mi alla i ddibynnu arnoch chi felly i gadw'r cynllunie 'ma i chi'ch hunan? Rwy am fod y cyntaf yn yr ardal i ddechre cynhyrchu eto, felly mae'n rhaid gwneud yn siŵr nad oes neb arall yn dod i wybod am ein hymweliad ni â'r gweithfeydd 'ma.'

'Rwy'n deall yn iawn.'

'O! Tra 'mod i'n cofio, dyma rywbeth i chi am eich amser ddoe a heddiw,' ebe Rhys gan estyn sgrepan fechan ledr iddo.

'Wel wir, Mr Richards,' ebe Roberts, wrth deimlo pwysau'r pecyn, 'can diolch i chi am eich haelioni. Mi wna i'n siŵr na ddaw hanes ein taith ni yma i glyw neb.'

'Mae'n well iddo beidio.'

'Rwy'n credu 'i bod hi'n bryd i fi droi tua thre. Ma' golwg fod y dillad 'ma wedi sychu rhywfaint, 'ta beth.'

Cododd Roberts a dechrau gwisgo'i got a'i esgidiau. Gwnaeth Rhys yr un fath. Addawodd Roberts gysylltu â Rhys cyn gynted ag y byddai wedi rhoi'r manylion ar bapur, ac ysgydwyd dwylo ar y fargen. Cerddodd y ddau at eu ceffylau, a oedd wedi eu clymu y tu mewn i un o'r siediau. Cododd Roberts i'r cyfrwy ac wedi ffar-welio, diflannodd ef a'i geffyl drwy'r adwy tua'r de.

Arhosodd Rhys yno am rai munudau yn meddwl dros yr hyn a ddwedodd Roberts a chan edrych ymlaen at weld ei ffigurau manwl. Yna, esgynnodd yntau i'r cyfrwy. Anesmwythodd y march drwyddo. Gwenodd Rhys. Roedd wedi ei brofi ei hun yn feistr ar y ceffyl hwn ac eto, credai y gallai natur y ceffyl ffrwydro i'r wyneb ar unrhyw adeg.

Gorfododd y ceffyl i gerdded yn araf allan o'r adeilad a phlyg-odd ei ben ar hyd gwddf y ceffyl rhag iddo'i fwrw yn y trawst uwchben yr adwy. Symudai'r ceffyl yn osgeiddig i fyny'r fron y tu ôl i'r gwaith ac yna, wedi cyrraedd y grib, gadawodd Rhys iddo fynd a throdd i garlamu'n ddiymdrech ar draws y tir gwastad, tuag adref.

★　　★　　★　　★

Wedi bore yn y gegin, teimlai Leisa'r angen am awyr iach. Yn syth wedi cinio, gan wybod y byddai ei thad yn aros yn y tŷ ar y fath dywydd poeth, aeth i fyny'r grisiau i newid. Yn ôl ei harfer, benthycodd rai o ddillad Gwilym ac wedi eu gwisgo, aeth i lawr y stâr gefn i'r gegin, rhag ofn iddi gwrdd â'i thad. Wrth fynd drwy'r gegin, dywedodd wrth Mrs Puw ei bod ar ei ffordd allan i farchogaeth ac os gofynnai ei thad ble roedd hi, roedd pawb i ddweud ei bod hi wedi mynd allan am dro. Sylwodd ar yr un pryd fod y forwyn newydd—merch o'r enw Meri Ann—wrthi'n brysur yn didoli dillad budr yn y gornel, er mwyn manteisio ar y tywydd braf.

Wedi gadael y tŷ, brysiodd dros y bont ac at y stablau. Yno, cafodd Siôn i gyfrwyo ceffyl iddi—Seren fel arfer—yna, gyda chwerthiniad braf, neidiodd i'r cyfrwy, a throtian allan o'r iard tua'r Rhyd. Ni wyddai'n iawn ble i fynd. Nid oedd am fynd ymhell yn y fath wres. Gan nad oedd am orflino Seren chwaith, ni fedrai fynd i fyny i ben Allt Ddel yn y fath dywydd. Penderfynodd yn y diwedd fynd tua glan y môr.

Yr oedd hi'n brynhawn crasboeth, diawel, a'r wlad o amgylch ar ei gorau. Cyn hir, byddai'r cynhaeaf gwair yn dechrau; cyfnod a hoffai Leisa'n fawr. Byddai hyd yn oed yn helpu yn y caeau weithiau, os câi wahoddiad. Yr oedd yr awyr yn ddigwmwl ac o liw glasfelyn gwan.

Codai Leisa awel i'w hoeri wrth drotian ar hyd y ffordd wastad tua'r traeth a chwifiai ei gwallt du yn yr awel y tu ôl iddi. Wrth ddynesu at bentre'r Groes, gwelodd rywun yn cerdded ar hyd y ffordd yn cludo basged fawr. Adnabu Leisa'r cerddediad yn syth, ac anogodd Seren i garlamu yn ei blaen.

'Ann fach! Beth wyt ti'n 'i neud yn carto'r fath fasged ar hyd y lle ar ddiwrnod fel heddi?' gofynnodd Leisa, wedi cyrraedd o fewn clyw iddi.

'Nid o ddewis rwy'n 'i chario hi!'

'Wel, lle rwyt ti'n mynd neu wedi bod 'te?'

'Wedi bod efo dy Anti Annabelle ydw i. Ma' hi a'i gŵr ar fin mynd lan i aros efo'r Fitzwarrens am tua mis ac mi rydw i wrthi'n 'neud wyth o ffrogie iddi hi—wel, addasu tair o hen rai a gwneud pump newydd. 'Na beth sy gen i yn y fasged.'

'Wyt ti ar hast mawr i fynd adre? Pam na ddoi di lawr at y trâth efo fi ar Seren 'ma ac mi af i â thi a'r fasged adre wedyn?'

'Wel . . . ma' gen i lot o waith i 'neud yn y deuddydd nesa.'

''Drycha, mi gymrith awr dda i ti gerdded efo'r fasged 'na ac mi fyddwn ni wedi bod ar y trâth a 'nôl yn yr un awr.'

'Ti'n iawn. Wy'n dod.'

'Reit. Estyn y fasged i fi. Iawn, 'nawr rho dy droed yn y warthol.'

'Tu ôl neu tu blân i ti ydw i i fod?'

139

'Tu blân, na, aros funud . . . ie, tu ôl amdani. Mi ddylet fod yn fwy cyffyrddus fan'ny. 'Nawr, rho dy droed yn y warthol . . . Merch fach i, mi fydd raid i ti godi dy sgert yn uwch na hynna.'

'Ond beth os gwelith . . .'

'Sneb o fewn golwg, 'nawr dere!'

Gwnaeth Ann yn ôl y gorchymyn, ond er ceisio ddwy waith ni fedrai godi i'r cyfrwy ac aeth y ddwy i chwerthin. Ceisiodd am y drydedd waith, a methu eto. Cynyddodd y miri nes eu bod yn chwerthin yn aflywodraethus. Pwysai Leisa ar fraich y fasged ac Ann ar Seren, yn chwerthin yn ddireol.

Yn araf, dechreuodd Ann ymbwyllo.

'O! Mam fach, ma'n ochre i'n boenus . . . Reit, beth am drio 'to?'

Cododd ei sgert a'i pheisiau dros ei phenliniau y tro hwn, ac yr oedd ar fin rhoi ei throed yn y warthol, pan dorrodd Leisa allan i chwerthin eto. Toddodd Ann yn bentwr o chwerthin, a syrthio ar ei phen-ôl ar y ffordd.

'Diolch i'r nefodd fod y ffordd 'ma'n sych,' meddai wrth iddi sobri.

'Reit,' meddai Leisa. 'Rwy'n addo peidio chwerthin y tro 'ma. Mi dria i dy helpu di hefyd.'

Cododd Ann ei throed i'r warthol a chyda Leisa yn ei thynnu gerfydd ei braich, llwyddodd i gyrraedd ei lle y tu ôl i Leisa ar y cyfrwy.

Gwaeddodd y ddwy 'Hwrê' fawr cyn i Leisa annog Seren i gerdded yn ei blaen tua'r traeth.

Yno, disgynnodd y ddwy o'r cyfrwy a chuddiodd Ann ei basged y tu ôl i bentwr o gerrig, gan roi carreg ar y caead, 'rhag ofn'.

Cerddodd y ddwy i lawr at y dŵr a oedd fel llyn llonydd. Prin fod y tonnau bychain a lithrai'n ddistaw i'r ychydig dywod a orweddai rhwng y cerrig a'r môr yn donnau o gwbl, mewn gwirionedd. Taflodd Leisa garreg neu ddwy i'r dŵr a'u clywed yn syrthio fel petai i ddŵr llyn.

'Mae'n beth od,' meddai, 'meddwl mai'r tro dwetha o'n i i lawr 'ma oedd diwrnod y llongddrylliad ym mis Chwefror. Mae e'n edrych fel lle hollol wahanol heddi.'

'Wy'n cofio Mam yn sôn wrtha i am y d'wrnod 'ny.'

'Mi roedd pawb o'r plas i lawr 'ma.'

'Mm.'

140

Cerddodd y ddwy hyd linell derfyn y môr tua'r man lle drylliwyd y llong, yn mwynhau'r gwres a'r ychydig awel a ddeuai o'r môr. Gollyngodd Ann ei gwallt o'i gwlwm, a'i adael i chwifio yn yr awel, ond roedd Leisa wedi rhoi ei gwallt hi i mewn yng ngholer ei chrys.

'Sut mae Dafydd?'

'Iawn, am y gwn i. Dwy i ddim wedi 'i weld e ers wythnos. Mae e wedi mynd adre i weld 'i fam a'i dad.'

'Ydech chi wedi penderfynu pryd rydech chi'n mynd i briodi?'

'Naddo, ma' Dafydd am aros am flwyddyn arall, ac mi alla i weld 'i bwynt e.'

'Wel, a finne'n meddwl y byddech chi wedi priodi erbyn diwedd y flwyddyn. Ro'n i wedi meddwl am bresant i chi, hyd yn oed.'

'Cadwa fe mewn cof.'

'Ma' hynna'n fargen.'

Chwarddodd y ddwy.

'A beth am Richard Rhydderch?' ebe Ann, â golwg chwareus yn ei llygaid.

Yr oedd hi wedi llwyddo i gael i Leisa adrodd holl hanes y briodas a'r ddawns wrthi rai wythnosau ynghynt.

'Be wnaeth i ti feddwl am hwnnw?'

'Dim. Dim ond meddwl a o't ti wedi clywed oddi wrtho fe bellach.'

'Nagw, a chyn belled ag y gwela i, wna i byth chwaith . . .'

'O, dere 'nawr, paid bod mor anobeithiol.'

'Beth wyt ti'n feddwl? Wyt ti'n gwbod mwy na fi?'

'Nagw i. Ond meddwl o'n i falle mai un o'r bobol ara deg ofnadw 'ma yw e, sy'n cymryd oes i 'neud unrhyw beth, gan gynnwys caru!'

'Os yw e'n un o'r rheini, weles i neb arafach. Mae mis a mwy 'nawr oddi ar i Cecilia briodi . . .'

Tawelodd y ddwy a throi i gerdded yn ôl at Seren.

'Shwt ma' pethe rhyngddat ti a Huw erbyn hyn?'

'Fawr gwell. Mae'n treulio pob eiliad sbâr sydd ganddo fe yng Ngelli'r Eos. Mae'r ferch 'na wedi'i lyncu e'n llwyr. Prin y bydda i'n siarad efo neb yn y tŷ 'na bellach, heblaw Dada. Mae Rhys yn breuddwydio am 'i bylle mwyn.'

'O leia, ma'r broblem 'na 'da Rhys wedi'i datrys.'

'Ydi, ond mae'n ddrwg calon 'da fi dros Dai Shanco, yn câl honna'n wraig. Mae'n dda 'da ni i gyd weld 'i chefen hi . . . Dwn i ddim pa mor ddieuog oedd Rhys cofia . . . Roedd e'n ffodus fod diffyg tystioleth i'w ddamnio fe. Bwch dihangol yw Dai yn 'y marn i.'

Penderfynodd Ann mai doeth fyddai iddi beidio â chytuno â'r frawddeg yma.

Ar hyn clywsant sŵn carnau'n dynesu. Trodd y ddwy a gweld mai Huw a Catrin oedd yno, yn marchogaeth dau o geffylau Cynfelin.

'A beth y'ch chi'ch dau'n 'neud 'ma?' gofynnodd Leisa wedi i'r ddau gyrraedd o fewn clyw.

'Catrin oedd yn ffansïo peth o awel y môr,' ebe Huw.

Sylwodd Ann ar yr olwg ffroenuchel ar wyneb Catrin wrth iddi edrych ar y ddwy ohonynt. Trodd i edrych allan i'r môr.

'Fe fydd raid i chi'n hesgusodi ni, beth bynnag . . . Wyt ti'n barod?' gofynnodd Leisa.

'Ydw,' atebodd Ann.

'Fyddwch chi'n gwisgo fel dyn yn aml, Leisa?' gofynnodd Catrin mewn llais sbeitlyd.

'Pan fydd hi'n gyfleus.'

'Faswn i byth yn gwneud y fath beth digywilydd.'

'Fe ddylet ti beidio bellach,' ebe Huw wrth ei chwaer.

'Beth wyt ti? Adlais?' gofynnodd Leisa, a chan droi at Ann, 'Dere.'

Ac i ffwrdd â hwy, mor urddasol ag oedd bosibl, dros y fath gerrig, i gyfeiriad Seren, a oedd bellach wedi crwydro i ben ucha'r traeth.

★   ★   ★   ★

Talodd Rhys yrrwr y cerbyd, cododd ei fagiau a'u cludo at y drws a chanu'r gloch. Nid atebodd neb. Canodd hi eto heb unrhyw ymateb o'r tu mewn. Yr oedd ar fin dechrau rhegi pan glywodd sŵn cerbyd arall yn dynesu. Safodd hwnnw o flaen y tŷ, a chamodd Henry ohono i dalu'r gyrrwr.

'Wel, wel, 'drychwch pwy sy 'ma,' meddai gan droi at Rhys. 'Mae gen i allwedd. Mae'n dda 'mod i wedi dod 'nôl gan fod Johnson mâs—wedi mynd i siopa.'

Camodd Henry at y drws a rhoi ei allwedd yn y clo.

'Mae eisie chwilio'n penne ni'n dau am fod yma yng nghanol mis Mai. Adre yn awel y môr y dylen ni fod, fel mae lot o'r crachach, ond 'u bod nhw'n mynd lawr i Brighton am y dydd wrth gwrs. Dere mewn. Rho un o'r bagie 'na i fi.'

Cerddodd y ddau i'r tŷ a chau'r drws ar eu holau gan adael y bagiau yn y cyntedd. Aethant i mewn i'r parlwr gerllaw, gan adael y drws ar agor i oeri'r ystafell. Gollyngodd y ddau eu hunain i ddwy gadair ac eistedd yno heb ddweud dim am rai munudau, gan mor llethol oedd y gwres. Cafwyd agos i bythefnos o'r tywydd yma bellach. Nid oedd Rhys yn ei hoffi fymryn yn fwy na'i dad ond rhaid oedd dod i Lundain i setlo rhai materion busnes.

O'r diwedd, dechreuodd Henry ddod ato'i hun.

'Wel, pa newydd sydd o gartre?'

'Fawr o ddim oddi wrth y teulu. Ond o ran ein cynllunie bach ni, mae pethe'n blodeuo'n gyflym iawn ar hyn o bryd.'

'Dwed wrtha i yn lle whilibawan 'te.'

'Y prif gam ymlaen yw 'mod i wedi cael dyn yma yn Llunden i gymryd pylle a oedd gan Blas Newydd ar brydles, am y nesa peth i ddim, a mae e'n gwbod 'i stwff. Dyna pam rwy i fyny yma 'nawr i'w cymryd nhw oddi arno fe, neu 'u hanner nhw beth bynnag. Mae e am rannu'r fenter 'da fi.'

'Da iawn, ond wyt ti'n siŵr 'i fod e'n iawn?'

'Rwy'n gobeithio arwyddo amdanyn nhw fory. A beth bynnag, mae George Pugh wedi penderfynu ymuno â ni hefyd, a ti'n gwbod pa mor ofalus mae hwnnw o'i arian. Mae e am drio cael prydlesi unrhyw bwll arall allith e.'

'Mae popeth bron yn barod 'te? Dim ond disgwyl i'r pris ddal i godi sydd eisie.'

'Cywir,' ebe Rhys.

'O! fe rown i'r byd am weld wyneb Burroughs pan wneith e ddarganfod mai Pugh a thi a rhyw lond llaw arall sy'n rhedeg holl weithfeydd yr ardal heblaw am ei rai e . . . Piti fod y rhai gore yn eiddo iddo fe a'i deulu.'

'Mi rown inne'r byd am weld wyneb y cythrel hefyd. Os medra i byth wneud dim i'r cachgi 'na, mi wna i e.'

'Rhys bach, sgen i ddim byd i ddweud wrtho fe, ond paid gadael i'r peth dy chwerwi di. Dyw'r cythrel ddim 'i werth e. Mae digon o ferched eraill, gwell o'r hanner, y byddi di'n medru eu denu cyn hir wedi llwyddiant y fenter fach yma.'

'Wyt ti'n meddwl hynny?'

'Rwy'n gwbod hynny, was.'

'Mi dala i'r pwyth 'nôl i Burroughs am be wnaeth e, er hynny, ganwaith drosodd os bydd angen.'

'Dyw e ddim yn werth yr ymdrech, Rhys . . . 'Nawr, beth wnawn ni heno? Unrhyw syniade? Ro'n i wedi rhyw feddwl mynd i weld drama, ond does 'na'r un ar fynd heno. Beth am fynd am dro lawr tua'r afon a gorffen yn y 'Globe and Thistle'?'

'Sdim ots gen i. Rwy'n fodlon dy ddilyn di.'

'Mae llawer o arlunwyr a cherddorion lawr yn y 'Globe'. Rwy'n siŵr y byddet ti'n mwynhau 'na.'

Ar hyn clywodd y ddau rywun yn dod i fyny'r grisiau o'r llawr isaf. Johnson oedd yno.

'Hoffech chi gwpaned 'nawr?'

'Campus,' ebe Henry. 'Rhywbeth i dorri syched. Gawn ni gacen hefyd?'

★　　★　　★　　★

Y noson ddilynol agorodd Henry ddrws y 'Globe and Thistle' unwaith eto, ond heno yr oedd ef a Rhys mewn cyflwr tipyn gwaeth. Hon oedd y ddegfed dafarn iddynt ymweld â hi y noson hon. Daliodd y drws ar agor i'w gefnder a oedd yn chwydu y tu allan ar y pryd, cyn dod i mewn. Syrthiodd y ddau i seddau gwag wrth fwrdd bychan yn y gornel, a daeth morwyn atynt i dderbyn eu harcheb.

Dathlu llwyddiant cynllun Rhys yr oeddent. Bu'r ddau yn swyddfa'r cyfreithiwr yn llofnodi'r papurau angenrheidiol i wneud Rhys yn rhannol reolwr ar rai o hen byllau'r Plas Newydd.

Eisteddodd y ddau yn eu cornel yn yfed yn gyson, heb greu gormod o sŵn, am awr. Roeddent yn rhy feddw bellach i ganu a dawnsio fel y gwnaethent yn rhai o'r tafarnau eraill. Ni chymerodd yr un ohonynt fawr o sylw o neb arall yn y dafarn chwaith. Yr oeddent ar fin rhoi'r ffidil yn y to a chwilio am gerbyd i'w cludo adref pan agorodd y drws; cerddodd a baglodd mintai aflafar a swnllyd i mewn.

144

O edrych ar wynebau'r un neu ddau cyntaf, gwyddai Henry, er gwaethaf ei gyflwr, ei fod ef a Rhys wedi aros yno'n rhy hir. Adwaenai'r fintai fel criw a oedd yn ffrindiau mawr â John Burroughs ac yn wir, yr olaf i ddod drwy'r drws oedd Burroughs ei hun. Trodd Henry at Rhys, ac mewn llais isel, meddai,

'Wel, wash, mae'n bryd i ni fynt. Ewn ni drwy'r drws 'ma.'

'Diod i'n ffrindie i gyd, 'merch i.'

Treiddiai llais John Burroughs i bob cornel o'r ystafell.

Ymsythodd Rhys fel bollt yn ei gadair, a throdd yn araf i wynebu'i elyn. Ochneidiodd Henry. Roedd hi'n rhy hwyr.

Cododd Rhys yn araf o'i gadair a cherdded yn igam-ogam ar draws yr ystafell, gyda Henry yn hongian wrth ei got, nes ei fod yn sefyll y tu cefn i Burroughs.

'Hei!' gwaeddodd, gan ei bwnio yn ei gefn, 'mae gen i asgwrn i'w grafu 'da ti.'

Trodd Burroughs i'w wynebu, ac i asesu'r sefyllfa'n frysiog.

'Rwyt ti'n feddw, Richards, a does gen i ddim byd i'w ddweud wrthat ti yn y cyflwr yna, a does gen i ddim cywilydd o ddim yr ydw i wedi'i 'neud. Felly, mae'n rhaid dy fod di'n anghywir.'

'Wyt ti'n 'y ngalw i'n gelwyddgi? Ti yw'r blydi celwyddgi'r ffordd hyn, yn dwyn gwragedd pobol. Lladron fuest ti a dy deulu eriôd.'

'Dwy i ddim yn mynd i wrando,' ebe Burroughs gan droi ei gefn ar Rhys.

Gafaelodd hwnnw ynddo a'i droi a'i wthio i gadair gerllaw.

''Nawr gwranda di, y bwbach hyll,' ebe Rhys, 'dwy i . . .'

Torrodd yr edefyn a gadwai dymer Burroughs dan reolaeth.

'Cau dy blydi ceg, y meddwyn dwl.'

Tarodd Rhys ef ar ei foch.

Tawelodd yr ystafell gyfan.

'Ymddiheura!' gorchmynnodd Burroughs yn dawel, fygythiol.

'Ie, ymddiheura ar hast,' ebe Henry yng nghlust Rhys.

'Wna i ddim ymddiheuro i'r mochyn dig'wilydd.'

Yr oedd y dafarn bellach mor dawel â'r bedd. Wedi rhai eiliadau, â phawb yn dal eu gwynt, trawodd Burroughs Rhys yn ei wyneb â maneg cyn gofyn, mewn llais tawel, fel na fedrai neb ond Rhys a Henry ei glywed:

'Gynne?'

'Iawn,' ebe Rhys.

'Cau dy geg, y ffŵl,' ebe Henry, ond yn rhy ddiweddar.

Dechreuodd pen Rhys droi, a siglai yn ôl a blaen fel brwynen. Gwthiodd un o fintai Burroughs ef a syrthiodd ar ei ochr. Chwarddodd pawb heblaw Rhys, a Henry oedd wrthi'n ceisio'i helpu i straffaglu i godi.

'Mi adawa i i'm eilydd ymdrin â'r manylion,' ebe Burroughs a chan amneidio ar ei fintai i'w ddilyn, brasgamodd allan i'r stryd, gan adael Rhys ar ganol y llawr yn rhegi a Henry ac un o fintai Burroughs yn rhythu ar ei gilydd.

★   ★   ★   ★

Safai'r criw bychan o ddynion mewn dillad duon ar ddarn gwastad o dir yng nghanol clwstwr o goed. Roedd hi'n fore oer, a'r tarth heb godi eto o frig y coed. Anweddai anadl pawb oedd yno.

Y tu hwnt i'r grŵp safai dau ddyn ar eu pennau eu hunain—eilyddion Rhys a Burroughs. Ychydig lathenni oddi wrthynt safai Rhys ar ei ben ei hun. Brysiodd Henry yn ôl ato â'r gwn yn ei law, wedi'i lwytho'n barod.

'Mae eisie berwi dy ben di, yn gwneud y fath beth . . . a finne hefyd am adael i ni ddod i'r fath sefyllfa. Fe laddith Mam fi.'

'Dyw hynny'n ddim i beth sy'n mynd i ddigwydd i fi,' ebe Rhys a oedd yn wyn fel y galchen ac yn crynu ychydig. Roedd hyd yn oed ei wefusau'n wyn. 'Ti'n gwbod cystal â finne cystal saethwr yw'r cythrel . . . Pam ddiawl na fedra i gau 'ngheg pan fydda i'n feddw, 'na be hoffwn i wbod . . . Y! rwy'n teimlo'n sâl eto.'

'Sgen ti ddim amser i fod yn sâl 'nawr . . .'

''Nawr gwranda, Henry . . . Mae f'ewyllys yn nwylo Lloyd ac Evans gartre. Drafft yw hi, ond ddyle 'na ddim bod rhyw lawer o ddadle amdani . . . Mae'r llythyr gen't ti—gest ti un Burroughs?'

'Yr un yn egluro'i anaf? . . . Do . . . Mi ddweda i wrth dy dad am yr ewyllys os bydd raid, ond dwy i ddim yn credu hynny am funud.'

'Mi rydw i.'

'Gad dy ddwli! 'Nawr . . . mi fydd raid i ti sefyll gefn yng nghefn ag e, ac ar yr alwad, cymryd deg cam ymlaen. Ar yr ail alwad, rhaid troi a thanio. Wyt ti'n deall hynny? Cofia danio cyn gynted ag y gelli di.'

'Ydych chi'n barod?' gwaeddodd y canolwr o ganol y darn tir.

146

'Mor barod ag y byddwn ni byth,' ebe Henry dan ei anadl. 'Ydym,' gwaeddodd yn uchel.

Cymerodd Rhys y gwn o'i law a'i baratoi i'w danio. Yna cerddodd yn araf tuag at Burroughs. Edrychodd y ddau i fyw llygaid ei gilydd am eiliad; edrychiadau yn llawn casineb ac ofn. Yna trodd y ddau a sefyll gefngefn.

Tawelwch llethol ar wahân i drydar plygeiniol adar.

'Cerddwch.'

Cychwynnodd y ddau—pump, chwech, saith, wyth, naw, deg cam—a sefyll yn stond. Cymerodd pob un a oedd yno anadl ddofn. Sylwodd Rhys am y tro cyntaf pa mor wyrdd oedd dail y coed a pha mor chwyslyd oedd ei ddwylo.

'Trowch.'

Taniwyd y ddwy ergyd o fewn canran o eiliad i'w gilydd. Syrthiodd y ddau ar y llawr. Rhuthrodd eu heilyddion atynt. Yr oeddent yn dal yn fyw.

'Lle wyt ti wedi dy glwyfo?' gofynnodd Henry.

'Ysgwydd chwith,' ebe Rhys, cyn iddo gael gwasgfa.

Safodd Henry ar ei draed a chwifio'i law ar yrrwr y cerbyd a ddaethai â hwy yno. Daeth y canolwr ato.

'Sut mae John?' gofynnodd Henry.

'Wedi'i daro yn ei frest,' ebe hwnnw. 'Mi fydd yn rhaid ei gael at feddyg da ar unwaith. A'r gŵr yma?'

'Ysgwydd chwith—dim rhy ddrwg yn ôl beth wela i.'

'Mae'n dda hynny. Gore po gynta y gallwn ni i gyd fynd oddi yma 'nawr, rhag ofn fod rhywun wedi clywed yr ergydion. Dydd da i chi, Syr.'

'Ac i chithe, Syr.'

Arhosodd y cerbyd yn eu hymyl a dringodd y gyrrwr o'i sedd i roi help llaw i Henry. Cododd y ddau Rhys mor ofalus ag y gallent a'i osod ar y sedd yn y cerbyd. Dringodd Henry i mewn ato.

'Adre cyn gynted ag y gallwch chi,' meddai wrth y gyrrwr.

Eisteddai Henry mor agos ag y gallai at Rhys, gan ei wasgu yn erbyn ochr y cerbyd fel na châi ei ysgwyd rhyw lawer. Roedd yn dal yn anymwybodol. Gobeithiai Henry mai sioc oedd achos hynny yn hytrach na dim arall. Griddfanai wrth i'r cerbyd newid cyfeiriad yn sydyn.

O fewn ugain munud arafodd y cerbyd ac aros o flaen drws y tŷ. Neidiodd Henry allan a thalu'r gyrrwr cyn mynd i agor y drws.

Dringodd y gyrrwr o'i sedd eilwaith a thrwy roi breichiau Rhys dros eu hysgwyddau, llwyddodd y ddau i'w gael i'r tŷ ac ar y soffa yn y parlwr yn weddol rwydd. Rhoddodd Henry gil-dwrn syl-weddol i'r gyrrwr i gau ei geg a hebryngodd ef at y drws gan ofyn iddo fynd yn syth at ddoctor yn Chelsea a'i gludo'n ôl yno.

Aeth Henry yn ôl at Rhys a cheisio'i wneud yn fwy cyffforddus ar y soffa. Roedd yn dechrau dod ato'i hun. Daeth Johnson i mewn yn ei ddillad nos i weld beth oedd achos yr holl sŵn, a safodd yn stond pan welodd Rhys â gwaed yn rhedeg yn araf o dwll yn ei siaced. Safai fel pe bai wedi ei barlysu, yna'n hollol ddirybudd a heb ddweud gair, diflannodd. Clywodd Henry ef yn rhedeg i lawr y grisiau i'r gegin.

Symudai Henry yn ôl a blaen rhwng y soffa a'r ffenestr gan obeithio gweld y cerbyd yn dychwelyd. Ni feiddiai feddwl am y cerydd a gâi gan ei fam, heb sôn am ei ewythr, pan glywai'r ddau am hyn.

O fewn deng munud roedd Johnson yn ei ôl a chanddo bowlen o ddŵr poeth ac amryw o lieiniau. Dywedodd Henry wrtho fod doctor ar ei ffordd. Paratôdd Johnson y claf. Cafodd help Henry i dynnu ei ddillad a rhoddodd lieiniau o'i gwmpas ym mhob man cyn dychwelyd i'r gegin i ferwi rhagor o ddŵr poeth.

Ymhen chwarter awr arall, cyrhaeddodd y cerbyd yn ôl ac agorodd Henry'r drws i'r doctor a thalu'r gyrrwr eto cyn arwain y meddyg at y claf. Daeth Johnson yno'n syth â dwy sosbanaid o ddŵr berwedig. Danfonwyd Henry allan i aros yn y cyntedd. Bu yno'n cerdded i fyny ac i lawr am dros awr.

O'r diwedd, agorodd y drws a galwyd arno i fynd i mewn.

'Mae eich cefnder mewn trwmgwsg ar hyn o bryd,' ebe'r meddyg. 'Nid wyf yn argymell ei symud am bedair awr ar hugain. Ceisiwch fynd ag e adre 'mhen pythefnos pan fydd e'n medru teithio, iddo gael gwella yn yr awyr iach. Dwn i ddim faint o effaith a gaiff hyn ar ei allu i symud ei fraich, ond rhaid diolch nad oedd y bwled wyth modfedd yn is. Mi fydda i wedi cymhennu yma ymhen chwarter awr. Cewch ddod i mewn i'w weld bryd hynny.'

Eisteddai Leisa o flaen y drych newydd yn ei hystafell. Safai ei morwyn newydd, Beth, y tu ôl iddi, yn gorffen paratoi ei gwallt ar gyfer y cinio heno yn yr Hendre. Pwrpas y pryd oedd dathlu pen-blwydd Leisa yn ddeunaw. Roedd ei modryb wedi gwahodd teuluoedd Gelli'r Eos a Llwyn Bedw yno hefyd.

Daeth cnoc ar y drws.

'Mewn,' ebe Leisa.

Agorodd y drws a daeth pen Ann i'r golwg.

'Oes gen ti funud neu ddau i'w sbario?' gofynnodd.

'Oes, wrth gwrs, dere mewn. Diolch, Beth, mae hwnna'n iawn. Tynnwch 'y nghlogyn i mâs ar y gwely'n barod, ac wedyn fe allwch chi fynd.'

Gwnaeth y forwyn yn ôl y gorchymyn cyn diflannu.

'Pen-blwydd hapus,' meddai Ann, wedi i Beth fynd. Cadwai ei dwylo y tu ôl i'w chefn.

'Diolch.'

'A dyma rywbeth bach i ti oddi wrtha i,' meddai gan estyn blwch bychan i Leisa.

'Ww! dyna neis. Ga i 'i agor e 'nawr?' meddai Leisa, wedi'i chyn-hyrfu drwyddi.

'Cei, cei . . . roedd yn rhaid i mi roi rhywbeth i ddiolch i ti am yr holl bethe ges i gen ti o stafell dy fam.'

'Doedd dim rhaid i ti dalu'n ôl am y rheina . . . O! Ann. Maen nhw'n hyfryd. Ti wnaeth nhw?' gofynnodd wrth godi un o amryw o facynnon a oedd wedi eu plygu'n ofalus yn y blwch.

'Wrth gwrs.'

'Maen nhw'n wyrthiol . . . diolch.'

Cusanodd Leisa ei ffrind yn ysgafn ar ei boch.

'Mi a' i ag un efo fi heno.'

'Rwy'n falch dy fod yn 'u hoffi nhw.'

'Dyma un o'r presante hyfryta ges i eriôd.'

Daeth cnoc arall ar y drws, a daeth Beth i mewn.

'Maen nhw'n aros amdanoch chi, Miss.'

'Diolch, Beth. Wel, mae'n well i fi fynd . . . piti na faset ti'n gallu dod heno. Tase fe 'ma . . . mi fyddet wedi dod.'

'Fyddwn i ddim yn gartrefol iawn yn y fath gwmni.'

'Diolch i ti, 'ta beth.' A chan godi ei chlogyn oddi ar y gwely, aeth Leisa i lawr i'r cyntedd at Huw a'i thad.

'Amen . . . falle cawn ni fynd 'nawr,' ebe Huw yn ddiamynedd wrth iddo'i gweld yn dod i lawr y grisiau. 'Ryden ni'n barod ers oes.'

149

'Paid gwrando arno fe, Leisa fach. Rwyt ti'n edrych yn bictiwr.'

Cymerodd Leisa'r fraich a gynigiwyd iddi gan ei thad ac arwein-iwyd hi i'r goets. Dilynodd Huw hwy i'r cerbyd a chleciodd Phillips y chwip wrth i Huws Ffwtman gau'r drws.

Roedd hi'n noson hyfryd o haf. O'u blaenau wrth iddynt fynd tua'r Hendre, gallent weld yr haul yn dechrau machlud dros y môr. Cyn hir byddai'n troi'n goch cyn suddo o'r golwg; golygfa a oedd yn werth ei gweld o barlwr yr Hendre, hanner ffordd i fyny ochr y cwm.

Ym mhentre'r Groes, trodd y cerbyd i'r chwith. Croesodd yr afon dros y bont fechan grwca cyn dechrau dringo'r llethr a phasio drwy gatiau'r plasty bychan a pharhau i ddringo at y tŷ.

Yno, wrth y drws agored, safai William ac Annabelle Preis i'w croesawu a'u harwain i'r tŷ. Aethpwyd â'u cotiau oddi arnynt a'u harwain i'r parlwr. Yno yr oedd Mr a Mrs Ifans a Catrin o Gelli'r Eos, Mr a Mrs Phillips a Vernon a Caroline o Lwyn Bedw. Llongyf-archwyd Leisa ar ei phen-blwydd a dywedodd y gwragedd ei bod yn edrych yn hyfryd iawn. Diolchodd hithau i bawb cyn i'w modryb eu harwain i gyd i'r ystafell fwyta.

Ymhen awr, roedd pawb wedi bwyta'n dda ac wedi llongyfarch Annabelle Preis ar safon y bwyd. Penderfynodd hi y dylai pawb symud yn ôl yn awr i'r parlwr er mwyn cael gweld yr haul yn machlud. Aeth Leisa yno ar fraich ei thad, tra oedd Catrin Ifans yn cydgerdded â Huw.

'Wyt ti wedi gweld y machlud yma o'r blaen?' gofynnodd Huw iddi.

'Naddo.'

'Mae e'n werth 'i weld, yn enwedig ar noson fel heno, pan mae ambell i rimyn o gwmwl yn ymyl y gorwel.'

Distawodd pawb wrth gerdded i mewn i'r ystafell. Roedd yn llawn golau orengoch a lifai drwy'r ffenestri, â'r haul fel pêl anferth ar dân uwchben y môr, yn lliwio'r cymylau o'i amgylch. Arweiniai llwybr cochlwyd symudol tuag ato ar draws gwas-tadedd o fôr. Mor hyfryd a chyfareddol oedd yr olygfa fel nad oedd ar neb awydd siarad; roedd y lliwiau'n dweud y cyfan.

Teimlai Leisa dawelwch ysbryd wrth sefyll yno. Hon oedd yr olygfa a welsai mor aml o ben Allt Ddel ac o'r ystafell hon, ac ni flinai arni byth. Roedd rhywbeth gwahanol ynddi bob tro ac roedd yn ddiweddglo gwych i ddiwrnod hyfryd.

Cnoc ar y drws. Chwalwyd y rhith. Trodd pawb a gweld y ffwtman yno yn gafael mewn llythyr.

'I chi, Syr,' meddai gan edrych ar William Preis.

Camodd yntau ymlaen a throdd pawb i siarad ymysg ei gilydd, gan daflu ambell gip tua'r ffenestri.

Wrth iddo ddarllen gwelwodd William Preis.

'John, Huw, ga i air â chi?' meddai.

Trodd y sgweier a Huw ato mewn syndod, cyn ei ddilyn allan o'r ystafell.

'Ie, wel, beth am donc fach ar y piano gan Catrin,' ebe Annabelle Preis wrth iddynt gau'r drws.

Yn y cyntedd, rhoddodd William Preis y papur i'w frawd-yng-nghyfraith ei ddarllen, tra edrychai Huw dros ysgwydd ei dad:

> Annwyl Dada a Mam,
> Mae arna i ofn mai newyddion drwg sydd gen i. Fe gyfarfu Rhys a John Burroughs mewn tafarn neithiwr ac fe ddechreuodd Rhys ei alw fe'n bob enw dan haul, er i mi drio'i gael e i ddod oddi yno. Fedrodd Burroughs ddim dal a mi heriodd Rhys i ddod i ornest saethu'r bore 'ma. Mi es i fel eilydd iddo fe. Fedrwn i ddim cael perswâd arno fe i beidio mynd. Beth bynnag, fe saethwyd y ddau—Rhys yn ei ysgwydd a Burroughs ei frest. Mae e'n bur wael yn ôl pob sôn, ond mae Rhys yn weddol, ar hyn o bryd. Mae'r meddyg yn dweud y caiff ddod adre o fewn pythefnos i wella yn yr awyr iach.
> A fyddech mor garedig â rhoi gwbod i Wncwl John cyn gynted ag sydd bosibl?
> Mi wnes i fy ngorau i stopio'r peth ond mi rydech yn nabod Rhys cystal â finne, ac mae e ganwaith gwaeth pan fydd yn feddw, fel roedd e neithiwr.
> > Cofion at bawb,
> > Henry.

Edrychodd y tri ar ei gilydd, heb ddweud dim.

'Fedr yr un ohonon ni wneud dim heno,' ebe William Preis o'r diwedd. 'Y peth gore i ni gyd fydd mynd yn ôl i'r parlwr, a dweud dim wrth neb tan y bore.'

'Mi gychwynna i am Lunden peth cynta bore fory,' ebe'r sgweier. 'Fe gei di edrych ar ôl pethe yma Huw . . . Rwyt ti'n iawn

William, dweud dim fydde ore heno . . . Dewch, fe awn ni 'nôl i'r parlwr.'

★   ★   ★   ★

Porai Seren yn hamddenol ar gyrion Allt Ddel. Eisteddai Leisa ar y sticil gerllaw. Siglai ei sgert frethyn ddu ryw fymryn yn yr awel, felly hefyd ei gwallt. Chwaraeai ei dwylo â brigyn bach.

Yr oedd yn isel iawn ei hysbryd heddiw. Gwelai deulu a fu'n ddedwydd am flynyddoedd yn chwalu o flaen ei llygaid, gan ei thynnu hi i sawl cyfeiriad ar yr un pryd. Er gwaethaf yr holl wrthdaro a fuasai rhyngddi hi a Rhys ar hyd y blynyddoedd, ni fedrai lai na chydymdeimlo ag ef yn achos Elizabeth Ashton a John Burroughs. Synnai hefyd nad oedd eu tad wedi ei gefnogi yn breifat, fel y gwnaeth ar goedd.

Dirywio hefyd yr oedd ei chyfathrach â Huw, yn bennaf oherwydd Catrin Ifans. Tra gellid cadw unrhyw gyfeiriad at Catrin allan o'r sgwrs, byddent yn dal i siarad yn gall â'i gilydd. Ond fel arfer, mynnai Huw grybwyll ei barn hi ar bethau a byddai hynny bob amser yn cynddeiriogi Leisa.

Ciciodd bren y sticil â'i sodlau a thaflodd y darn brigyn o'i llaw. Cododd Seren ei chlustiau ond daliodd i bori'r glaswellt blasus oedd o'i chwmpas ym mhobman.

Ar ben hyn, yr oedd helynt Jên Ifans wedi anesmwytho llawer arni. Ni hoffai'r ferch, ac nid oedd ganddi hithau unrhyw dystiolaeth fod Rhys wedi bod ar ei chyfyl, ac eto, o nabod y ddau, ni fedrai lai nag amau . . . Meddyliai weithiau am Jên, a Dai Shanco, a'u bwthyn di-nod yn y Penrhyn . . .

Oedd, roedd ganddi rywbeth i fod yn ddiolchgar amdano. Cododd ei chalon fymryn. Edrychodd ar yr olygfa o'i blaen yn lle syllu arni'n ddi-weld. Gwelodd dri marchog yn dod o gyfeiriad y plas. Adwaenai ddau ohonynt—Huw a Lloyd Beili . . . Roedd yn rhaid cyfaddef fod Huw yn gweithio'n galed ar y stad. Ond a oedd 'na fwy nag un rheswm am ei ymroddiad, ac ai Catrin oedd y tu ôl i hwnnw?

Na, paid meddwl amdanyn nhw, ebe Leisa wrthi hi ei hun. Edrychodd eto ar y dyffryn islaw. Codai colofn o fwg o simnai gefail Robin y Gof.

Credai Leisa, o wrando'n astud, y gallai glywed tinc y morthwyl ar yr einion yno. Ond boddwyd y sŵn gwan gan rygnu olwynion ar hyd ffordd y pentref. Cyn pen dim, daeth un o wagenni'r plas i'r golwg, yn gwegian dan bwysau'i llwyth blawd.

Roedd Melin y Rhyd wedi bod wrthi'n malu'n gyson ers rhai dyddiau. Gwyliodd Leisa'r wagen yn ymlwybro'n araf tua'r *lodge*, gan fynd heibio i'r tri marchog ger clawdd Cae Isaf. Wedi cyrraedd y *lodge*, trodd y wagen tua'r plas a diflannu o'r golwg rhwng y coed.

Oedd, roedd heddwch a phrydferthwch yr olygfa hon wedi llwyddo i godi peth ar ysbryd Leisa unwaith eto. Neidiodd o'i heisteddle i'r llawr a cherdded at Seren. Anwesodd ei gwddf a'i chlustiau. Cododd y gaseg ei phen ac arweiniodd Leisa hi at y sticil. Camodd i'r cyfrwy untu a chychwynnodd y ddwy'n hamddenol i lawr y llethr.

PENNOD 11

Eisteddai Leisa yn ystafell ei mam, yn edrych allan drwy'r ffenestr. Roedd hi'n bwrw cawod drom o law tu allan. Gwyliai'r dafnau'n taro'r gwydr cyn rhedeg ar hyd-ddo'n afonydd bychain. Teimlai yr adlewyrchai'r tywydd ei hwyliau drwg i'r dim. Yr oedd y tŷ, a fu mor annwyl ganddi erioed, wedi troi'n gragen wag, lle digwyddai tri o bobl mewn oed dreulio eu dyddiau. Cyn hir, fe ddeuai pedwerydd atynt, ond ni wnâi hwnnw—Rhys—ddim i wella'r sefyllfa. Câi ei hun yn dianc i'r gegin yn amlach na chynt am gwmnïaeth a lloches.

Deffrowyd hi o'i breuddwydion gan gnoc ysgafn ar y drws.

'Dewch i mewn,' meddai mewn llais tawel, di-fflach.

Agorodd y drws ac ymddangosodd pen Ann heibio iddo.

'Ga i ddod mewn?'

'Cei, wrth gwrs.'

Gwnaeth Ann hynny ac wedi cau'r drws yn ofalus ar ei hôl, cerddodd ar draws yr ystafell ac eistedd gyferbyn â Leisa, yr ochr arall i'r ddesg.

'Mi ddes cyn gynted ag y gallen i, ar ôl cael dy neges di gàn Mam neith'wr.'

'Diolch i ti.'

Ni ddywedodd yr un ohonynt air am rai munudau, gan y

153

gwyddai Ann nad doeth fyddai annog ei ffrind i siarad, a hithau heb fod eisiau gwneud hynny. Gwyddai, o siarad â'i mam, nad oedd pethau'n rhy dda tua'r plas.

O'r diwedd, wedi ochenaid hir, boenus, dechreuodd Leisa siarad.

'Wir i ti . . . dwy i ddim yn gwbod a ydw i'n mynd neu dod . . . Mae'r saethu 'ma wedi bod yn rhyw fath o chwalfa derfynol i'r teulu . . . Fe gafodd Huw a fi y ddadl fwya ofnadw wythnos yn ôl am y peth . . . fe'n sôn am beth fydde pobol yn feddwl a finne'n dweud mai poeni am beth fydde Catrin yn feddwl o'dd e . . . ac wrth gwrs fe gawson ni ddadl arall am hynny wedyn a'r ffordd mae hi'n 'i reoli fe'n llwyr . . . a'r ffordd ma' fe wedi newid cymaint . . . Wedyn dyma Dada'n dod adre heb ddweud yr un gair wrth yr un ohonon ni, dim ond cerdded ar hyd y lle yn edrych fel taran ar bawb a phopeth ac yn mynd yn ôl a blaen i'r Hendre . . . Rwy'n teimlo fel petawn i'n byw yn y tŷ 'ma ar fy mhen fy hunan . . . Oni bai am dy fam a phawb arall yn y gegin, mi fyddwn i wedi mynd yn wallgo ers oes.'

Distawodd y llifeiriant. Ni wyddai Ann hithau sut i ymateb, ond o'r diwedd dywedodd,

'Sa i'n cenfigennu dim wrthat ti, ma'n rhaid cyfadde . . . ond ma' raid i ti gofio fod hade'r chwalfa 'ma, fel y galwest ti hi, wedi bod yn y pridd ers misodd.'

'Rwyt ti'n iawn . . . a mae'n debyg 'mod inne mor euog â neb o'u dyfrhau nhw . . .'

Distawrwydd eto.

'Be wna i, Ann? I ble alla i droi?'

'Ma' croeso i ti droi ata i unrhyw bryd . . . ac mi fydd Gwilym yn ôl cyn hir. Rwyt ti ac ynte wedi dod 'mlân yn dda eriôd . . .'

'Mi roedd hynna'n wir am Huw a finne nes i'r hen lysywen fach 'na ddod o'r Gelli.'

'Rwy'n credu fod yn rhaid i ti wynebu'r ffaith dy fod wedi colli Huw, y cyfaill agos os nad y brawd, bellach. Priodi wnaiff y ddau 'na o fewn y flwyddyn i ti . . . a mi ddaw dy dad dros y plwc bach 'ma 'to, fe gei di weld . . .'

'Mae hynny'n dibynnu ar agwedd Rhys.'

'O leia ma' hwnnw'n gwella'n iawn 'nawr, yn ôl Mam.'

'Ydi . . . ond os na wellith John Burroughs, a bod rhywun yn gadel y gath allan o'r cwd, fe alle fe fod o flaen 'i well am 'i ladd e

. . . Er gwaetha popeth rwy wedi'i ddweud am Rhys eriôd, fyddwn i ddim yn dymuno'i weld e yng ngharchar.'

'Na fyddet, wrth gwrs.'

'Ond mae'n gas gen i feddwl sut bydd pethe 'ma pan ddaw e adre. Mi fyddwn ni i gyd yng ngyddfe'n gilydd, o be wela i.'

'Pam nad ei di i aros efo dy Anti Annabelle?'

Wedi meddwl am ennyd, atebodd Leisa,

'Mae hynna'n syniad . . . Ond sut galla i ofyn i Dada? Mae'r olwg sa-bant-nesa-draw 'na ar 'i wyneb e'r dyddie hyn yn ddigon i godi arswyd ar unrhyw un.'

'Rwy'n siŵr y deallith e, os gofynni di . . . Edrycha, ma' hi wedi bennu bwrw . . . Pam na ddoi di am dro efo fi lawr at y *lodge* ac aros yno i de?'

'Pam lai?' oedd yr ateb cymharol fywiog. 'Rho eiliad i mi mo'yn rhywbeth i wisgo, rhag ofan daw hi'n law 'to.'

Cyn hir, cerddodd y ddwy allan o ddrws cefn y plas, tua'r bont. Yno, yn dyfod tuag atynt, yr oedd Huw. Aeth heibio heb ddweud gair, ar ei ffordd tua'r tŷ. Cerddodd y ddwy yn eu blaenau heb ddweud dim am ychydig cyn i Leisa ymateb:

'Wedi bod yn y Gelli, mae'n siŵr.'

'Beth sy'n dy boeni di, mewn gwirionedd, am Catrin?'

'Heblaw am y ffaith 'i bod hi wedi llwyddo'n bendant i newid cymeriad Huw, rwy'n teimlo fwyfwy 'i bod hi â'i llygaid llawn cymaint ar 'i arian e, neu be geith e maes o law, ag yw hi ar Huw ei hunan.'

Nid ychwanegodd ei bod hefyd yn teimlo mai hi oedd yn gwthio Huw i wneud mwy a mwy ar y stad. Credai y gwyddai hefyd beth oedd y rhesymeg y tu ôl i hynny.

'Fyddwn i'n synnu dim, o ystyried 'i sefyllfa hi ac o'r hyn a wn i amdani,' ebe Ann wedi rhai eiliadau. 'Wel, beth am i ti anghofio'r teulu 'ma sydd gen ti a threulio prynhawn bach ym mhlas y *Lodge*, yng nghwmni Lady Ann.'

Chwarddodd Ann a cheisiodd Leisa wneud yr un fath wrth iddynt gerdded yn eu blaenau.

★　　★　　★　　★

Arhosodd y cerbyd y tu allan i ddrws y tŷ. Dringodd Rhys yn araf ohono, yn edrych fel petai mewn poen. Roedd ei fraich chwith wedi ei rhwymo, fel na fedrai ei symud. Cerddodd yn araf i'r tŷ.

Rhoddodd ei het i Huws cyn cerdded draw i'r parlwr bach. Agorodd y drws a cherdded i mewn yn araf â'i wyneb yn llawn poen.

Eisteddai Huw yno'n darllen, a'i dad yn pendwmpian, wedi cinio. Cododd Huw ei lygaid o'r papur a chymryd un cip ar Rhys.

'Paid dod â'r wep yna fan hyn; chei di ddim cydymdeimlad.'

Deffrôdd y sgweier o glywed y llais.

'Helô, Dada,' ebe Rhys yn ofalus, heb wybod yn iawn beth i'w wneud. Gwyddai ar ôl gweld ymddygiad ei dad tuag ato yn Llundain, ac yntau'n eithaf sâl yn ei wely, nad oedd yn mynd i gael croeso brwd iawn. Ni chafodd ateb i'w gyfarchiad, dim ond gorchymyn swta:

'Eistedda a cau dy geg.'

Gwnaeth Rhys yn ôl y gorchymyn. Eisteddodd y tri mewn tawelwch am dros chwarter awr a Rhys yn teimlo'n fwy anesmwyth bob munud.

O'r diwedd trodd y sgweier i edrych arno, a dweud,

'Dwy i ddim yn mynd i ddweud dim ynglŷn â'r gyflafan yna rhyngddat ti a Burroughs. Mae'n ddigon posib mai'r gyfraith gaiff y gair olaf ar hynna, beth bynnag. Ond tra o'n i yn Llunden, mi fues yn gwneud tipyn o ymholiade ynglŷn â dy sefyllfa ariannol di . . .'

Gwelwodd Rhys yn syth wrth glywed hyn.

'. . . Mae'n siŵr dy fod tithe'n eitha cyfarwydd â'r sefyllfa. Wel, dwy i ddim yn bwriadu rhoi dime goch arall i ti 'leni i unrhyw bwrpas, heblaw i helpu efo'r gweithfeydd mwyn 'ma. Ond hyd yn oed wedyn, fydda i ddim yn rhoi'r arian i ti, ond 'i dalu'n syth i'r trydydd person. Ac os dalia i ti yn ceisio twyllo'r person hwnnw er mwyn cael yr arian dy hunan, chei di byth geiniog arall gen i.'

Heb roi cyfle i Rhys ymateb, cododd y sgweier a cherddodd allan o'r ystafell.

'Yr hen grwstyn cythrel,' ebe Rhys, wedi i'r drws gau.

'Cau dy geg,' ebe Huw, 'oni bai amdano fe, mi fydde pethe dipyn gwaeth arnat ti. Fe ddaeth â'r stad 'ma i ble mae hi heddi . . .'

'Dyma ni, y ffefryn bach yn siarad eto. Wyt ti'n byw yn 'i boced e bellach?'

'Rwy, o leia, yn ceisio rhoi help llaw iddo fe yn lle bod yn hen bwdryn yn gwario'i arian e'n ddidrugaredd.'

'Beth wyt ti'n trio'i ennill o hyn i gyd? Peth o'm etifeddiaeth i?'

'Dyna drueni'r sefyllfa. Pan fydd e wedi mynd, mi fydd y cyfan

156

yn syrthio i dy ddwylo gwastrafflyd di a fydd dim ar ôl cyn pen chwarter canrif.'

'Fi fydd â'r hawl i benderfynu hynny. Beth bynnag, cael beili da yw'r peth gore er mwyn cael pob ceiniog bosib mâs o'r lle 'ma.'

'Er mwyn 'u gwario nhw!'

'Wrth gwrs, a pham lai? Dyna beth yw pwrpas arian.'

'Druan â'r hen le . . . a phawb sydd 'ma . . . rwy'n meddwl yr a' i mâs am reid i Gelli'r Eos, i weld Catrin.'

Cododd Huw a cherdded tua'r drws a'i agor. Yno safai ei dad, yn amlwg wedi bod yn gwrando ar eu sgwrs. Safodd Huw yn stond am eiliad gan na fedrai gredu'r hyn a welai â'i lygaid. Yna caeodd y drws ar ei ôl, aeth heibio i'w dad a chroesi'r cyntedd tua'r gegin. Dilynodd ei dad ef cyn belled â drws ei ystafell, lle trodd i mewn i gnoi cil ar yr hyn a glywsai.

★   ★   ★   ★

Eisteddai Lesia wrth fwrdd cardiau yn un o barlyrau plasty Nantcoed. Gyferbyn â hi eisteddai George Pugh, o bawb. Y ddwy arall wrth yr un bwrdd oedd Annabelle Preis a Caroline Phillips, Llwyn Bedw.

Nid oedd Leisa wedi mwynhau'r noson hyd yn hyn. Gallai glywed pobl yn troi a sibrwd wrth iddi fynd heibio, ac yr oedd wedi ymdrechu'n galed i gadw'n glir o George Pugh. Er gwaetha'r ffaith fod yn agos i ddeugain yno, nid oedd wedi llwyddo'n rhy dda, a dyma hi'n awr yn bartner iddo mewn gêm o gardiau.

Tro George oedd hi i ddelio'r cardiau ar gyfer y gêm nesaf. Cyfartal oedd y sgôr ar hyn o bryd.

'Sut mae Rhys erbyn hyn?' gofynnodd mewn llais isel tawel, gan blygu ymlaen at Leisa.

'Yn llawer gwell, diolch,' meddai hithau, gan edrych i lawr ar y ddwy garden o'i blaen ar y bwrdd.

'A John Burroughs?' gofynnodd Annabelle Preis i George mewn llais yr un mor dawel.

'Ychydig yn well; dal yn wael. Yn Llunden ar hyn o bryd—rhy wael i symud, medden nhw. Mi ddaw drwyddi. Teulu cryf. 'Rhen Rhys wedi bod yn lwcus iawn, cofiwch.'

'Druan ag e,' ebe Caroline.

Ar hyn aeth Emma Burroughs heibio i'w bwrdd, ar ei ffordd i siarad â Mrs Pugh a eisteddai wrth y tân.

157

'Nosweth dda, Mrs Preis, Miss Phillips, Mr Pugh,' meddai, cyn bwrw ymlaen.

Trodd y tri at Leisa, ond dal i edrych ar ei chardiau yr oedd hi.

'Bwriadu mynd i'r theatr 'leni, Miss Richards?' ebe George er mwyn tynnu ei sylw.

'Siŵr o fod.'

Teimlodd Leisa gic o dan y bwrdd, o gyfeiriad ei modryb.

'Beth am y perfformiad nos Sadwrn? Efo fi.'

'Na . . .'

Cafodd gic arall.

'Hynny yw, dwy i ddim yn siŵr. Fe rof i wybod i chi.'

'Mi alla i ddod fel cydymaith i ti,' ebe ei modryb.

Rhythodd Leisa arni, a sylwodd pawb arall o gwmpas y bwrdd a thawodd y sgwrs.

Gorffennwyd y gêm a chododd pawb a diolch i'w gilydd. Arweiniodd Annabelle Preis ei nith i gornel dawel.

'Beth sy'n bod arnat ti, ferch, na fyddet ti'n derbyn cynnig George?'

'Does gen i gynnig iddo fe.'

'Fe fydde raid i ti fynd ymhell i gael gwell dyn. Mae e'n etifedd i stad mor fawr â chi bron. Fe gaet fyw mewn steil am weddill dy oes.'

'Does dim ots gen i am hynna, a 'ta beth, petawn i'n dechrau'i gefnogi fe, fyddai 'na fawr o bwynt i mi fynd i Lunden y flwyddyn nesa.'

'Mm.' Roedd Annabelle Preis wedi'i threchu. 'Wyt ti'n edrych ymlaen at fynd?' gofynnodd wedyn.

'Ydw, erbyn hyn. Falle 'i bod hi'n bryd i fi ymestyn peth ar fy ngorwelion.'

'Mae'n dda clywed hynny . . . Beth am fynd draw at Mrs Pugh wrth y tân 'co?'

Cerddodd y ddwy ar draws yr ystafell ac wrth iddynt fynd heibio i un grŵp, clywsant rywun yn dweud:

'On'd oes 'na riff-raff yn cael eu gwahodd i bethe fel hyn ar adege.'

Trodd Leisa'n reddfol a'i chael ei hun yn edrych yn syth i fyw llygaid caled Elizabeth Burroughs, gwraig a oedd yn enwog ledled Cymru am ei thafod finiog a'i huchelgais dros ei theulu. Yn wir, hi oedd gwraidd sawl cynnen rhwng ei theulu hi ac amryw o rai eraill heblaw teulu Cynfelin.

'Paid â gwrando ar yr hen sgubell,' sibrydodd Annabelle Preis yng nghlust Leisa.

Cododd Leisa ei phen yn uchel a cherdded yn ei blaen.

'Meddyliwch! Gwahodd perthnase troseddwyr.'

Arhosodd Leisa ar ganol cam.

'Pwy yw hi i siarad?' gofynnodd ei modryb drachefn, gan roi dwrn yng nghefn Leisa a'i gwthio ymlaen at Mrs Pugh.

'Mae'n ddrwg gen i,' meddai honno mewn llais isel. 'Mi wnaethoch yn gall i'w hanwybyddu hi. Yn anffodus, mae'n rhaid 'u gwahodd nhw i noson fel hon, os yw'r peth yn mynd i fod yn llwyddiant. Mae cynifer o bobol eisie ymhél â nhw er mwyn gwella'u safle yn yr ardal . . . Druan â nhw!'

Aeth Mrs Pugh ymlaen i ofyn hanes Rhys ac i holi sut roedd gweddill y teulu'n cadw. Atebodd Annabelle Preis, tra eisteddai Leisa, wedi ei chorddi drwyddi wrth feddwl am sylwadau cyhoeddus Mrs Burroughs.

'A! Miss Richards. Gêm arall o gardie?'

George Pugh oedd yno. Am unwaith, cytunodd Leisa ar ei hunion er mwyn cael rhywbeth i feddwl amdano. Arweiniodd George hi at fwrdd lle'r eisteddai Catrin Ifans a Phillip Pugh, yn chwilio am bâr arall i ddechrau gêm.

★   ★   ★   ★

Ddeuddydd yn ddiweddarach, eisteddai tri phlentyn hynaf y sgweier gydag ef i gael swper ond nid oedd yr un ohonynt wedi dweud dim drwy gydol y pryd. O'r diwedd, gofynnodd Rhys i'w dad:

'Pryd ydech chi wedi trefnu i fi fynd i Gaersŵs?'

'Efo'r goets fore Llun nesa,' oedd yr ateb, 'a mi fydd disgwyl i ti aros yno am bythefnos o leia.'

'Pam?'

'Am 'mod i'n dweud wrthat ti.'

Llwyddodd Rhys i beidio ymateb i hyn am ychydig yna meddai, 'A beth wnaech chi petawn i'n cwrdd ag un o'r Burroughs yno?'

'Os cwrddi di â *hi*, rho glowten iddi oddi wrtha i,' ebe Leisa.

Edrychodd Rhys â syndod ar ei chwaer. Nid oedd wedi dweud dim wrtho oddi ar iddo ddod adre, a dyma hi 'nawr yn ei gefnogi!

'Beth sy wedi dod drostat ti?' gofynnodd o'r diwedd.

'Rwy'n casái'r teulu 'na gymaint â'r un ohonoch chi. Fe gei di wneud beth lici di iddyn nhw, o'm rhan i.'

'Paid â siarad mor anghyfrifol!' ebe Huw.

'Barn pwy yw hynna? Ti neu Catrin?' ebe Leisa.

'Aha! Felly mae'r gwynt yn chwythu, aie? Bachgen bach ni dan y bawd yn barod, yw e?' ebe Rhys yn dal i fethu â dod dros y ffaith ei fod ef a Leisa ar yr un ochr yn y ddadl hon.

Dyna oedd yn gyfrifol am fudandod y sgweier hefyd. Ond llwyddodd o'r diwedd i gefnogi Huw.

'Mae Huw yn berffeth iawn, p'run a yw Catrin yn cytuno ag e ai peidio.'

'Fel arall mae hi, fel arfer,' ebe Leisa.

'Gad dy lap, am unwaith!' atebodd Huw mewn llais blinedig.

'Ie, wir,' ebe'i dad. 'Mae well gen i'ch gweld chi'n dawel nag yng ngyddfe'ch gilydd . . . Dewch i'r stafell gerdd i ti Leisa gâl chware rhywbeth i ni. Mae angen lleddfu nerfe'r pedwar ohonon ni.'

★　　★　　★　　★

Cerddai Rhys, Roberts a Quincy yn hamddenol trwy erddi'r plas ymhen y mis, yn trin a thrafod eu menter. Roedd y tri wedi treulio'r bore yn y gweithfeydd yn astudio'r gwythiennau a'r creigiau o'u cwmpas, ac wedi treulio'r prynhawn yn y llyfrgell yn trafod y posibiliadau. Erbyn hyn, roedd hi'n bryd penderfynu ar ambell fater pwysig ac arweiniodd Rhys hwy at fainc bren mewn man cysgodol. Wedi i'r tri eistedd, meddai Rhys,

'Fe hoffwn i, ac aelodau eraill ein grŵp, eich cael chi eich dau i redeg y fenter yma i ni. Chi, Mr Quincy, oherwydd eich gwybodaeth eang o'r maes, ac o gloddio'n arbennig; chi, Mr Roberts, oherwydd eich gwybodaeth leol unigryw. Fe hoffen ni eich gweld chi'ch dau yn cydweithio—trwy lythyr ar y dechre. Fe gewch chi, Mr Quincy, fynd yn ôl i Loegr hyd nes y bydd o leiaf ddau o'r gweithfeydd wedi'u hagor. Dyden ni ddim am ddangos ein cardie i gyd i bawb ar hyn o bryd. Chi, felly, Mr Roberts, fydd â gofal cychwyn y fenter, gyda'n cymorth ni a Mr Quincy. Rwy'n barod i drafod telere efo chi, Mr Roberts, heddiw, ac mi wna i'r un fath efo chi, Mr Quincy, heno. Ond fe hoffwn wybod 'nawr a oes gennych chi'ch dau ddiddordeb.'

'Wrth gwrs,' ebe Mr Roberts, ac amneidiodd Quincy'n gadarn-haol.

'Da iawn,' ebe Rhys. 'Mae'n dda gen i weld fod ganddoch chi gymaint o ffydd yn y fenter â finne. Rwy'n siŵr na chaiff yr un ohonoch chi eich siomi. Mae'n debyg mai yn y flwyddyn newydd y gwnawn ni agor y gweithfeydd, ac y gallwch chi, Mr Quincy, aros yn Llundain. Ond rwy'n credu y bydd angen i chi fod yma'n barhaol o'r Pasg ymlaen.'

'Os codith prisie mor gyflym ag y maen nhw wedi gwneud yn y mis diwetha 'ma, rwy'n credu y dylech chi agor ym mis Tachwedd, ac mi ddof i yma ym mis Ionawr.'

'Dyw'r gweithfeydd yma ddim yn rhyw lefydd deniadol iawn ym mis Ionawr, Mr Quincy. Dyw hi'n ddim byd i gael wyth mod-fedd o eira yn y cyffinie 'ma am fis bob gaeaf,' ebe Roberts. 'Ac mae problem y dŵr yn gallu bod yn gymhleth iawn bryd hynny hefyd.'

'Peidiwch sôn am y fath beth ar ddiwrnod braf fel heddi,' ebe Rhys. 'Falle'ch bod chi'n iawn, Mr Quincy. Fe gawn ni weld, beth bynnag, sut bydd y prisie. Beth am i ni fynd i mewn 'te? Fe gaf i air efo Mr Roberts yn y llyfrgell, ac fe allwch chithe fynd i'r parlwr bach, Mr Quincy. Mae'n siŵr y bydd rhywun o'r teulu yno'n cael te.'

Cerddodd y tri'n hamddenol yn ôl i'r tŷ, a thrwy'r drws i'r cyntedd. Galwodd Rhys ar Evans, a oedd ar fin diflannu i lawr y cyntedd hir i'r gegin.

'A! Evans! Gaf i a Mr Roberts de yn y llyfrgell? Mae Mr Quincy am ymuno â'r teulu yn y parlwr.'

'Iawn, Syr,' ebe Evans gan ddiflannu.

'Wel, Mr Roberts, mae wedi bod yn bleser cwrdd â chi, ac rwy'n edrych ymlaen at gael cydweithio â chi yn y dyfodol,' ebe Quincy, gan estyn ei law i Roberts. Ysgydwodd y ddau ddwylo.

'Siwrne dda 'nôl i Lunden i chithe, Mr Quincy.'

Trodd Rhys tua'r llyfrgell a dilynodd Roberts ef. Trodd Quincy tua'r parlwr a chael Leisa, yr efeilliaid a'u tad yno'n cael te. Gartref ar eu gwyliau yr oedd yr efeilliaid.

'Prynhawn da, Mr a Miss Richards, fechgyn,' ebe Quincy.

'Prynhawn da,' ebe pawb yn eithaf swta.

'Gymerwch chi gwpanaid o de?' gofynnodd Leisa.

'Os gwelwch yn dda—un llwyaid o siwgwr hefyd. Diolch.'

Arllwysodd Leisa'r te, a dal y cwpan allan i Quincy ei mofyn. Cododd Gruffydd a'i estyn i'r gŵr a oedd yn eistedd ar flaen sedd y soffa. Eisteddodd Gruffydd yn ei ymyl.

'A pryd ydech chi'n mynd yn ôl i Lunden?' gofynnodd y sgweier.

'Bore fory yn ôl a wela i.'

'O! . . . ac a fuodd eich taith chi'n un fuddiol?'

'Do wir, ac yn arbennig felly o gael cyfarfod teulu hyfryd fel hwn,' meddai, gan edrych yn fwyaf arbennig i gyfeiriad Leisa.

Anwybyddodd hi'r dyn seimllyd hwn. Nid oedd wedi'i hoffi oddi ar iddo groesi'r trothwy neithiwr. Yr oedd yn ddigon hen i fod yn dad iddi, beth bynnag, meddai wrthi ei hun.

'A fyddwch chi'n dod i lawr i'r cyffinie yma eto?' gofynnodd y sgweier.

'Yn rhinwedd fy swydd, byddaf, mae'n siŵr.'

'A beth yw'r swydd honno, Mr Quincy?'

'Rheolwr y fenter sydd gan eich mab ac eraill ar y gweill fydda i, Mr Richards, o tua mis Tachwedd ymlaen.'

Ni holodd y sgweier ymhellach. Yr oedd wedi cael yr wybodaeth yr oedd arno ei heisiau.

'Gymerwch chi ragor o de, Dada?'

Tawelwch.

'Na . . . dim diolch, 'merch i . . .'

'Sut le sy yn y pylle 'na, Mr Quincy?' gofynnodd Gruffydd yn frwdfrydig, wrth weld nad oedd gan ei dad ragor i'w ddweud.

'Dyden nhw ddim yn lle i fab y plas, fel chi,' oedd yr ateb.

'Ond mae Rhys wedi bod i lawr 'na.'

'Fe fydd yn rhaid i chi ofyn i'ch tad.'

Cymerodd Gruffydd un olwg ar Leisa wrth agor ei geg i ofyn, a chaeodd hi'n glep wedyn. Roedd yr olwg yn ei llygaid yn ddigon o rybudd iddo.

Cododd a cherdded allan gan gyfarfod â Rhys wrth y drws.

'Oes te i ddyn sychedig?' gofynnodd yntau.

Estynnodd Leisa am gwpan arall oddi ar yr hambwrdd, heb ddweud gair.

Drannoeth, gofynnodd y sgweier i'w fab hynaf ddod i'w ystafell ar ôl iddo hebrwng Mr Quincy i gwrdd â'r goets fawr ganol y bore. Cyrhaeddodd Rhys yn ôl o'r dref tua hanner dydd ac wedi oedi peth yn y parlwr, cerddodd ar draws y cyntedd at ddrws ystafell ei dad, a churo arno.

'Dewch i mewn,' ebe llais o'r tu arall i'r drws.

Cerddodd Rhys i mewn i'r ystafell.

'A! Ti sydd 'na,' ebe'i dad. 'Dere i eistedd fan hyn,' gan gyfeirio at sedd wag yr ochr arall i'r ddesg.

Camodd Rhys yn ofalus dros y llyfrau agored a'r papurau ar y llawr ac eistedd ar gadair galed gyferbyn â'i dad. Rhywsut, teimlai fel carcharor o flaen ei well.

'Mi ofynnes i ti ddod 'ma er mwyn trafod y naw mis diwetha 'ma ac i gael gwbod i ba gyfeiriad yr wyt ti'n bwriadu mynd . . . o edrych yn ôl, rwy'n teimlo fod un broblem wedi dilyn y llall gen ti oddi ar i ti adel yr ysgol—methu yn y brifysgol, anallu llwyr i drin arian, ymladd *duel* â John Burroughs o bawb . . . i ble rwyt ti'n mynd, grwt?'

'Mi rydech chi wedi anghofio ambell i beth—yr argraff ffafriol wnes i ar Elizabeth Ashton, y cynllunie cloddio 'ma . . .'

'Does 'na'r un o'r rheina wedi bwrw ffrwyth—eto . . . ac ar ben hynny, rwyt ti wedi dwyn gofid a gwarth arnon ni i gyd fel teulu. Feddylies i eriôd y galle unrhyw blentyn i mi a dy fam fod mor hunanol . . . wyt ti ddim yn meddwl 'i bod hi'n bryd i ti gael gwell trefn arnat ti dy hunan, a dy fywyd?'

Nid atebodd Rhys.

'Eisie gwbod beth yw dy gynllunie di rydw i . . . Rwy'n mynd yn rhy hen bellach i redeg y stad 'ma ar fy mhen fy hunan . . . dyw'r un brwdfrydedd ddim 'na bellach . . . yn ogystal, mae'n rhaid i mi gael gwbod pa delere alla i 'u cynnig i Huw, gan fod hwnnw â diddordeb mewn gweithio'r stad . . . Mae'n edrych i mi fel petai e a Catrin ar fin dyweddïo a phriodi a bydd yn rhaid i ni fedru cynnig rhywbeth iddi hi a'i rhieni.'

'Fedrwch chi ddim cynnig peth o'n etifeddiaeth i iddo fe a'r hen genawes fach 'na!'

'Fe alla i wneud fel y mynna i. Alla i ddim gofyn i'r bachgen wneud blynyddoedd o waith ar y lle 'ma heb gynnig dim iddo.'

Penderfynodd Rhys newid ei agwedd.

'Pam na fyddech chi wedi sôn am hyn ynghynt? Fedra i ddim gadael y fenter gloddio 'ma 'nawr a finne lan at fy ngheseilie yn y peth. Fydde gen i ddim amser i'ch helpu chi.'

'Os felly, fe fydd raid i mi gâl rhywbeth i'w gynnig i Huw, os bydd e'n fodlon fy helpu. Fydd hi ddim yn bosib felly i ti gael unrhyw arian o'r stad. Fe gaiff dy bylle dy gynnal di. Mae gormod yn dibynnu ar y lle 'ma'n barod, i ni fedru cario un arall.'

'Ond mae hyn yn hollol annheg! Un funud rydech chi'n fy nghyhuddo i o wneud dim; yna pan fydda i'n gwneud rhywbeth, rydych chi'n mynd â'r cyfan oddi arna i.'

'Dwy i ddim am wneud hynny . . .'

Eisteddodd Rhys yn ôl yn ei gadair a meddwl am eiliad. Tybed beth oedd ei dad yn bwriadu ei gynnig i Huw? Ni welai ef yn rhannu'r stad; ni wyddai am unrhyw stad leol oedd ar werth.

'Wel? Beth yw dy ateb di? Wyt ti'n mynd i'm helpu i?'

'O'r hyn ddwedoch chi ar y dechre, rwy'n synnu'ch bod chi'n gofyn.'

'Ti yw'r mab hynaf . . .'

'Roeddwn i'n dechre ame'ch bod wedi dechre anghofio hynny.'

'Paid ti â siarad fel'na wrtha i.'

'Peidiwch chi â meddwl na fedra i weld beth sy'n digwydd. Mae Huw fel clai yn nwylo'r ferch 'na a mae hi'n benderfynol o gael ei dwylo ar eich arian chi, deued a ddelo.'

'Paid bod yn ddwl!'

'Credwch chi fi,' ebe Rhys, a'i lais yn dechrau codi. 'Mae honna wedi ei gwneud o haearn Sbaen, yn hollol wahanol i'w thad. Chewch chi byth wared ohoni hi—a bydd hi a'i thad wedi'ch gwaedu chi a Huw yn sych, fel dwy elen.'

'Paid siarad ar dy gyfer.'

'Dyna chi eto—un funud rydech chi'n cynnig y gwaith o redeg y stad i mi, a'r funud nesa, rydych chi'n dweud 'mod i'n siarad ffwlbri . . . Mi wn i eriôd fod yn well ganddoch chi'r lleill na fi, beth bynnag . . . rydech chi wedi gwneud hynna'n ddigon eglur ers blynyddoedd . . . Na! gadewch i mi orffen,' meddai, gan godi ei lais. 'Leisa fu'r ffefryn eriôd—oddi ar i Mam farw—am y rheswm syml 'i bod hi'r un boerad â hi. Dyw'r ferch ddim yn ffit i'w galw'n gysgod i Mam ac fe wyddoch chithe hynny'n iawn . . . ac am y sinach brawd 'na . . . cael ei wthio i'r blaen mae e. Does ganddo

164

fe'r un gronyn o asgwrn cefn . . . a Duw a ŵyr beth fydd y ddau efaill 'na. Mae'n rhaid i chi'n derbyn ni fel ryden ni, nid fel yr ydyn ni'n ymddangos . . . a mi ddangosa i i chi yn y flwyddyn neu ddwy sy'n dod beth ydw i—ac fe gewch chi weld beth ydi'r lleill hefyd.'

Cododd a brasgamu o'r ystafell gan adael ei dad yn rhythu'n fud ar y drws yn cau o'i ôl.

★   ★   ★   ★

Gorweddai Leisa ar ei gwely ddeuddydd yn ddiweddarach, yn ceisio anghofio pa mor braf yr oedd hi y tu allan. Roedd hi wedi cael cinio ers tri chwarter awr, ac yn disgwyl dyfodiad Ann, tua dau. Wrth orwedd yno, crwydrai ei meddwl i bob man, gan geisio cadw'n glir o ambell destun rhag iddi fynd yn isel ei hysbryd eto. Teimlai oddi ar ornest Rhys nad oedd dim i edrych ymlaen ato a bod bywyd yn undonog. Yr oedd yn wirioneddol edrych ymlaen at fynd fyny i Lundain y gaeaf hwn.

Clywodd sŵn cerbyd yn croesi'r bont. Ni thrafferthodd edrych i weld pwy oedd yn cyrraedd. Arafodd sŵn yr olwynion a thewi. Clywodd sŵn ambell bedol yn taro'r gro, a rhywun yn neidio o sedd y gyrrwr ac yn agor drws gwichlyd. Yna clywodd sŵn mwy nag un pâr o draed ar y gro, a chododd llais Anti Annabelle i'w chlustiau. Arhosodd Leisa yn ei hunfan. Nid oedd am glywed ei modryb yn cnoi cil dros helyntion Rhys am y deunawfed tro. Gorweddodd yn llonydd, a syllu'n ddi-weld ar y nenfwd gwyn, ac ôl y mwg o'r lle tân ar hyd-ddo.

Ymhen dau funud, clywodd sŵn rhywun yn dod i fyny'r stâr gefn, ac yn cerdded ar hyd y landin tua'i hystafell. Agorodd y drws a throdd Leisa ei phen yn ddioglyd i weld pwy oedd yno.

'Wel, wel. 'Ma beth yw diogi,' ebe Ann, 'cwyd ar unwaith.'

'Pam?'

'Wel, ma' dy fodryb 'ma . . . a tria 'neud dy hunan i edrych ychydig bach fwy deche.'

Cydiodd Ann yn ei breichiau a'i thynnu ar ei thraed.

'Mi fydd raid i ti newid y ffrog 'na, ma' hi'n blygiade i gyd ar ôl i ti fod yn gorwedd ynddi.'

'Pam ddylwn i newid? Dim ond Anti Annabelle ac Wncwl Wil sydd 'na.'

'Ond mi wnest ti addo wrth dy fodryb y baset ti'n codi dy safone,

165

a ma' hynna'n golygu newid i ddillad teidi pan fo ymwelwyr o un-
rhyw fath yn y tŷ.'

Teimlodd Leisa ei bod wedi ei llyncu gan gorwynt, gan i Ann ei
chymryd a'i gwisgo a thacluso'i gwallt mewn llai na phum munud,
heb iddi hi ei hun wneud dim bron.

''Na ti, dyna welliant. Ma' well i ti fynd lawr i'w gweld nhw cyn
inni fynd am dro.'

Cerddodd y ddwy ar hyd y landin i ben y grisiau, ac i lawr i'r
cyntedd. Gallent glywed lleisiau yn y parlwr mawr.

Rhoddodd Leisa ei llaw ar y drws.

'Pob lwc,' meddai Ann, a'i gwthio i mewn i'r stafell, gan gau'r
drws yn dawel ar ei hôl cyn i Leisa wybod beth oedd yn digwydd.
Edrychodd o gwmpas y stafell, a chamu'n ôl i bwyso ar y drws.
Safai dyn wrth y ffenestr gron, â'i gefn ati, ond adwaenodd ef yn
syth. Safai Huw yn ei ymyl, ac eisteddai Gwilym yn darllen y tu ôl
iddynt. Eisteddai ei modryb a'i hewythr ar y soffa a'i thad yn ei
gadair arferol. Nid oedd olwg o Gruffydd.

'A! Leisa!' ebe ei modryb yn uchel cyn iddi ddod ati'i hun. 'Wyt
ti'n cofio Leisa, Richard?'

'Wrth gwrs 'mod i, Modryb Annabelle,' ebe Richard Rhydderch
gan gamu yn ôl i'r stafell a cherdded tuag at Leisa. Ni wyddai hi
beth i'w wneud, i ble i edrych, nac ym mhle i roi ei dwylo.

'Sut y'ch chi?' gofynnodd Richard Rhydderch.

'Y! iawn,' meddai Leisa'n dawel. 'Sut y'ch chi?'

Cymerodd gam neu ddau ymlaen i'w chyfarfod. Gafaelodd ei law
am ei hun hi, a'i chodi at ei wefusau. Teimlodd y cyffyrddiad lleiaf
arni ac aeth ias hyfryd drwyddi.

'Yn dda iawn diolch, Miss Richards.'

'Mae Richard yma am bum niwrnod o wylie,' meddai Anti
Annabelle. 'Roedd e wedi hoffi'r ardal yn fawr pan ddaeth e i fyny
i'r briodas, on'd oeddet ti Richard?'

'Oeddwn, Modryb Annabelle.'

'Ymysg pethe eraill,' ebe Gwilym dan ei anadl wrth Huw, wrth
weld y ddau yn dal i sefyll fel delwau ar ganol y llawr. Ac yna, yn
uchel: 'Dewch i eistedd fan hyn yn y ffenestr. Gadewch i'r genhed-
laeth hŷn gloncan fan'co yn y cysgodion.'

Cerddodd Leisa at y ffenestr gan synhwyro fod Richard yn ei
dilyn. Eisteddodd gyferbyn â Gwilym. Arhosodd Richard ar ei
draed, yn methu â phenderfynu ble i eistedd.

''Run faint sydd raid i chi dalu am eistedd ag am sefyll,' ebe Gwilym yn bryfoclyd.

Gwenodd Richard yn wan, a chan gamu dros goesau Huw eisteddodd yng nghanol y ffenestr.

'Beth yw'ch busnes chi lawr tua'r de, Richard?' gofynnodd Huw.

'Cynhyrchu haearn yden ni. Hen waith mochedd yw e, a dweud y gwir, er na fyddwn ni ddim yn mynd mewn i'r gwaith ein hunain yn rhy aml. A beth ydech chi'n 'i wneud?'

'Helpu 'Nhad efo'r stad ar hyn o bryd.'

'A beth amdanoch chi Miss . . . Leisa?'

'Does fawr o ddim diddorol y gall merch ei wneud, Mr Rhydderch.'

'O dewch, mae'n siŵr fod rhywbeth!'

'Mae hi a'i ffrind wedi ailaddurno'r lle yma i gyd yn ystod y chwe mis diwethaf,' ebe Huw, â'r tinc lleiaf o sarhad yn ei lais.

'Mae hynna'n wrhydri ynddo'i hunan.'

'Mae'n rhaid i fi gyfadde mai Ann fy ffrind wnaeth y rhan fwyaf o'r gwaith. Gwniadwreg yw hi. Fe fagwyd y ddwy ohonon ni efo'n gilydd fwy neu lai ar ôl i Mam farw. Hi yw'r ffrind ore sydd gen i o hyd.'

'O!'

Synhwyrodd Leisa ar unwaith nad oedd Richard yn cymeradwyo hyn.

'Maen nhw'n deulu hyfryd iawn; gyda'r gore,' meddai.

Achubwyd y dydd gan Evans ac Elin. Daethant i mewn â hambwrdd o de i'r cwmni. Cododd Huw a Gwilym wedi peth perswâd, i fynd i helpu eu modryb i rannu'r te a'r bwyd. Eisteddodd Leisa'n dawel yn edrych ar ei dwylo am ychydig, ac yna trodd at Richard Rhydderch.

'Mae'n ddrwg iawn gen i na chefais i gyfle i egluro i chi ym mhriodas Cecilia 'mod i'n methu dawnsio'r ddawns ola. Rwy wedi meddwl sgrifennu atoch i ymddiheuro sawl gwaith.'

Edrychodd arno am y tro cyntaf wrth orffen siarad.

'Mae popeth yn iawn. Fe wnaeth Modryb Annabelle egluro'r cyfan i mi pan ofynnes ble roeddech chi wedi mynd. Wnaethoch chi fwynhau'r briodas?'

'Do, diolch,' atebodd hithau, gan edrych ar ei dwylo eto.

167

'Beth fyddwch chi'n wneud pan na fyddwch chi'n ailaddurno'r tŷ?' gofynnodd maes o law â gwên gyfeillgar ar ei wyneb.

'Rwy'n hoff iawn o farchogaeth.'

'Mae'n siŵr fod llawer o lefydd braf i farchogaeth yma.'

'Oes wir . . . ac mi fydda i'n coginio weithie. Mae gen i athrawes dda, mae'n rhaid cyfadde, Mrs Puw ein cogyddes ni.'

'Hi neu chi wnaeth y rhain?' meddai gan gyfeirio at ddwy gacen ar y plât a roddodd Gwilym iddo.

'O! Mrs Puw bia'r rheina. Dwy i ddim wedi graddio i bethau aruchel fel yna eto,' meddai gan chwerthin yn ysgafn.

'Wel, mae blas da arnyn nhw er gwaetha'r ffaith mai nid y chi wnaeth nhw.'

Cochodd Leisa ar hyn a thynnu 'nôl i'w chragen. Daeth Huw yn ôl atynt, ac aeth y ddau ddyn i siarad am wleidyddiaeth. Gwrandawodd Leisa ar sŵn y siarad ond heb glywed y geiriau. Cymerodd ambell gip llechwraidd ar wrthrych ei meddyliau. Yna, yn llawer rhy fuan, cododd ei Anti Annabelle ar ei thraed yn barod i fynd. O weld yr arwydd, cododd pawb arall, a chanodd y sgweier y gloch. Daeth Evans i mewn a gweld fod yr ymwelwyr ar fynd, ac aeth allan i alw'r gyrrwr o'r gegin.

Symudodd y cwmni'n araf allan o'r parlwr i'r cyntedd i ddisgwyl dyfodiad y cerbyd. Dechreuodd calon Leisa symud i lawr tua'i hesgidiau. Clywyd sŵn y cerbyd ar y bont ac aeth y sgweier, ei chwaer a'i frawd-yng-nghyfraith allan yn syth i'w gyfarfod. Nid oedd Leisa am eu gweld yn mynd, a daliodd yn ôl rhag mynd allan. Camodd Richard Rhydderch i'r naill ochr i Huw fynd allan yn gynta, a chymerodd yntau'r awgrym. Trodd Richard Rhydderch at Leisa.

'Gaf i alw i'ch gweld chi fory, Miss Leisa?'

'Â chroeso . . . Mr Rhydderch.'

'Beth am fynd i farchogaeth?'

'Mi drefna i fod ceffylau'n barod.'

'Iawn 'te, tan fory,' meddai, gan gymryd ei llaw fel arfer ac edrych i fyw ei llygaid.

Teimlai Leisa ei hun wedi ei hoelio i'r llawr.

'Tan fory,' meddai'n dawel, wrth iddo fynd allan drwy'r drws. Yna trodd ati'n sydyn, 'Hei, beth am fynd i'r theatr cyn i mi adael? Mae Cecilia a John yn bwriadu mynd beth bynnag.'

'Mi fydde hynny'n hyfryd,' atebodd Leisa.

Gwenodd yn swil. Ffarweliodd pawb, a chychwynnodd y cerbyd tua'r Hendre.

Trodd Leisa a rhedeg ar hyd y cyntedd tua'r gegin. Yno, eisteddai Mrs Puw ac Ann.

'Wel?' gofynnodd Ann yn ddisgwylgar gan godi ar ei thraed.

'Mae e'n dod i 'ngweld i fory, a mae e, Cecilia a John am fynd â fi i'r theatr cyn diwedd yr wthnos.'

'Ma'r Hendre 'co'n llawn pobol 'te,' ebe Mrs Puw.

'Gwych,' oedd ymateb Ann, gan redeg at ei ffrind a'i chofleidio.

'Hei,' ebe Leisa, 'mae newydd wawrio arna i dy fod ti'n gwbod pwy oedd 'na pan ddest ti i'n mo'yn i gynne!'

'Wrth gwrs,' ebe Ann, yn wên o glust i glust.

'Wel yr hen beth slei â thi,' ebe Leisa gan chwerthin.

''Nawr cer y munud 'ma i ofyn i dy dad geith e ddod fory,' ebe Mrs Puw, yn tarfu peth ar yr hwyl.

'Beth y'ch chi'n feddwl ddwedith e?'

'A nabod dy dad, pan welith e dy wyneb di, mi wedith 'wrth gwrs'.'

★　　★　　★　　★

Yr oedd coed Gelli'r Eos ar eu gorau yn ystod mis Awst. Byrlymai tyfiant gwyrdd o bob twll a chornel. Cerddai Catrin ar hyd esgus o lwybr a weai drwy'r carped o wyrddni ar lawr y coed. Gam neu ddau y tu ôl iddi, cerddai Huw. Nid oedd yr un ohonynt wedi dweud gair ers peth amser. Ni fu pethau cystal rhyngddynt ers rhai wythnosau. Cwynai Catrin fod Huw yn treulio llawer gormod o'i amser yn gweithio ar stad Cynfelin, er gwaetha'r ffaith mai hi oedd wedi ei annog i wneud hynny o'r cychwyn cyntaf. Roedd wedi ceisio yn aflwyddiannus ei arwain i ofyn iddi ei briodi ac roedd wedi derbyn cerydd gan ei mam am wneud hynny. Honnai honno mai fel arall yr oedd cael y pysgodyn i'r rhwyd ac felly, dyma hi heddiw yn fêl i gyd yn arwain ei chariad am dro yn y coed. Ond er gwaethaf y cytundeb hwn rhwng mam a merch, yr oedd uchelgais y ddwy yn bur wahanol. Breuddwyd y fam oedd gweld ei merch a Huw yn byw yng Ngelli'r Eos, a chanddynt tua hanner dwsin o blant, ac yn derbyn eu cynhaliaeth o stad Cynfelin. Anelai Catrin at rywbeth oedd yn llawer mwy uchelgeisiol.

Yr oedd Huw wedi synhwyro fod Catrin mewn tipyn gwell hwyliau heddiw. Nid oedd wedi edliw unwaith iddo nad oedd wedi bod i'w gweld ers tridiau. Oherwydd hyn, cerddai'n ysgafndroed y tu ôl iddi, yn edrych ar y bywyd gwyllt o'i amgylch—y gwyfynod, ieir bach yr haf ac adar y coed.

Lledodd y llwybr o'u blaenau a chymerodd Huw gam neu ddau ymlaen yn frysiog a rhoi ei fraich am ysgwyddau Catrin. Cododd hithau ei hwyneb a gwenodd y ddau ar ei gilydd ond ni ddywedwyd yr un gair.

Ai dyma'r adeg i ofyn iddi, ebe Huw wrtho'i hun. Na, oedd yr ateb a ddaeth i'w feddwl wrth gofio am y ddihareb honno a glywsai gan ei dad yn aml—un wennol ni wna wanwyn. Câi pethau aros fel yr oeddent am o leiaf fis arall.

'Beth am dipyn o de?' gofynnodd Huw o'r diwedd.

'Yn y funud . . . mi hoffwn i fynd draw i ben pella'r llwybyr 'ma,' atebodd Catrin, er gwaetha'r ffaith fod y syniad o gwpanaid o de yn apelio'n fawr ati.

Felly cerdded yn eu blaenau a wnaeth y ddau, ond i ddim pwrpas, fel y sylweddolodd Catrin wrth iddynt groesi trothwy'r plas gryn hanner awr yn ddiweddarach. Roedd yn amlwg y byddai arni angen dyfalbarhad ac amynedd yn yr wythnosau oedd i ddod.

Yn fuan wedi te, ymadawodd Huw â theulu Gelli'r Eos a dychwelyd i Gynfelin. Yr oedd wedi addo mynd trwy rai o gyfrifon y mis diwethaf gyda Lloyd Beili. Wrth iddo farchogaeth tua'r stablau, gwelodd gerbyd yr Hendre yn sefyll o flaen y tŷ.

Wedi gadael y march yng ngofal Siôn, aeth i'r tŷ, gan fwriadu newid ei ddillad. Cyfarfu â John Fitzwarren yn y cyntedd.

'Beth am ddod efo ni i'r ddrama yma, Huw?' gofynnodd hwnnw.

'Dim diolch, mae gen i dipyn o waith i'w wneud.'

'Dyna'r drwg o garu yn y prynhawn!'

Gwenodd Huw yn wan arno wrth ddechrau dringo'r grisiau.

'Rhowch wybod pan fyddwch chi'n mynd tro nesa. Fe ddaw'r ddau ohonon ni wedyn.'

'Mi wnaf.'

Ar hyn daeth Leisa, Cecilia a Richard Rhydderch o un o'r parlyrau, yn amlwg yn barod i gychwyn.

'I ffwrdd â ni, ynt'e!' ebe John wrth i Cecilia arwain y ffordd tua'r drws.

170

Cawsant daith bleserus, mewn cerbyd agored, i'r dre a phender-fynwyd treulio'r awr oedd ganddynt, cyn i'r ddrama *The Rivals* ddechrau, yn cerdded ar hyd y promenâd. Yn ôl y disgwyl ar ddiwrnod mor braf, yr oedd y rhodfa'n llawn. Ymwelwyr yn dod i aros yn y tai crand a wynebai'r môr oedd y rhan fwyaf ohonynt. Llogai amryw dŷ cyfan drwy gydol mis Awst, gan ddod â'u mor-ynion a'u gweision gyda hwy. Y cyfoethogion hyn oedd wedi annog llawer o'r datblygiadau a gafwyd yn y dre yn ystod y pum mlynedd diwethaf.

'Wyddwn i ddim fod cymaint o bobol yn dod yma yn yr haf,' ebe John wedi iddynt gyrraedd pen gogleddol y rhodfa a throi'n ôl tua'r dre.

'O! oes. Mae'r lle yma'n bywiogi drwyddo yn ystod mis Awst—cwmnïe drama, y rasys, cyngherdde, pob math o bethe,' atebodd Cecilia.

Cerddai Leisa wrth ochr Richard, a John a Cecilia fraich ym mraich tu hwnt iddynt. Roedd Leisa'n teimlo ei bod wedi bod yn byw breuddwyd am bedwar niwrnod. Ni feiddiai feddwl fod y cyfan yn dod i ben drennydd. Aeth y pedwar at y rheiliau i edrych allan i'r môr. Ar fin y dŵr o'u blaenau yr oedd cychwr wrthi'n cynnig tripiau o amgylch y bae. Yr oedd ei gwch yn hanner llawn a disgwyliai gael pedwar neu bump o gwsmeriaid eraill cyn cychwyn ar y daith.

Tynnodd Richard ei wats o'i boced i weld a oedd ganddynt ddigon o amser mewn llaw i fedru mynd ar y trip.

'Rwy'n credu ei bod hi'n well i ni gychwyn tua'r theatr,' meddai, 'neu fe gollwn ni ran o'r act gyntaf.'

Felly cerddodd y pedwar ar hyd y rhodfa, i lawr Stryd y Môr a thua'r theatr. Arweiniwyd hwy i un o'r chwe blwch ar lawr cyntaf yr adeilad bychan. Setlodd y pedwarawd yn eu seddau'n gyflym a chododd y llenni bron ar unwaith. Ni fedrai Leisa ganolbwyntio yn ôl ei harfer. Gallai synhwyro presenoldeb Richard ar y chwith iddi drwy'r amser a buan iawn yr ehedodd yr act gyntaf wrth iddi freuddwydio a gwylio ar yn ail.

'Hoffech chi rywbeth i'w fwyta?' gofynnodd Richard ar ddechrau'r egwyl.

'Mm, os gwelwch yn dda,' ebe Leisa.

Cododd Richard a gadael y blwch, ond daeth yn ei ôl mewn byr amser.

'Dyma chi,' meddai, gan gynnig cwdyn papur yn llawn melysion i bob un.

'Oes gen ti gynllunie i ddod 'nôl ffordd yma rywbryd yn y dyfodol?' gofynnodd John.

'Wel, mae hynna'n dibynnu ar sut mae pethe yn y gwaith gartre ... ond rwy'n gobeithio dod lan am ryw ychydig ddyddie ym mis Medi, os bydd lle i mi yn yr Hendre.'

Mis, meddai Leisa wrth ei hunan. Fedra i ddim para am fis.

'O, mae'n siŵr y bydd,' ebe Cecilia, wrth i'r llenni godi ar gyfer yr ail act.

★　　★　　★　　★

Eisteddai Leisa wrth y piano yn ceisio dewis darn arall i'w ganu. Nid oedd wedi eistedd ar y stôl yma ers mis neu ddau. Ond heddiw daethai rhyw ysfa drosti i fynd at y piano er mai anystwyth iawn oedd ei bysedd. Roedd Gwilym wedi ymuno â hi yno ar ôl clywed sŵn y gerddoriaeth o'r llyfrgell. Eisteddai yn awr yng nghadair freichiau ei dad, yn darllen fel arfer. Trwy'r ffenestr, gallai Leisa weld ei bod unwaith eto'n ddiwrnod braf o haf, heb yr un cwmwl yn yr awyr. Roedd ei thad, Rhys, Huw a Gruffydd wedi mynd i gyfarfod olaf y rasys blynyddol yn y dre ac nid oedd unrhyw un yn eu disgwyl adre cyn chwech.

Cafodd Leisa hyd i ddarn yr arferai ei ganu'n aml, dair blynedd yn ôl, pan oedd hi gartre ar ei phen ei hun yn gwella ar ôl salwch hir. Darn yn y cywair lleddf ydoedd a gweddai'n berffaith i'w theimladau yn ystod y cyfnod hwnnw. Bellach roedd hi mewn gwell hwyliau ond nid oedd ei hoffter o'r darn wedi pylu.

Gosododd y gerddoriaeth o'i blaen a dechreuodd ei bysedd symud ar hyd y nodau. Gollyngodd Gwilym ei lyfr yn araf a gwrando. Caeodd ei lygaid a llithro i fyd arall.

Wedi i Leisa orffen, agorodd ei lygaid.

'Mm, hyfryd,' meddai, 'fe ddylet ti ganu hwnna'n amlach.'

'Braidd yn rhy drist i ddiwrnod fel heddi.'

'Falle, ond mae e'n hyfryd er hynny.'

'Gwrando, pam na ddoi di mâs am dro efo fi i'r lodge i chwilio am Ann? Mi wneith yr awyr iach fyd o les i dy frest di, yn lle claddu dy hunan mewn llyfre byth a beunydd.'

'Reit.'

Aeth Leisa i chwilio am siôl a chychwynnodd y ddau. Cerddasant gyda blaen y tŷ cyn troi am y *lodge*. Casglai Leisa flodau wrth iddynt ymlwybro'n araf ar hyd y ffordd. Dywedai Gwilym wrthi wedyn beth oedd enwau Lladin y rhai a gasglai.

'Beth yw *Geum urbanum?*' gofynnodd hithau.

'Bendigeidlys y coed yw e.'

'Ww! Edrych ar hwn. Weles i mohono fe yn y coed 'ma o'r blaen.'

'Dere weld . . . mm, s'ai'n gwbod. O! aros funud, mae e'n edrych yn debyg i fochlys. Dere ag un i fi. Mi a' i ag e adre gen i i weld beth yw e.'

Casglodd Leisa un arall o'r blodau piws a melyn a dyfai'n glwstwr wrth fôn bedwen a'i roi i Gwilym. Rhoddodd yntau ef drwy dwll botwm ei wasgod a cherddodd y ddau yn eu blaenau nes cyrraedd y tro yn y ffordd lle deuai'r *lodge* i'r golwg. Yno'n dod i'w cyfarfod yr oedd pâr cyfarwydd iawn, Dafydd ac Ann. Yr oeddent wedi'u dyweddïo'n swyddogol yn ystod yr wythnos flaenorol ac roedd eu perthynas i'w gweld yn ffynnu o ddydd i ddydd.

Wrth i'r pedwar ddynesu at ei gilydd, ni fedrai Leisa lai na synnu ati ei hun. Ni fedrai weld beth a welsai mor ddeniadol yn Dafydd ddeng mis yn ôl. Oedd, roedd e'n ddyn gweddol olygus ond nid gymaint felly fel ag i ddeffro'r teimladau a ddeffrowyd ynddi bryd hynny. Ni welai ynddo yn awr ddim mwy nag un dyn arall yr oedd yn ei adnabod.

'A beth sy'n eich tynnu chi'ch dau allan?' gofynnodd Leisa.

''Run peth â chitha, ma'n debyg,' atebodd Dafydd.

'Ddewch chi efo ni am dro i gyfeiriad y Penrhyn?' gofynnodd Ann.

Edrychodd Leisa ar Gwilym.

'Pam lai?' ebe hwnnw, a throdd yntau a Leisa i gydgerdded ag Ann a Dafydd.

'Rwy'n synnu nag y'ch chi'ch dau yn y rasys heddi,' ebe Ann.

'Fe allen ni ddweud yr un fath amdanoch chi,' ebe Leisa.

'Fe fuon ni ar y diwrnod cynta,' eglurodd Dafydd.

'A ninne ddoe,' ebe Gwilym. 'Roedd y byd a'i frawd yno ddoe. Mae'r lleill i gyd wedi mynd heddiw eto, ond fe gawson ni'n dau ddigon ddoe.'

'Mi glywish i fod petha wedi mynd braidd yn hyll rhwng eich brawd a Lloyd Burroughs,' ebe Dafydd.

'Do, mae'n rhaid cyfadde. Mi aeth y ddau i chwipio'i gilydd yn lle'r ceffyle yn y ras i berchenogion. Marchogaeth yn lle'i frawd John roedd Lloyd; a Gruffydd yn lle Rhys. Mi roedd pawb yn gweiddi nerth 'u penne arnyn nhw,' eglurodd Gwilym.

'Colli wnaeth y ddau yn y diwedd, er iddyn nhw basio'r postyn yn gyntaf ac ail. Rhoddwyd y wobr i'r ceffyl ddaeth yn drydydd,' ychwanegodd Leisa.

Cerddodd y pedwar ymlaen am oddeutu canllath cyn i Ann ofyn:

'Oedd 'na rywun diddorol 'na?'

'Lord a Lady Rhywbeth efo'r Burroughs, dyna i gyd,' atebodd Leisa.

'Y'ch chi'n mynd heno—i Nantcoed?' gofynnodd Ann wedyn.

'Does ganddon ni ddim byd gwell i'w 'neud, mae arna i ofn,' ebe Leisa. 'Cadw'n glir o George Pugh fydd y dasg fwya heno i fi, tra bod pawb arall yn trio cadw'n glir o deulu'r Burroughs.'

Chwarddodd y pedwar a cherdded yn eu blaenau.

'Ma'n debyg eich bod chi wedi clywed am etifeddiaeth Catrin Ifans,' ebe Dafydd maes o law.

'Do,' oedd ateb swta Leisa.

'O leia mi roedd brawd 'i mam yn ddigon call i adael ei ffortiwn iddi hi yn hytrach na'i chwaer. Chaiff Mr Ifans ddim cyffwrdd â'r un geiniog ohono—na'i ferch, tan y bydd hi'n un ar hugain.'

'Diddorol iawn,' ebe Leisa'n goeglyd, gan wneud i Dafydd dewi.

Erbyn hyn, roeddent wedi dod i ben eithaf gerddi'r plas a throdd y pedwar yn eu holau.

'Wyddech chi fod Jên wedi câl y babi?' gofynnodd Ann er mwyn newid testun y sgwrs.

'Do fe? Pryd?'

'Yn gynnar bore ddô.'

'Oedd rhywun efo hi?'

'Oedd—Winnie Powell, Bryngwyn. Hi sydd wedi edrych ar ôl y rhan fwya ffor 'hyn—gan gynnwys Mam.'

'Popeth yn iawn?'

'Do, fe gafodd ferch, a hynny heb ormod o drafferth.'

'Yw hi a Dai wedi setlo yn y bwthyn bellach?'

'Cyn belled ag y gwn i.'

'Mae wedi bod yn lwcus iawn,' ebe Gwilym. 'Nid pawb ffordd 'ma fydde'n 'i thrin hi cystal, dan yr amgylchiade.'

'A sut wyt ti'n gwbod am yr amgylchiade?' gofynnodd Leisa.

'Ma' gen i glustie 'run fath â thithe.'

'Oho! ac ers faint wyt ti'n gwbod?'

'Ers y Pasg.'

'Rwy'n dal i deimlo y dylwn i wneud rhagor drostyn nhw,' ebe Leisa.

'Fasen i ddim yn poeni gormod amdani hi,' ebe Ann. 'Mi fyddan nhw'n iawn, paid â phoeni—ma' hi'n ddigon ffit!'

★ ★ ★ ★

Yr oedd Nantcoed yn edrych ar ei orau pan oedd yn llawn pobl yn eu mwynhau eu hunain ac felly yr oedd hi noson dawns y rasys. Roedd y cwpanau wedi eu cyflwyno, gan gynnwys un i Prys Vaughan y Wern am ennill ras y perchenogion, ac yntau ond yn drydydd heibio i'r postyn. Bellach yr oedd pawb wrthi'n mwynhau'r dawnsio neu'r siarad, yn bennaf am etifeddiaeth Catrin Ifans. Cerddai hithau â'i phen dipyn yn uwch heno.

Nid oedd Rhys wedi symud gam o ymyl ei dad heblaw pan oedd yn mynd i mofyn partner i ddawnsio. Yr oedd wedi dawnsio llawer gyda merched yr ymwelwyr neu Leisa gan fod y rhelyw o'r merched lleol wedi llwyddo i gadw'n glir rhagddo. Yr oedd Leisa hithau wedi gorfod gweithio'n galed i gadw'n glir o George Pugh. Yn hyn o beth yr oedd Rhys, Gwilym a Henry wedi ei helpu o dro i dro.

Nododd amryw fod tipyn o sylw'n cael ei roi i Emily Parry merch hynaf y Foelas a oedd ychydig dros flwyddyn yn ieuengach na Leisa. Hon oedd ei dawns fawr gyntaf hi ac roedd ar ben ei digon wrth gael y fath sylw manwl gan gynifer o wŷr ifanc.

Eisteddai Leisa gyda'i modryb a theulu Llwyn Bedw. Ni fedrai lai na nodi wrth Caroline fod prinder dynion golygus yno.

'Fedra i ddim cytuno'n hollol â thi,' ebe honno.

'Y drwg yw fod yr ychydig sy'n werth 'u halen yn perthyn i fi,' ebe Leisa, gan chwerthin.

'A! Miss Leisa, wedi'ch dal chi o'r diwedd.'

Suddodd calon Leisa i'w hesgidiau. Adwaenai lais George Pugh yn rhy dda bellach. Trodd i'w wynebu.

'A fyddech chi mor garedig ag ymuno â mi yn y ddawns nesaf?'
'Wrth gwrs,' ebe Leisa, yn dyfaru na fuasai Richard Rhydderch wedi gallu dod i fyny ar gyfer y ddawns. Gallai fod wedi dawnsio gydag ef ac felly gadw'n glir o'r pwtyn tew yma a safai o'i blaen yn awr.
'Hwyl Leisa,' ebe Caroline gan roi winc arni.
Culhaodd Leisa ei llygaid a rhythu arni'n filain.
'Busnes ych brawd yn mynd yn dda,' meddai yntau wedi iddynt ddechrau dawnsio.
'Ddylech chi 'i grybwyll e mewn lle cyhoeddus?'
'Falle na . . . a chi, cadw'n iawn?'
'Ydw diolch.'
'A'ch tad?'
'Iawn diolch.'
'Fwynheioch chi'r tro diwetha roedden ni yma?'
'Yn weddol.'
Dawnsiodd y ddau ymlaen o gwmpas yr ystafell.
'Ffiw! Mae hi'n boeth . . . beth am ddawnsio allan i'r teras i ni gael awel o wynt,' ebe George, a heb roi cyfle i Leisa ateb, dawnsiodd allan gyda hi drwy'r drysau dwbwl.
Dychrynodd Leisa drwyddi, ond ymdawelodd wrth weld dau bâr arall allan yno. Eto gallai synhwyro beth oedd i ddod. Gallai deimlo rhywbeth tebyg i bwys o iâ yn gorwedd yng ngwaelod ei stumog.
'Rhys ddim yn cael llawer o hwyl ar ei fywyd cymdeithasol,' ebe George.
'Nac yw, wir, ond 'na fe, arno fe mae'r bai fel arfer.'
'Digon gwir.'
'Ond does ond gobeithio gwnaiff e gallio'n hwyr neu'n hwyrach.'
'Ie wir, ond . . .'
'Mae'n bwriadu mynd yn ôl i Lunden o fewn ychydig ddyddie. Mae John Burroughs druan yn dal yn wael, felly does 'na ddim perygl i'r ddau gwrdd,' ebe Leisa, wedi dechrau siarad fel pwll tro ac yn benderfynol o gadw i fynd.
'Mm.'
'Mae e wedi bod yn sôn am fynd i'r cyfandir . . .'
Ar hyn daeth dau neu dri chwpwl arall allan i flasu'r awyr iach ac achubodd George ar y cyfle i dywys Leisa i fan tawelach a bwrw i mewn i'w bregeth fel pe na bai eiliad i'w gwastraffu.

176

'Rwyf wedi bod yn meddwl cael gair â chi ers peth amser, Leisa cyn cael gair â'ch tad . . .'

Gwyddai Leisa ar unwaith fod yn rhaid iddi achub y blaen arno; nid oedd am frifo'i deimladau yn fwy nag oedd raid. Cymerodd anadl ddofn, a dweud,

'George, rwy'n credu 'mod i'n gwybod beth sydd gyda chi i'w ddweud wrtha i . . . Rwy'n credu y dylwn ddweud fy mod i'n credu fy mod i'n . . . rhy ifanc i ymrwymo . . . i ddim na neb, ar hyn o bryd . . . Nid wyf wedi bod yn Llunden am y *season* eto hyd yn oed.'

'Ond . . .' ebe George, â'r gwynt wedi mynd o'i hwyliau'n llwyr, 'falle'ch bod chi'n iawn, Leisa, ond mi wna i ddal i obeithio y gwnewch chi edrych yn ffafriol arna i, maes o law.'

'Dwy i ddim yn meddwl y byddai hynny'n ddoeth,' oedd ei hateb.

Nid atebodd George hi ac wedi iddynt sefyllian yno am rai eiliadau, heb ddweud dim, cyfeiriodd ef hi'n ôl i'r tŷ a'i dilyn hyd nes iddi eistedd yn ôl yn ei sedd. Moesymgrymodd wedyn cyn troi ar ei sawdl a diflannu i ganol y dorf.

'Beth sy'n bod arnat ti?' gofynnodd ei modryb dan ei hanadl. 'Rwyt ti'n edrych fel taset ti wedi gweld drychioleth.'

'Rwy'n iawn!'

'Beth sy? Wedi cael dy gusan cynta gan yr hen George?' gofynnodd Rhys, a safai y tu ôl iddi.

Nid atebodd Leisa.

'Beth ddwedith Richard annwyl am beth fel yna? Rwy'n synnu atat ti'n 'i wadu e mor fuan.'

Cnodd Leisa ei thafod. Er gwaethaf yr ychydig ddealltwriaeth oedd wedi datblygu rhyngddynt yn ddiweddar, nid oedd y rhyfel drosodd.

'Leisa, beth am y ddawns nesa?' ebe Gwilym a fedrai weld fod Rhys yn ei chorddi, er na fedrai ei glywed.

'O! edrych, Rhys,' ebe Huw a safai gerllaw Catrin. ''Co Caroline Phillips i ti.' Camodd yn nes at ei frawd cyn sibrwd, 'yr unig ferch leol edrychith arnat ti heno—partner delfrydol i ti.' Yna i ffwrdd ag ef i ddawnsio efo Catrin.

Arweiniodd Gwilym ei chwaer i ganol y llawr.

'A sut ferch yw Emily Parry, wyt ti'n feddwl?' ebe Leisa maes o law.

'Eitha neis, o be wela i.'

'Oho!'

'Paid bod yn ddwl—mae hi ddwy flynedd yn hŷn na fi.'

Parhaodd y ddau i ddawnsio'n osgeiddig ymysg y dawnswyr eraill.

'Wyt ti wedi sylwi ar Percy Burroughs a'i wraig heno?' gofynnodd Leisa wedyn, wrth iddynt fynd heibio i Lydia Burroughs oedd yn eistedd ar ei phen ei hun fel y gwnaethai drwy'r nos.

'Naddo, pam?'

'Mae hi druan wedi bod yn eistedd fan'na fel delw tra bod e'n dawnsio â phob un o ferched deniadol y cwmni—ac yn enwedig ail ferch Lord a Lady Rossavon.'

'Mochyn sawl twlc yw hwnna.'

'Rwy'n credu mai dim ond efo'i thad-yng-nghyfreth mae hi wedi dawnsio drwy'r nos.'

'Druan â hi, mae bywyd siŵr o fod yn galed arni yn enwedig efo'r fath fam-yng-nghyfreth.'

'Digon gwir.'

Gorffennodd y ddawns.

'Annwyl gyfeillion,' ebe meistr y defodau, a safai nid nepell oddi wrth y cerddorion, 'dyma'ch cyfle olaf chi—y ddawns olaf.'

'Rwy wedi addo hon i Dada,' ebe Leisa.

Cerddodd Leisa'n ôl tua'i lle i gyfarfod â'i thad. Gwenodd yntau arni hi cyn ei harwain i'r llawr. Er gwaethaf ei hoffter o'i thad, ni allai Leisa lai na dymuno mai Richard oedd yn ei harwain i'r llawr yn awr. Penderfynodd gau ei llygaid a dychmygu. Hwyliodd y ddau i ganol y ddawns.

★　　★　　★　　★

Eisteddai Rhys a'i dad yn y llyfrgell mewn distawrwydd llethol. Agorodd y drws a rhoddodd Gruffydd ei big i mewn.

'Mae Phillips yn dy ddisgwyl di,' meddai.

'Reit, mi fydda i yna 'nawr.'

Diflannodd Gruffydd.

'Does dim modd dy gadw di 'ma felly,' ebe'r sgweier.

'I be? Mae gen i fywyd i'w fyw a gwaith i'w 'neud yn Llundain,' meddai Rhys gan adael ei dad yn eistedd yn y llyfrgell. Aeth allan at y goets. Yno eisteddai Gruffydd a Gwilym, ar eu ffordd yn ôl i'r ysgol. Neidiodd Rhys i'r cerbyd ac i ffwrdd â hwy.

Gwelodd Leisa hwy'n mynd o ffenestr stafell ei mam ac aeth i chwilio am ei thad. Daeth o hyd iddo'n eistedd yn wargrwm yn ei gadair yn y llyfrgell.

'Dyna fe wedi mynd 'te,' meddai wrth ganu'r gloch cyn eistedd.

'Ie, wir.'

'Duw a ŵyr pryd daw e'n ôl, mae'n debyg.'

'Ti'n iawn.'

Daeth Evans i mewn.

'Ie, Miss.'

'Te i ni'n dau os gwelwch chi'n dda, Evans.'

'Iawn, Miss.' Ac allan ag ef.

Ni siaradodd y ddau tra disgwylient am eu te, ac ymhen pum munud, daeth Evans yn ei ôl a'u cael fel pe baent wedi delwi yn eu cadeiriau. Gadawodd yr hambwrdd a'r llestri ar fwrdd bychan yn ymyl cadair Leisa.

'Rhywbeth arall, Miss?'

'Y! . . . na. Dim diolch, Evans.'

'Iawn, Miss.' Ac allan ag ef.

Aeth Leisa ati i arllwys dwy gwpaned o de, heb yngan gair eto. Pesychodd ei thad. Troai meddyliau'r ddau o gwmpas Rhys. Estynnodd Leisa gwpaned lawn i'w thad, ac edrychodd yntau arni cyn dweud,

'Os cei di byth blant, gobeithio na chei di byth un 'run fath â dy frawd.'

PENNOD 13

Porai'r ddau geffyl yn hamddenol wrth fôn y clawdd. Pwysai Leisa a Richard ar glwyd gerllaw yn gwylio'r cynaeafwyr yn gorffen eu gwaith am y dydd. Roeddent wedi cyrraedd y fan yma tuag awr ynghynt, ac wedi aros i weld y mydylu'n dechrau. Yna, cyrhaeddodd Mrs Puw ac Elin, a llond cart o fwyd, ac arhosodd y ddau yno i gael te gyda'r gweithwyr yng nghysgod y clawdd. 'Nawr, roeddent yn cymryd un cip olaf cyn mynd yn ôl tua'r plas.

Y diwrnod hwn, yr oedd Leisa wedi gwisgo siwt farchogaeth newydd a bwysleisiai bob llinell o'i chorff lluniaidd. Yr oedd pawb yn y cae wedi sylwi na fedrai Richard Rhydderch edrych ar ddim arall ond ar y ferch hardd a eisteddai yn ei ymyl, yn byrlymu siarad â phawb o'i chwmpas. Roedd wedi ei gynhyrfu drwyddo wrth ei gwylio'n cerdded yn osgeiddig o un grŵp i'r llall, ond nid oedd dim yn well ganddo na'i gweld yn marchogaeth un o geffylau ei thad.

'Fedra i ddim cofio diwrnod cystal â hwn erioed,' meddai gan edrych ar Leisa.

Daliai hi i wylio'r cynaeafwyr wrth eu gwaith.

'Mae yna rywbeth ynglŷn â byw yn y wlad fel hyn na chawn ni gartre yn y cymoedd,' meddai eto, gan droi i edrych ar y gweith-wyr.

'Rwyf inne wedi mwynhau heddiw yn fawr iawn,' ebe Leisa'n dawel gan ddal i edrych yn syth o'i blaen. 'Pryd wyt ti'n mynd yn ôl? Fory?'

'Ie, rwy'n meddwl, os oes 'na goets ar adeg gyfleus. Mae Wncwl Wil yn gofyn drosta i prynhawn 'ma. Falle dof i draw bore fory, os na fydda i'n mynd tan y prynhawn.'

'Iawn . . . Beth os byddi di'n mynd yn y bore?'

'Mi ddanfona i nodyn i ti . . . wel na, wrth gwrs! fe gaf i wybod pan af i draw i'r Hendre i newid yn y funud. Mi alla i ddweud wrthat ti heno, dros ginio.'

Wrth ddweud hyn estynnodd ei fraich yn araf a'i gosod yn ofalus am ysgwyddau Leisa. Ymsythodd hithau am eiliad cyn ymlacio a gadael iddo ei thynnu'n dynnach ato. Safodd y ddau yno'n ddedwydd am rai munudau.

'Wel, mae'n well i ni fynd os ydw i am fynd yn ôl i newid a dychwelyd yma erbyn wyth.'

Yr oedd Leisa'n gyndyn iawn i dorri ar draws y foment ond gwyddai ei fod yn dweud y gwir. Trodd y ddau a cherdded at y ceffylau. Camodd Leisa at Seren gan ddisgwyl i Richard roi help llaw iddi godi i'r cyfrwy. Ond ni wnaeth hynny. Yn hytrach, gafaelodd yn ei braich a'i throi i'w wynebu. Ni fedrai ymatal bellach.

Gafaelodd yn ei breichiau a'i thynnu tuag ato. Edrychodd y ddau i fyw llygaid ei gilydd; daliodd Leisa ei hanadl. Cusanodd Richard hi'n ysgafn ar ei gwefusau, ac yna'n hirach wrth i'r ddau blethu eu breichiau am ei gilydd.

Tynnwyd hwy o'u byd bach eu hunain gan besychiad awgrymog o'r ochr arall i'r clawdd. Gwahanodd y ddau, a gwenu'n nerfus ar ei gilydd gan iddynt gydnabod cryfder eu teimladau. Gosododd

Richard ei ddwylo'n gwpan iddi gamu iddynt, ac i gyfrwy Seren. Dringodd yntau i'w gyfrwy a cherddodd y ddau geffyl yn araf a greddfol tuag adre a'r marchogion yn parhau i edrych ar ei gilydd yn achlysurol, a gwenu.

Wedi cyrraedd yr iard, daeth Siôn allan i gymryd y ceffylau a chychwynnodd y ddau gerdded fraich ym mraich tua'r tŷ, ond gan stopio'n stond pan glywsant sŵn carlamu gwyllt.

Rhedodd Leisa'n ôl i'r iard. Yno yr oedd Champion, ceffyl ei thad, yn carlamu'n ddireol o gwmpas, heb olwg o'i farchog yn unman.

'Siôn! Siôn!' gwaeddodd Leisa nerth ei phen.

Daeth hwnnw allan a llwyddo i dawelu'r ceffyl.

'Siôn, lle mae Dada?'

'Sa i'n gwbod, Miss.'

Meddyliodd pawb yr un peth, ar yr un pryd, a dechreuodd y tri redeg nerth eu traed i'r cyfeiriad y daethai Champion ohono. Trotiai'r ceffyl y tu ôl iddynt.

Rhedodd Leisa i lawr ar hyd y ffordd, yn gynt na neb, ymlaen ac ymlaen heb wybod i ble yn iawn. Y cyfan a wyddai oedd bod ei thad wedi bod draw yng nghaeau'r Rhyd y prynhawn hwnnw.

Wrth droi'r gornel ddau gan llath o'r pentre, fe'i gwelodd. Roedd ar wastad ei gefn yng nghanol y ffordd, yn hollol lonydd. Safodd Leisa'n stond. Daliodd Siôn a Richard hi.

'Siôn,' ebe Richard, 'ewch i mo'yn cart o rywle, a rhowch ddigon o wair ynddo fe. Fe weles i un tua lled cae 'nôl o'r fan hyn.'

Gwnaeth Siôn yn ôl y gorchymyn.

Aeth Richard ymlaen, a dilynodd Leisa ef o bell.

Penliniodd Richard yn ymyl y corff. Agorodd y llygaid.

'Richard . . . chi sy 'na . . . Lle mae Leisa?' ebe'r llais poenus.

'Yn dod 'nawr, Syr. Dyma ni.'

Amneidiodd Richard ar Leisa i frysio. Rhedodd hithau a syrthio ar ei phenliniau wrth ochr ei thad.

'O Dada! Be ddigwyddodd?' meddai, a'r dagrau'n cronni'n ei llygaid.

'Peidiwch dweud dim, Syr. Cadwch ych nerth. Lle mae'r dolur?'

Cyfeiriodd y sgweier at ei gefn.

'Beth am eich coese chi?'

'Iawn . . .'

181

Cyrhaeddodd Siôn â'r cart gwair, a mintai o weithwyr yn ei ddilyn. Helpodd wyth ohonynt i godi'r sgweier i'r cart. Dringodd Leisa a Richard i mewn ato a cheisio'i atal rhag symud gormod wrth iddynt fynd tua'r plas. Danfonwyd un o'r bechgyn ifainc ymlaen i rybuddio Evans a Mrs Puw, ac erbyn i'r fintai gyrraedd y tŷ, roedd gwely wedi ei baratoi a styllen lydan i gario'r sgweier iddo. Yn ogystal, roedd negesydd ar ei ffordd i'r dre i alw'r meddyg ac i alw ar Huw yn y Gelli a dweud wrtho am ddod adre.

★   ★   ★   ★

Pigai Huw a Leisa wrth ryw lun o frecwast. Nid oedd chwant bwyd ar yr un o'r ddau. Yr oeddent wedi ailglosio tipyn yn ystod y deuddeg awr diwethaf. Elin oedd yn gweini arnynt gan fod Evans yn cymryd ei dro i eistedd efo'r sgweier. Disgwylient amryw o ymwelwyr cyn hir. Roedd y doctor wedi addo dychwelyd, ac roedd Richard yntau wedi addo galw heibio. Gwyddai Leisa y byddai ei modryb yn siŵr o ddod gydag ef.

Ni ddwedodd y ddau yr un gair nes i Elin ddod â thebotaid ffres o de iddynt.

'Wyt ti'n meddwl y dylen ni anfon am Rhys?' ebe Leisa.

'Mae'n anodd dweud. Y drwg yw 'i bod hi'n cymryd cyhyd i rywun ddod o Lunden 'ma. Falle mai'r peth gore yw gofyn i'r doctor bore 'ma.'

'Rwy'n tueddu i feddwl y dylen ni sgrifennu beth bynnag. Gartre ma'i le fe ar amser fel hyn, nid yn mwynhau 'i hunan yn Llunden.'

'Falle dy fod ti'n iawn.'

'Mi a' i i sgrifennu 'nawr ac fe gaiff Siôn fynd ag e i'r dre yn syth i ddal y goets ddeg.'

Cododd Leisa oddi wrth y bwrdd, ac aeth â'i chwpan de hanner llawn gyda hi i stafell ei mam. Eisteddodd wrth y ddesg a chymerodd ddarn o bapur o'r drôr. Cododd sgrifbin, ei daro'n yr inc, a dechrau ysgrifennu:

Annwyl Rhys,
Mae arnaf ofn fod gennyf i newyddion drwg i ti. Brynhawn ddoe fe daflwyd Dada oddi ar gefn Champion. Fe'i cawsom ni ef i'r tŷ, ac fe ddaeth y meddyg o'r dre. Mae e'n amau fod Dada

182

wedi torri ei gefn. Rwyt ti'n gwybod cystal â finnau y golyga hynna na fydd e byth yn cerdded eto. Ond mae'r meddyg yn danfon brysneges i Lunden i alw rhyw fath o arbenigwr yma i'w weld, i wneud yn siŵr.

Yn ôl y meddyg, nid yw'n gweld fod bywyd Dada mewn unrhyw berygl ar hyn o bryd. Ond cred Huw a finnau fod yn well i ti ddod adre, i'w weld, ac i drefnu'r stad, gan na fydd e'n medru gwneud hynny am rai misoedd, o leiaf.

Brysia adre, Rhys.

Arhosodd am eiliad, yna ychwanegodd,

Fe fydd yn dda ganddon ni i gyd dy weld.
Cofion, Leisa.

Wrth iddi orffen ysgrifennu, ac estyn am bapur a chŵyr i wneud amlen, clywodd gerbyd cynta'r bore yn cyrraedd, a Huw yn mynd at y drws i gyfarch y sawl oedd ynddo. Rhoddodd dywod dros yr inc i'w sychu ac yna ei daflu ymaith. Plygodd y papur yn frysiog a'i roi yn y papur amlen. Plygodd hwnnw a defnyddio golau cannwyll i doddi'r cwyr. Arhosodd yn ddiamynedd iddo doddi, a seliodd y llythyr, a oedd wedi ei gyfeirio'n barod. Aeth at y ffenestr i weld pa gerbyd oedd yno. Adwaenodd drap bychan y doctor. Roedd y ceffyl yn pori'r lawnt. Aeth Leisa allan i'r cyntedd, a thrwy'r drws at y trap. Dringodd iddo a chodi'r ffrwyn, a'i yrru i iard y stablau. Yno rhoddodd y llythyr i Siôn a'i orchymyn i anfon rhywun ag ef yn syth i'r dre. Rhoddodd gwdyn bwyd am drwyn y ceffyl a chaeodd giatiau'r iard, cyn brysio'n ôl i'r tŷ.

Wrth groesi'r bont, clywodd sŵn cerbyd a cheffyl yn dod ar hyd y ffordd. Trodd a gweld cerbyd yr Hendre yn dynesu a phasio. Arhosodd wrth ddrws ffrynt y tŷ. Dilynai'r ficer y cerbyd ar ei geffyl gwinau.

Cerddodd Leisa atynt. Cofleidiodd ei modryb hi heb ddweud gair, gafaelodd ei hewythr yn ei llaw a'i gwasgu; gwnaeth y ficer yr un modd. Yr oedd gweld Richard yn ddigon o gysur iddi.

'Wnewch chi fynd â cheffyl y ficer efo chi i'r iard?' gofynnodd Leisa i yrrwr cerbyd yr Hendre. 'Mae arna i ofn fod Siôn yn chwilio am rywun i fynd â llythyr i'r dre, ond mae'r gwas bach yno. Mae'r doctor wedi cyrraedd, ac mae e a Huw i fyny efo Dada ar hyn o

'O! Gaf i garthen o'r cwpwrdd ym mhen draw'r landing?'

'Fydda i ddim eiliad.' Ac yn wir ni fu Evans ond chwinciad yn mofyn dwy garthen a thaenu un dros goesau Leisa a'r llall dros ei hysgwyddau.

'Diolch,' meddai.

'Nos da, Miss.'

'Nos da, Evans.'

Clywodd Leisa sŵn y drws yn cau y tu ôl iddi, wrth iddi droi eto i edrych ar ei thad. Nid oedd yn anadlu mor gyson yn awr. Credai'n siŵr fod y mynd a dod wedi tarfu arno. Anesmwythodd, ond yna setlodd, a chlywodd Leisa'r anadlu cyson unwaith eto.

Cyn hir, fe'i cafodd Leisa ei hun yn ymladd yn erbyn cwsg. Roedd naws dawel a llonydd y stafell yn gryf a symudiadau cysgodion fflamau'r canhwyllau yn ddigon i suo unrhyw un i gysgu. Rhwbiodd ei llygaid droeon i'w cadw'n agored, ond er ei gwaethaf, suddai ei phen i'w mynwes yn araf, yna sythai o dro i dro wrth ddeffro'n sydyn. Wrth ddeffro unwaith fel hyn, ymsythodd mewn ofn wrth weld llygaid ei thad ar agor, yn syllu'n ddi-weld tua'r nenfwd.

'Dada?' sibrydodd yn dawel.

Trodd y pen ac ochneidiodd Leisa â rhyddhad.

'Dada, ydych chi'n iawn?'

'Ydw diolch, 'merch i . . . gafaela yn fy llaw i, wnei di?'

Gwnaeth Leisa hyn, gan dynnu ei chadair i gyffwrdd y gwely.

'Mor hyfryd yw dy gael di a Huw 'ma efo fi . . . mi rydech chi'ch dau wedi bod yn dda iawn wrtha i, ac wedi rhoi boddhad i fi hefyd . . . Mi fydda i'n hapus iawn pan fyddwch chi wedi priodi . . . O! Ydw! rwy i'n gwbod yn iawn beth sy'n mynd 'mlân 'ma a fedrwn i ddim bod ddim balchach . . . mi fydde'ch mam 'run fath yn gwmws.'

Gwasgodd Leisa ei law a dweud, 'Isht, 'nawr! Ewch 'nôl i gysgu. Mi fydd angen pob owns o nerth arnoch chi yn y misoedd nesa 'ma i wella.'

'Falle wir, 'merch i, falle wir . . .'

Daeth crych i dalcen y sgweier. Gwasgodd law Leisa cyn cau ei lygaid. Ni theimlai hi fel cysgu 'nawr.

Roedd hi'n ddiwrnod crasboeth arall, a phawb o'r ardalwyr, yn
denantiaid a gweision, allan yn y caeau yn casglu gweddill y cyn-
haeaf i'r ydlannau. Ym mhob man yr oedd prysurdeb, gwaith a
sŵn. Yn y caeau islaw'r plas, gweithiai'n agos i hanner cant, yn
cribinio a chywain gwair, a mintai o gartiau yn teithio'n ôl a blaen
oddi yno i'r ydlannau mawr a bach o gwmpas iardiau'r plas. Yr
oedd y gegin yn llawn prysurdeb hefyd, ond â phawb yn fwy taw-
edog nag arfer. Ym mharlwr bach Cynfelin, yr oedd Huw, Leisa,
Catrin Gelli'r Eos, Richard Rhydderch ac Annabelle a William
Preis yn eistedd neu'n sefyllian yn ddibwrpas tra symudai Evans
ac Ann i fyny ac i lawr o stafell y sgweier i'r gegin ac yn ôl, yn
mofyn pethau yn ôl gorchymyn y meddyg o Lundain a ddaethai
yno'r bore hwnnw, gan gyrraedd o flaen y goets trwy logi ceffyl a
gyrru o Lanidloes o doriad gwawr hyd ganol dydd.

Disgwyl ei ddyfarniad yr oedd y bobl yn y parlwr tra gwrandawent
hefyd am sŵn Siôn yn dychwelyd o'r dre ar ôl cwrdd â Rhys oddi ar
y goets fawr am dri, a'r efeilliaid gydag ef.

Disgwyl clywed Siôn yr oedd Mrs Puw hithau er mwyn ei anfon
â'r te allan i'r gweithwyr yn y caeau.

'Mrs Puw?' ebe llais dyn o ddrws cefn y tŷ.

'Ie? Dewch miwn,' ebe hithau tra gosodai weddill y bara menyn
yn y fasged olaf.

Ymddangosodd Siôn wrth ddrws y gegin.

'Jiw, jiw, chlywes i monot ti a'r trap wrth y drws ffrynt.'

'Doedd e ddim 'na; dim ond yr efeillied o'dd 'na, Mrs Puw.'

'Beth? Ddim ar y goets, wel y diawl dig'wilydd—a'i dad mor
wael ac yn mynd i aros fel'ny, am a wyddon ni. Allith y cythrel
diolwg byth â chodi 'i bac a dod lawr 'ma?'

'Wrth bwy ddylen i 'weud, Mrs Puw?'

'Gad ti hynna i fi, 'machgen i. Fe af i draw 'nawr. Cer â'r rhein
mâs i'r ceue i fi—rhein'co i'r Pant, rhein'co i Dan-y-Bryn, a'r rhain
i Mâs Draw—alli di gofio 'na? A ma' bob i ddwy stên o de i bob cae
hefyd, fan'co wrth y tân.'

Gadawodd Mrs Puw Siôn i gofio beth oedd i fynd i ble a draw â hi
ar hyd y cyntedd. Yno, wrth waelod y grisiau, safai Gruffydd a
Gwilym, heb wybod beth i'w wneud.

'Arhoswch fan'na funud,' ebe Mrs Puw wrthynt gan groesi at
ddrws y parlwr a churo.

'Dewch i mewn.'

Agorodd Mrs Puw y drws a chamu i'r ystafell. Synnwyd pawb o'i gweld y tu allan i bedair wal ei chegin.

'Gaf i air efo chi, Huw?'

Dilynodd Huw hi allan i'r cyntedd. Eisteddodd pawb yn yr ystafell yn ddistaw, fel pe'n ceisio clustfeinio ar y sgwrs y tu allan. Daeth Huw yn ei ôl â Gruffydd a Gwilym yn ei ddilyn.

'Mae'n debyg nad o'dd Rhys ar y goets, ond mi ro'dd y ddau greadur 'ma. Am ddod fory mae e, mae'n siŵr.'

Sylwodd Huw fod pawb wedi ymlacio wrth iddo enwi Rhys; yr oeddent hwythau wedi ofni'r gwaethaf o weld Mrs Puw. Dechreuodd pawb fyrlymu siarad, fel awyr wedi ei ollwng o swigen, a chyfarch y ddau newydd-ddyfodiad ac ysgwyd llaw â hwy. Ond yna tawelodd y cwmni eto wrth glywed dau bâr o draed yn dod i lawr y grisiau. Daeth cnoc fer ar y drws a chamodd y ddau feddyg i mewn.

'Gyfeillion,' ebe'r meddyg lleol, 'mae'n dda gen i ddweud fod y meddyg Jeffreys yn cytuno'n llwyr â mi, yn f'asesiad o iechyd corff Mr Richards. Mae'n cytuno hefyd fod ganddo gorff cryf, am ddyn o'i oed ac os llwyddith e i ddod drwy'r deuddydd nesaf, y bydd e fyw am rai blynyddoedd i ddod, er ma' arna i ofn y bydd hynna yn golygu llawer o waith a chost i chi fel teulu, gan na cherddith e byth eto.'

'Dyw'r gost a'r gwaith yn poeni dim arnon ni,' ebe Annabelle Preis.

'Dyna oeddwn i'n 'i feddwl. Felly, rwyf am fynd ati, gyda'ch caniatâd chi, i chwilio am ddwy ferch a fydd yn medru edrych ar ôl Mr Richards i chi tra bydd e'n gwella. 'Nawr, os gwnewch chi'n hesgusodi ni, fe awn ni am rywbeth i'w fwyta, yn ôl gwahoddiad Mrs Puw . . . fe fyddwn ni 'nôl heno tua wyth, Miss Leisa, Huw.'

'Diolch i chi, eich dau,' ebe Huw gan baratoi i'w hebrwng allan ac wrth synhwyro teimladau pawb, meddai, 'Rydech chi wedi codi'n calonne ni i gyd.'

'Ie, diolch o galon i chi,' ebe Leisa.

Moesymgrymodd y ddau a mynd o'r ystafell, a Huw yn eu dilyn.

★   ★   ★   ★

Lluchiwyd drysau'r stafell fwyta ar agor a tharfwyd ar swper hwyr Huw, Leisa a'r efeilliaid. Safai Elin yno yn ei chwman, wedi colli ei gwynt yn lân, gan bwyntio i gyfeiriad y llofft. Cododd y pedwar fel un a rhedeg heibio iddi ac i fyny'r grisiau. Roedd drws ystafell wely eu tad yn llydan agored a gwelent ef yno, yn ysgwyd i gyd ac yn ymladd am ei anadl. Plygodd Huw dros ganllaw'r landin a galw ar Evans. Daeth y gwylltineb yn ei lais ag Evans o'i guddfan ar amrantiad.

'Helwch rywun am y doctor ar unwaith. Gadewch y morynion i agor y drws a dewch chi a Mrs Puw 'ma.'

Cerddodd Leisa a'r efeilliaid yn araf i mewn i'r stafell heb wybod beth i'w wneud. Ysgydwai'r hen ŵr llwydwyn yn y gwely fwyfwy. Daeth Huw at Leisa a rhoi ei fraich am ei hysgwyddau am y tro cyntaf ers misoedd. O fewn dim, cyrhaeddodd Mrs Puw ac Evans.

Aeth y ddau ati ar unwaith i geisio esmwytho'r claf, a'i atal rhag ysgwyd, ond ofer oedd eu hymdrechion. Ni fynnai'r corff wneud dim ond yr hyn a fedrai, sef ymateb i'r boen. Ond yn araf, gwaniodd y cryndod a phylodd y croen. Esmwythodd yr anadlu a oedd yn mynd yn gynyddol ansicr.

Adnabuwyd yr arwyddion, a chiliodd Mrs Puw ac Evans yn ôl. Arweiniodd Mrs Puw Leisa i eistedd yn y gadair ger y gwely ac amneidiodd ar Gwilym i sefyll yn ei hymyl. Aeth Huw a Gruffydd i sefyll yr ochr arall i'r gwely. Arhosodd Mrs Puw ac Evans wrth droed y gwely. Syllai'r chwech ar yr wyneb yn ymlacio'n araf, ac felly hefyd ewynnau'r gwddf a'r ysgwyddau. Nid anadlai'n gyson bellach, a phrin y symudai'r frest o gwbwl. Clustfeiniai'r chwech, yn dyheu am glywed yr anadliad nesaf, ond ni ddaeth.

Camodd Mrs Puw ymlaen, a phlygu dros y sgweier. Caeodd ei llygaid am eiliad ac felly y gwnaeth y lleill hefyd. Teimlai'r plant y dagrau'n dechrau llifo i lawr eu gruddiau. Syrthiodd Leisa'n ddiymadferth ar ochr y gwely a chrio'n dawel.

Wedi cau'r llygaid a thacluso'r dillad a'r breichiau, symudodd Mrs Puw ac Evans yn ôl, ac allan o'r ystafell, i adael y pump efo'i gilydd, am y tro olaf.

★   ★   ★   ★

Dydd Iau oedd hi, y diwrnod cyn yr angladd, a phawb yn y plas yn dawel ond yn brysur. Yn y gegin, yr oedd hanner dwsin o wragedd tenantiaid yn helpu Mrs Puw i baratoi bwyd ar gyfer trannoeth. Yn swyddfa'r sgweier, eisteddai tri theiliwr ar y llawr yng nghanol pentyrrau o ddefnyddiau a dillad ar eu hanner. Y

189

drws nesaf, yn stafell Leisa, yr oedd Ann a dwy wniadreg arall wrthi'n gorffen naw o ffrogiau crêp du. Prin bod yr un o'r chwech wedi cael mwy na chwe awr o gwsg yr un noson oddi ar iddynt ddod yno.

Yn y parlwr mawr, yn yr hanner tywyllwch, yr oedd teuluoedd y plas a'r Hendre wedi dod ynghyd i drafod y trefniadau olaf ac yr oedd teuluoedd Gelli'r Eos a Llwyn Bedw wedi galw heibio, gan lenwi'r ystafell. Yr oedd un lle gwag er hynny, er syndod i bawb a chywilydd i Huw, Leisa a'u modryb.

Cododd Leisa a'i hesgusodi ei hun gan ddweud yr hoffai gael tipyn o awyr iach. Wrth gamu allan ar y gro o flaen y plas, clywodd gerbyd yn croesi'r bont. Bu bron iddi droi a rhedeg tua'r gerddi, rhag ofn mai llond cart o gydymdeimlwyr eraill oedd ar gyrraedd. Ond wrth i'r cerbyd ddod i'r golwg, cafodd gipolwg o'i brawd hynaf yn eistedd ynddo. Arhosodd yn ei hunfan nes i'r cerbyd aros yn ei hymyl ac i Rhys gamu ohono.

'Rwy eisie gair efo ti,' ebe Leisa mewn llais tawel.

Rhoddodd gyrrwr y cerbyd fagiau Rhys wrth y drws cyn esgyn i'w sedd a throi'n ôl tua'r dre.

'Wyddet ti fod Dada wedi marw?'

'Be?' Gwelwodd Rhys.

'Buodd e farw nos Sul.'

'Pam ddiawl na fasech chi wedi rhoi gwbod i fi?'

'Mi wnes i . . . Lle ddiawl wyt ti wedi bod?'

'Mi ges i dy lythyr di . . . yn dweud nad oedd e ddim yn rhy ddrwg . . . felly mi benderfynes ddod adre, ond gan alw efo ffrindie yng Nghaerlŷr ar y ffordd. Mi adawes i Lunden fore dydd Llun.'

'Pam gythrel na faset ti wedi danfon gair i 'weud dy fod yn mynd drwy Gaerlŷr? Mi allen i fod wedi cael llythyr atat ti wedyn.'

'Edrych, mi fasen i wedi dod 'tasen i'n gwbod.'

'Ond mi roeddet ti'n gwbod.'

'Nag o'n ddim. Sut gallwn i wbod o ddarllen y llythyr dwl 'na ges i gen ti?'

'Beth bynnag, rwyt ti wedi siomi pawb—Anti Annabelle, Wncwl Wil, pawb—ac mae siarad mawr wedi bod yn lleol amdanat ti.'

'Os nad oes gan bobol well pethe i siarad amdanyn nhw . . .'

Ar hyn agorodd y drws, a daeth Huw allan atynt.

'Lle ddiawl wyt ti wedi bod?'

'Paid ti dechre, mae hon fel rhyw wening-gi fan hyn ers pum

munud. Tase hi wedi rhoi'r sefyllfa'n glir yn 'i llythyr, mi faswn i yma ers dyddie.'

'Gan fod Dada wedi cael damwain, mi ddylet ti fod yma beth bynnag.'

''Drychwch, chi'ch dau, rwy newydd ddod adre a chlywed fod fy nhad wedi marw . . . mi fydda i yn 'i angladd e cyn pen deuddydd . . .'

'Fory,' ebe Leisa.

'Reit, fory, a'r cyfan fedrwch chi'ch dau wneud yw pigo a phregethu . . . Fy hunan, fyddwn i byth yn trin etifedd yn y fath fodd!'

'Paid ti â 'mygwth i!' ebe Huw, 'y bwbach wynebgaled.'

'Dyna ddigon,' ebe llais o'r tu ôl iddynt, 'dewch i mewn, y tri ohonoch chi, a triwch ymbarchuso cyn cwrdd â'r bobol sydd wedi dod i gydymdeimlo â chi.'

Safodd Annabelle Preis i'r naill ochr i'r tri ddod i'r plas. Wrth fynd heibio, cusanodd Rhys hi'n ysgafn ar ei boch a gofyn,

'Sut mae'r trefniade'n mynd ar gyfer fory?'

'Dwn i ddim yn iawn. Mae dy frawd a'th chwaer wedi trefnu'r cyfan.'

'Mi gaiff Dada druan 'i gladdu mewn anhrefn llwyr 'te.'

'Fase fe ddim yn cael 'i gladdu o gwbwl pe tasen ni'n dibynnu arnat ti . . . Mi aiff popeth yn berffeth fory . . . fe gei di weld . . .' Ac yna mewn hanner sibrydiad, gan afael ym mraich ei nai, dywedodd, 'Mi gaf i air â thi ar ôl yr angladd.'

★　　★　　★　　★

Fore'r angladd, arweiniodd Ann Leisa i'r parlwr mawr pellaf a ddefnyddid pan fyddai pawb gartre. Gorweddai'r arch yn y stafell nesaf. Yr oedd y parlwr hwn yn eang iawn ac iddo ddwy ffenestr fawr, ond heddiw roedd y llenni wedi eu hanner tynnu gan ei gwneud yn stafell dywyll, ddiflas. Yr oedd yn llawn cadeiriau wedi eu dwyn yno o bob stafell yn y tŷ. Eisteddai Rhys yn y gadair freichiau yr ochr chwith i'r lle tân; Huw yn y gornel dywyllaf a'r efeilliaid gyda'i gilydd, gyferbyn ag ef. Aeth Leisa i eistedd ger un o'r ffenestri.

O fewn ychydig funudau, agorodd y drws a daeth Annabelle Preis, ei gŵr, ei merch a'i mab-yng-nghyfraith, Henry a Richard Rhydderch i mewn. Sylwodd pob un fel yr oedd y pump wedi eu

191

gwasgaru o gwmpas y stafell, pob un yn ei fyd bach ei hun. Aeth pawb o gwmpas i gydymdeimlo â hwy yn eu tro, cyn cael lle i eistedd.

Prin yr oeddent wedi setlo pan agorodd y drws eto, ac y cych-wynnodd y llif cymdogion ddod i mewn. Gallai Leisa weld eu cer-bydau'n cyrraedd drwy'r hollt yn y llenni, a Lloyd Beili wrthi'n gosod y cerbydau, wedi iddynt wagio, yn ôl eu trefn i fynd tua'r eglwys. Yno yn ei helpu yr oedd Shami Shafins, a oedd yn ei farn ei hun ac amryw o bobl eraill wedi gwneud campwaith o arch ar gyfer ei feistr. Haerai na wnaethai erioed gystal gwaith.

Erbyn pum munud i ddeuddeg yr oedd y stafell yn llawn a phawb yn disgwyl i'r ficer ddod i mewn. Wedi iddo ddod, symud-odd o gwmpas y cwmni gan lwyddo i gael gair â phawb cyn mynd i sefyll â'i gefn at y lle tân i ddechrau'r gwasanaeth byr.

'Myfi yw'r atgyfodiad a'r bywyd, medd yr Arglwydd; yr hwn sydd yn credu ynof fi . . .'

Llithrodd meddwl Leisa allan o'r stafell ac o'r tŷ i ben Allt Ddel. Gwelai'r olygfa hoff o'i blaen drwy ei hamrannau caeëdig. Gwelai holl liwiau'r hydref a'r haul fel pêl felen tu ôl i len denau o gymylau. Islaw ar y ffordd, yr oedd troliau'n mynd a dod yn cario llwyth y cynhaeaf . . . Ond na, ni fedrai ddianc rhag y llais a rygnai ymlaen wrth y lle tân. Er gwasgu ei llygaid yn dynn ar gau, ni allai ddianc rhag y sŵn. Ond nid oedd yn rhaid iddi wrando. Ceisiodd feddwl am unrhyw beth a phopeth heblaw yr hyn oedd yn digwydd, ond deuai'r pen moel a'r llygaid glas i ddawnsio o flaen ei llygaid, er gwaethaf pob ymdrech i'w gwthio i'r naill ochr.

Yna'n sydyn, yr oedd y gwasanaeth ar ben a phawb yn llifo allan i'r cerbydau. Teimlodd Leisa rywun yn rhoi cot dros ei hysgwyddau wrth iddi gerdded drwy'r cyntedd, gan afael yn dynn ym mraich Gwilym. Yna, roeddent yn y cerbyd, ar y ffordd, wrth glwyd yr eglwys, yn eu sedd arferol, a bocs pren o'u blaenau yn y gangell. Yn achlysurol, teimlai rywun yn gwasgu ei braich ac ar ôl peth amser, sylweddolodd fod Gwilym yn dal i afael ynddi. Wedyn, roedd yn rhaid codi eto a cherdded allan i'r fynwent. Yr oedd yn llawn pobl. Yn raddol, daeth yr oerfel â hi'n ôl i'w llawn synnwyr. Safai chwe thenant ar lan y bedd, newydd ollwng yr arch yn araf i'w le. Camodd y chwech yn ôl ac meddai'r ficer,

'Yn gymaint â rhyngu bodd i'r Goruchaf Dduw o'i fawr dru-garedd gymryd ato ei hun enaid ein hannwyl frawd . . .'

Syllodd Leisa ar y garreg fedd a orweddai ar ei hochr wrth lan y bedd . . . byddai enw arall arni cyn hir . . . ac ar y gofeb yn yr eglwys.

Sylwodd Gwilym fod Leisa yn ei ymyl yn dechrau gwegian a rhoddodd ei law dan ei braich unwaith eto. Safai Rhys gam neu ddau o'u blaenau ac i'r chwith, a Huw a Gruffydd tu hwnt iddo. Gyferbyn, yr ochr arall i'r bedd, yr oedd eu modryb yn crio ac yn pwyso ar fraich ei gŵr, am y tro cyntaf o fewn cof neb. Rhyfeddai Gwilym fod cynifer wedi ymgasglu i dalu teyrnged fel hyn i'w dad, ac eto, gwyddai ei fod yn uchel iawn ei barch yn yr ardal gyfan yng ngolwg meistr, tenant a gwas fel ei gilydd.

Yna, wrth godi ei ben, sylwodd ar wraig mewn dillad duon yn sefyll tu hwnt i'r dorf, yng nghysgod ywen fawr. Er gwaetha'r 'fêl' drom, gwyddai'n syth pwy ydoedd—Elizabeth Burroughs. Gwasgodd fraich Leisa, a phan gododd hi ei phen i edrych i'w wyneb, cyfeiriodd ei llygaid tua'r ddynes unig o dan yr ywen. Teimlodd Leisa'n crynu drwyddi.

'Gras ein Harglwydd Iesu Grist, a chariad Duw a chymdeithas yr Ysbryd Glân, a fyddo gyda ni oll, byth bythoedd . . . Amen.'

Camodd Rhys a Huw ymlaen ac wedi syllu'n hir ar yr arch, trodd y ddau i fynd yn ôl i'w cerbyd. Arweiniodd Gwilym Leisa ymlaen. Safodd y ddau yno yn edrych i'r ddaear. Wrth deimlo'i chwaer yn dechrau crynu eto, gwyddai Gwilym fod y dagrau yn llifo'n dawel i lawr ei hwyneb. Edrychodd eto tua'r ywen. Doedd yna neb yno.

'Dere,' meddai'n dawel wrthi, gan amneidio ar Gruffydd i gamu ymlaen. Yna arweiniodd Leisa drwy'r dyrfa, allan o'r fynwent ac i'w cerbyd. Ni ddywedodd y pedwar air wrth ei gilydd wrth eistedd yno, nac ar ôl i Gruffydd ymuno â hwy. Yn araf, llanwodd y cerbyd-au eraill, gyda William Preis a'i fab Henry yn gwahodd pawb yn ôl i'r plas am fwyd a diod.

Cychwynnodd dau gerbyd yng nghefn y rhes o flaen y gweddill i gludo gweithwyr y plas yn ôl i baratoi'r bwyd. Yna'n araf, cychwynnodd y gweddill, yn dilyn yn yr un drefn ag ar y ffordd i'r eglwys.

★   ★   ★   ★

Roedd hi ymhell wedi saith o'r gloch y nos ac wedi tywyllu. Eisteddai Richard Rhydderch a phawb o deuluoedd Cynfelin a'r

Hendre, heblaw Annabelle Preis a Rhys, yn y parlwr bach. Roedd y ddau aelod coll yn y llyfrgell, oddi ar i'r diwethaf o'r cymdogion adael tuag awr ynghynt.

O'r diwedd, agorodd y drws ac ailymunodd y ddau â'r cwmni yn y parlwr a chyhoeddodd Annabelle Preis ei bod am fynd adre. Cododd pawb a ffarwelio â'i gilydd. Tynnodd Richard Leisa i'r naill ochr a dweud mewn llais tawel:

'Mi fydd raid i mi fynd adre fory, ond rwy'n addo sgrifennu.'

'Mi wna inne hefyd.'

'Mae'n debyg na fyddi di'n cymdeithasu llawer am fisoedd 'nawr?'

'Mm. Dim trip i Lunden y gwanwyn nesa wedi'r cyfan . . . fe fydd dy lythyron o help.'

Gwasgodd y ddau ddwylo'i gilydd a chan nad oedd neb yn edrych, cusanodd Richard hi'n ysgafn ar ei boch. Treiglodd deigryn yn araf o gornel ei llygad.

Symudodd pawb allan i'r cyntedd ac wedi clywed sŵn y cerbyd, allan drwy'r drws. Cusanodd pob un o deulu'r Hendre Leisa ar ei boch, yn eu tro, ac ysgwyd llaw â'r bechgyn. Dringodd y chwech i'r cerbyd ac i ffwrdd â hwy tuag adre.

Rhoddodd Gwilym ei fraich ar ysgwydd Leisa wrth i'r pump godi llaw ar y cerbyd. Yna trodd Rhys ar ei sawdl a diflannu i mewn i'r tŷ. Dilynodd Gwilym, Leisa a Gruffydd ef tra trodd Huw tua'r gerddi. Aeth yr efeilliaid tua'r llyfrgell ac aeth Leisa ar draws y prif gyntedd ac ar hyd y cyntedd cul i'r gegin. Yno eisteddai Mrs Puw ac Ann uwchben cwpaned o de. Cymerodd Leisa un olwg arnynt cyn torri allan i grio.

Cododd Ann a mynd ati, a rhoi ei braich am ei hysgwydd.

'Dere di, cria di faint fynni di . . . Stedda fan'na 'nawr, a mi 'neith Mam gwpaned o de i ti.'

PENNOD 15

Eisteddai Lloyd Cyfreithiwr â'i gefn at y ffenestr, y tu ôl i ddesg y
sgweier. Ar y chwith iddo, eisteddai Annabelle Preis a'i gŵr. O'i
flaen, eisteddai plant y sgweier. Roedd wedi gorfod gohirio'r cyf-
arfod hwn tan yr wythnos hon—wythnos datws—gan na fedrai
Rhys ddod yn ôl o Lundain tan hynny. Aeth yno'r diwrnod wedi
angladd ei dad ac roedd wedi aros yno am wythnos gyfan.

'Wel, gyfeillion,' ebe Lloyd yn bwyllog, 'dwy i ddim am ddarllen
yr ewyllys i chi air am air, mae'n llawer rhy faith i hynny. Mi wnaf i
ymdrin â phob cymal yn ei dro yn fras ac fe gewch chi ofyn cwes-
tiyne fel y gwelwch chi'r angen. Yn gyntaf, y tri 'sgutor fydd Mr a
Mrs William Preis a minnau, a ni fydd yn penodi olynydd os bydd
digwydd i un ohonom farw.

'Yn ail, y gweithfeydd mwyn. Fe adewir y rhain i gyd, heblaw am
y rhai a oedd yn eiddo i'ch mam, i Rhys. Mae'ch etifeddiaeth chi i
gyd oddi wrth eich mam yn aros fel y mae wedi'i bennu yn ei
hewyllys hi.

'Yn drydedd, gadewir symie penodol o arian i bob un ohonoch,
yn amrywio o fil o bunnoedd i ddau gan punt y flwyddyn—i chi,
Rhys, swm penodol o £2,000 ac incwm blynyddol yr un fath â'r
hyn sydd gennych ar hyn o bryd.'

Edrychodd pawb ar ei gilydd, heb fedru deall hyn. Sylwodd
Leisa ar yr olwg od ar wynebau Rhys a Huw.

'I chi, Huw, yr un fath, gan eich bod yn un ar hugen ers ychydig
wythnosau; i chi, Miss Leisa, mil o bunnoedd pan fyddwch yn un
ar hugen, ac incwm blynyddol o bedwar can punt. Mae swm wedi
ei neilltuo ar gyfer gwaddol priodas i chi hefyd. I chi, Gwilym a
Gruffydd, mil a hanner o bunnoedd pan fyddwch yn un ar hugen
—y llog tan hynny i dalu am eich cadw a'ch addysg. Mae rhoddion
llai i Mrs Puw a'i phlant, John Evans y bwtler a David Lloyd y Beili,
a darpariaeth fel arfer ar gyfer teulu'r Hendre. Mae'r holl arian
heblaw am y symie uchod yn cael eu rhoi gyda'r stad.

'Mae yna hefyd ddwy rodd o dir—y naill i Henry Preis i godi tŷ,
wedi marwolaeth Mrs Preis, pan fydd yr Hendre yn mynd, yn ôl
ewyllys Mrs Richards, i chi, Miss Leisa.'

Syrthiodd ceg Leisa led y pen ar agor.

'Gedy hyn y tŷ, ei gynnwys i gyd a'r holl diroedd . . . Mae'r rhain
i gyd yn mynd i chi, Huw, ac i'ch etifedd ar eich ôl. Ond rhaid i chi

roi lle yma yn y plas i Miss Leisa a'r efeilliaid, hyd nes y byddant yn priodi, neu yn symud i'r Hendre, pa un bynnag ddigwyddith gyntaf. Mae rhodd o dir i chi, Rhys, ger pentre'r Rhyd. Bwriad eich tad oedd i chi godi plasty yno.'

Eisteddai'r plant yn dawel, fel pum delw.

'O ran incwm o'r stad, os bydd incwm wrth gwrs, bydd tri chwarter ohono'n mynd i Huw a'r gweddill wedi ei rannu'n gyfartal rhwng y pedwar arall ohonoch, yn ychwanegol at eich lwfans blynyddol, am eich oes yn unig.'

Edrychai pawb ar Rhys trwy gornel eu llygaid, yn disgwyl ffrwydriad mawr, ond ni ddaeth. Eisteddai yn ei gadair, yn syllu trwy, yn hytrach nag ar, Lloyd Cyfreithiwr.

'Does gen i ddim byd arall i'w ddweud. Rwy'n berffaith fodlon trafod y manylion a gadael i chi ddarllen y cyfan drosoch eich hunain, unrhyw adeg ... Wel, os nad oes gan unrhyw un gwestiwn ... fe'ch gadawaf chi.'

'Diolch yn fawr i chi, Mr Lloyd,' ebe William Preis, gan godi ac ysgwyd llaw â'r cyfreithiwr. 'Fe ddof i gyda chi at y drws.'

Cerddodd y ddau allan tra parhâi pawb arall i edrych ar ei gilydd ac ar Rhys a Huw yn arbennig. Dal i syllu'n syth o'i flaen a wnâi Rhys. Edrych arno a wnâi Huw a rhyw olwg rhyfedd ar ei wyneb, na fedrai neb ei dirnad.

Yna'n sydyn, cododd Rhys a cherdded at ei fodryb. Sibrydodd rywbeth yn ei chlust.

'Wrth gwrs,' ebe hithau mewn syndod.

Trodd Rhys ac edrych i fyw llygaid ei frawd â chas perffaith, yna cerddodd o'r 'stafell heb ddweud gair. Caeodd y drws yn ddistaw o'i ôl.

'Beth ddwedodd e?' gofynnodd Gwilym.

'Mae e'n pacio'i bethe, ac am aros yn yr Hendre am rai dyddie,' oedd yr ateb.

Ar hyn cododd Huw a cherddodd allan. Croesodd y cyntedd ac oedi ennyd wrth ddrws y llyfrgell cyn ei agor a cherdded i mewn. Neidiodd Catrin o'i sedd ger y tân a syllu i'w wyneb.

'Wel?'

Yr oedd Huw yn ymddwyn fel pe bai mewn perlewyg. Cerddodd at Catrin a gafael yn ei dwy law cyn dweud,

'Mae'r stad yn eiddo i fi ... popeth!'

Lluchiodd Catrin ei breichiau am ei wddf.

'O! rwy i'n falch, Huw! Rwyt ti'n haeddu pob modfedd o'r lle.' Ac yna, gan gamu'n ôl a gwenu arno. 'Ond wnes i eriôd feddwl y byddai dy dad yn mynd mor bell â hyn.'

'Wnes i eriôd freuddwydio fod y fath beth ar 'i feddwl e.'

'Ond fe wyddai e ym mha bâr o ddwylo y byddai'r stad yma'n ffynnu.'

'Mae'n gas gen i feddwl beth fydd adwaith Rhys, pan ddaw e ato'i hunan.'

'Beth yw'r ots amdano fe? Wnaeth e eriôd boeni am unrhyw un arall.'

'Diolch byth 'i fod e wedi cael y pylle mwyn a chwech y cant o'r incwm.'

'Fyddwn i ddim wedi rhoi dime goch iddo fe . . . ond dyna fe, dy dad wyddai ore, mae'n siŵr . . . roedd gen i lawer o barch ato fe,' a gostyngodd ei llais ychydig cyn ychwanegu yn wylaidd, 'ond dim cymaint ag sydd gen i atat ti.'

Camodd Huw at Catrin yn ddirybudd a'i chusanu ar ei gwefusau syfrdan. Yna, gan edrych i fyw ei llygaid, gofynnodd,

'Wnei di fy mhriodi i?'

Roedd y cwestiwn y bu hi'n disgwyl mor hir i'w glywed wedi ei ofyn ond roedd ei meddwl mor gymysglyd ar y pryd fel mai prin y gallodd feddwl yn ddigon clir i'w ateb.

'Wrth gwrs,' meddai mewn llais tawel.

Cusanodd ef hi eilwaith ond yn dynerach y tro hwn, cyn ei harwain i eistedd ar y soffa gyferbyn â'r tân. Wrth iddi ddechrau dod ati ei hun, edrychodd o'i chwmpas cyn troi i edrych yn gariadus i lygaid Huw, gan lwyddo i guddio'r gipolwg hunan-foddhaus oedd yn ei llygaid eiliad ynghynt.

★　　★　　★　　★

'Wel! Wel! pwy fase'n meddwl?' ebe Evans. 'Feddylies i eriôd y gwelwn i'r fath beth.'

'Mi fyddwn ni'n llawer gwell ein byd efo Huw,' meddai Mrs Puw. 'O leia mi fydd e 'ma i edrych ar ein hole ni—nes byddwn ni wedi ymddeol, Evans.'

Chwarddodd pawb. Roedd holl weithwyr y plas yn neuadd y gweision yn cael bwyd.

'Ie, ond beth am bobol fel fi?' ebe Elin, wrth dorri bara i mewn i'w chawl. 'Mi fydd raid i ni ddiodde blynyddoedd dan oruchwylieth Catrin Ifans, yn ôl pob sôn.'

'Mi fyddi dithe, 'run fath â hithe, wedi priodi erbyn hynny,' atebodd Mrs Puw.

'Ma' well i ti hastu 'te,' ebe Shami Shafins, 'ne' fydd 'na'r un dyn ar ôl i ti.'

Chwarddodd pawb ond Elin, cyn troi yn ôl at eu bwyd. Gorffennwyd y pryd heb i neb ddweud gair. Meddyliai pawb am arwyddocâd y newidiadau ar y stad ac, yn bennaf, yn y tŷ. Wedi iddynt orffen bwyta, cododd pawb ond Evans a Mrs Puw a throi'n ôl at eu gwaith ym mhedwar cwr y stad.

'Ma'n rhaid i mi gyfadde,' ebe Mrs Puw maes o law, 'nad ydw i ddim yn edrych 'mlân at 'i châl hi, Miss Ifans, fel meistres y tŷ 'ma. Rwy'n gwbod nad oes 'na ddim byd swyddogol ond ma'r stori'n dew ymysg y morynion 'ma.'

'Mm. Tipyn o fadam yw hi, yn 'y marn i.'

'Mi a i efo Leisa i'r Hendre os caf i'r cynnig.'

Ni chafodd Evans gyfle i ateb, gan iddynt glywed y drws a arweiniai i'r tŷ yn cael ei agor ac ymddangosodd Leisa yn nrws y neuadd, yn gwisgo cot ddu, drom.

'Ydi Ann yn y *lodge*, Mrs Puw?'

'Odi, 'merch i.'

'Diolch.'

Gadawodd Leisa hwy i drafod y dyfodol a cherddodd drwy'r gegin heb gydnabod neb, trwy'r drws cefn, i lawr at y *lodge*, a churo ar y drws. Aeth Ann i'w agor bron yn syth, ac arweiniodd ei ffrind at y tân a mynd â'i chot i'w hongian ger y drws.

Eisteddodd y ddwy yn dawel am rai munudau, heb ddweud gair. Yna cododd Ann a gwneud cwpaned o de iddynt. Wedi yfed ychydig ohono, dechreuodd Leisa ymlacio.

'Wyt ti'n fy nghofio i'n sôn, tua blwyddyn yn ôl, am orfod gadel y lle 'ma, yn hwyr neu'n hwyrach? . . . Feddylies i eriôd y bydde'r peth yn cael ei wireddu mewn blwyddyn.'

'Ond ro'n i'n meddwl fod yn rhaid i Huw roi lle yn y plas i ti.'

'Fedra i ddim aros 'na a gwbod fod y cyfan, sy'n golygu cymaint i fi, yn mynd i ddwylo'r hen sgybell fach 'na o Gelli'r Eos.'

'Ond i ble'r ei di?'

'At Anti Annabelle i'r Hendre. Dyna lle bydd fy nghhartre i maes o law, wedyn waeth i fi ddechre dod i arfer â'r lle 'nawr.'

Arhosodd Ann eiliad cyn dweud yn ofalus:

'O leia fe gei di weld digon ar Richard wedyn, pan fydd e'n dod lan i aros.'

'A dweud y gwir wrthat ti, fydde dim ots gen i petawn i byth yn 'i weld e 'to.'

'Beth?' ebe Ann mewn syndod.

'Mae popeth sy wedi digwydd yn yr wythnose dwetha 'ma wedi troi 'nghalon i'n dwlpyn o iâ. Dyw e'n golygu dim mwy na rhywun arall i fi, erbyn hyn . . . Dwy i ddim wedi ateb yr un o'i lythyron e . . . Fedra i ddim meddwl am unrhyw un yn y terme 'na ar hyn o bryd, os gwna i byth.'

'Fe ddoi di dros hynna.'

'Dwn i ddim . . .' atebodd Leisa, gan syllu i lygad y tân.

Wedi ysbaid o rai eiliadau, gofynnodd Ann,

'A beth ma' Rhys yn golygu'i 'neud?'

'Sgen i'm syniad . . . Lan yn Llunden mae e 'to . . . Dwy i ddim yn gweld y ddau 'na'n siarad â'i gilydd byth 'to.'

'Wyt ti'n meddwl codith e'r tŷ ar bwys y Rhyd?'

'Siŵr o fod, yn hwyr neu'n hwyrach. Alla i mo'i weld e'n aros efo fi yn yr Hendre yn fwy nag efo Huw yma . . . Dyna ddigon am ein teulu ni . . . Beth yw dy hanes di a Dafydd erbyn hyn?' meddai, gydag ymdrech amlwg i ymysgwyd o'i hiselder.

'Priodi wythnos neu ddwy cyn y Nadolig.'

'Mi rydw i yn falch,' ebe Leisa gan estyn ei llaw a gwasgu braich Ann. 'A lle rydech chi'n mynd i fyw?'

'Ryden ni wedi cael gafel ar dŷ bach yn y dre. Mi fydd yn handi iawn i fi efo'r gwnïo.'

'Wrth gwrs . . . Gobeithio caf i ddod i dy weld yn weddol amal.'

Tro Ann oedd gwasgu llaw cyn dweud:

'Mi fydden i'n siomedig iawn taset ti ddim yn galw.'

Tawelodd y ddwy eto ac aeth Ann ati i arllwys cwpaned arall o de iddynt. Yfwyd honno mewn tawelwch. Cododd Leisa a gosod ei chwpan ar y bwrdd.

'Rwy'n credu'r af i am dro i ben Allt Ddel 'nawr, cyn iddi oeri gormod.'

'Mi ddo' i gen ti.'

'Na, paid, os gweli di'n dda. Fe hoffen i rywfaint o amser i fi'n hunan.'

'Wrth gwrs,' ebe Ann gan fynd i mofyn cot ei ffrind a'i helpu i'w gwisgo.

Ffarweliodd Ann â Leisa ar garreg y drws a cherddodd Leisa tua'r glwyd a arweiniai tua'r allt. Caeodd Ann ddrws y *lodge* a mynd i'r gegin. Trwy'r ffenestr yno gwyliodd y ferch unig yn dringo'r llethr yn araf, ei hysgwyddau wedi eu crymu a'i dwylo wedi eu gwthio'n ddwfn i'w phocedi. Clywodd sŵn cerbyd yn pasio ar hyd y ffordd. Pwysodd ymlaen a gweld trap Gelli'r Eos yn prysuro tua'r plas. Eisteddai Miss Catrin Ifans ynddo.